Sinje Beck

TOTENKLANG

Sinje Beck

TOTENKLANG

Heiners neue Verwicklung

KRIMI IM GMEINER-VERLAG

Wir machen's spannend

Bibliografische Information der Deutschen Bibliothek
Die Deutsche Bibliothek verzeichnet diese Publikation in der Deutschen Nationalbibliografie; detaillierte bibliografische Daten sind im Internet über http://dnb.ddb.de abrufbar.

Besuchen Sie uns im Internet:
www.gmeiner-verlag.de

Im Ehnried 5, 88605 Meßkirch
Telefon 07575/2095-0
info@gmeiner-verlag.de

1. Auflage 2008

Lektorat: Claudia Senghaas, Kirchardt
Umschlaggestaltung: U.O.R.G. Lutz Eberle, Stuttgart
unter Verwendung eines Fotos von Sinje Beck
Gesetzt aus der 10,4/13,3 Punkt GV Garamond
Druck: Fuldaer Verlagsanstalt, Fulda
Printed in Germany
ISBN 978-3-89977-759-8

Personen und Handlung sind frei erfunden. Ähnlichkeiten mit lebenden oder toten Personen sind rein zufällig und nicht beabsichtigt.

1

Freitag

Heute sei kein Tag zum Töten. Das sehe ich anders. Die Hose hochgekrempelt, stehe ich bis weit über die Knie im siebzehn Grad kalten Wasser des Landeskroner Weihers unweit der schweren Brückenpfeiler, die es beinahe trotzig felsenfest in dem grünlichen Gewässer aushalten. Dabei sind die Betonbeine erfreulich unmarkiert von jugendlichen Spraydosenergüssen.

Da schwimmt er vor mir her, wendet behände mit seinem glänzenden Schuppenkleid, wedelt sich mir entgegen, in meinem Kopf spielt eine Melodie aus dem weißen Hai – duudum duudum duudum – jetzt sieht es so aus, als wolle der Monsignore mit dem herablassenden Blick und dem arroganten Zug um den Mund mir durch die Schenkel gleiten. Stoisch und mit ruhigen Bewegungen hält er auf mich zu, das ist meine Chance, mein Petri Heil. Das steife Warten in der Kälte hat sich gelohnt, ich bringe den Kescher in Stellung und mit einem Wusch durchsiebt er das Wasser. Mir ist, als hätte ich den kapitalen Weiherkönig erwischt.

»Kein Tag zum Töten heute«, beharrt der Alte am Ufer. Nur unmerklich zucke ich zusammen, kaum dass sein Satz begonnen hat. Einen Moment unkonzentriert, der Moment, der dem Fisch das nackte Leben rettet, und weg ist er. Was bleibt, jedoch nur kurz, ist das Abebben der kleinen Wellen, die mein Manöver gegen den Fisch ausgelöst haben, die halberfrorenen Extremitäten und das beständige mannsgroße Loch in meinem Magen. Der Tag hätte so schön ausklingen und der Karpfen in meinem Bauch schwimmen können. In einem See aus Rotwein, garniert mit einem Scheibchen Zitrone, ein wenig Schnittlauch und einem Sträußchen Petersilie. In meinem Mund bildet sich eine Pfütze des Begehrens. Vor meinen Augen erscheint der alte Mann am Ufer, der sich gerade keckernd lachend über meinen Lambrusco hermachen will. Das geht zu weit. Mir das Essen verjagen und mich dann trocken trinken wollen. Steifbeinig kämpfe ich mich durch das Wasser, Wut steigt in mir hoch. Jetzt bloß aufpassen, dass ich am Ufer nicht im Matsch ausrutsche. Schnaubend kommt die hungrige Kampfmaschine Heiner, das bin ich, vor dem Alten zum Stehen. Der schaut aus lustiglistigen Augen zu mir auf, zieht eine Stange Weißbrot aus seinem Mantel, grinst und sagt:

»Kein Tag zum Töten. Fisch und ich lieben das Leben.«

Meine Güte, wie der redet, der ist auch nicht von hier. Seine Bewegungen und seine knochigen Finger erinnern mich an Catweazle, den zerzausten Zauberer aus der englischen Kult-Kinderserie der Siebzigerjahre. Es würde mich nicht wundern, wenn ihm gleich seine treue Gefährtin Kühlwalda unkend aus der Tasche spränge.

»Von hier bist du aber nicht«, bemerke ich und greife nach dem Brot, zerteile es in der Mitte und gebe dem Mann eine Hälfte zurück. Der öffnet die Flasche, schnallt sich eine verbeulte Blechtasse vom Gürtel und füllt sie bis zum Rand. Ich schütte mir ebenfalls meinen Kaffeebecher voll. Da sitzen wir nun. Abwartendes Schweigen umgibt uns.

Der Alte nickt und prostet mir zu, ich erwidere die Gesten.

»Kannst du sie hören?«, fragt er. Oha, denke ich, wo der wohl ausgebüchst ist. Ganz eins mit der Umgebung, mich nicht berücksichtigend, spricht er weiter:

»Die Natur. Ich kann sie hören. Sie erzählt Geschichten. Die Bäume raunen und zanken, früher wäre es besser gewesen. Sie wären bunt gemischt, hätten sich nicht gegenseitig das Futter streitig gemacht, sich nicht um das Licht gestritten. Das Wasser beschwert sich rauschend über seinen Gehalt an Metall. Die Pfeiler wären wie Speerspitzen und obenauf paddelt der Mensch, kitzelt und pisst – ha.«

»Ja, ich kann es hören. Doch am lautesten höre ich den Fisch. Der lacht uns schallend aus.«

In Wahrheit höre ich nur den Strom des vorbeirasenden Verkehrs hoch oben auf der A 45, das Plätschern des herabprasselnden Wassers des Weihers in einen kleinen Bach und das Schäumen und Gurgeln meines penetrant knurrenden Magens.

»Ach was«, der Alte macht eine wegwerfende Handbewegung, »warum solltest du anders sein als all die anderen Ahnungslosen?« Ich bin nicht mehr wütend und auf Krawall aus, lasse seine Provokation vorbeiwehen. Der italienische Wein auf nüchternen Magen stimmt mich milde.

Ich schenke nach und zwischen den Schlucken überwiegen Kaugeräusche. Besonders die des Alten. Sein Gebiss wackelt. Klappernd und knackend mahlt es aufeinander wie Waschkies zwischen Mühlsteinen, wenn er die Kruste kaut. Beim Abbeißen muss er gleichzeitig geräuschvoll ansaugen, sonst ist das Gebiss weg und würde außerhalb seines Mundes eine neue Existenz beginnen. Ich kann meinen Blick kaum von den künstlichen Zähnen, die ein Eigenleben zu führen scheinen, abwenden.

»Die Straße macht derb. Wie lang lebst du schon draußen?«, will er wissen, nachdem er den letzten Bissen hinuntergespült hat.

2

Hier liegt ein Irrtum vor. Ich lebe nicht auf der Straße. Mein Domizil ist fahrbar und steht auf dem Parkplatz zum Weiher. Ich erzähle dem Alten, dass ich stolzer Bauwagenbewohner bin, Tagelöhner mit sozialen Bindungen in der waldreichen Region des Siegerlandes. Seit ich denken, wirklich frei, unkommentiert, unzensiert, unwidersprochen, auch mal laut denken kann, also seit meiner Scheidung von Marie vor einigen Jahren, bin ich 44 Jahre alt und das wird mental so bleiben. Das sei beschlossene Sache, erzählt es aus mir heraus.

Meinen Aushilfsjob an der Tankstelle Kalteiche bei Rudi habe ich immer noch. Ich bin da quasi nicht mehr wegzudenken, das meinen auch Rudi und seine Frau Susanne. Bei den beiden bin ich auch offiziell gemeldet, denn ich habe ja die Hoffnung auf eine feste Arbeit noch nicht aufgegeben. Daran halte ich fest, wie auch an meinem Zopf, der mir nun schon weit bis über den Rücken reicht und mit jedem Zentimeter meine ungebundene Lebensart deklariert. Vierundsechzigeinhalb Einheiten Single, Gelegenheitsjobber, Camper, frei, möchte man sagen. Nach unten hin dünnt sich die wallende Pracht allerdings arg aus.

Im Überschwang des neuen Lebensgefühls nach der Scheidung und nach dem festen Wohnsitz habe ich mir gedacht, dass es gut passe, wenn ich endlich ein Instrument beherrschen könnte. Seit nun zwei Wochen versuche ich, Mundharmonika zu lernen. Da braucht es erst mal keine Noten. Einer geschenkten Blues-Harp entlocke ich die ersten Töne nach einem gebrauchten Selbstlernbuch. Meine Zuversicht, das Ding irgendwann einmal bluesig erklingen zu lassen, ist noch ungebrochen.

»Grau dein Schopf, leer das Konto, reich an Illusionen«, fasst der alte Mann zusammen. »Dein Name?«

»Heiner Himmel.«

»Das ist gut«, sagt er daraufhin, weiter nichts. Was daran gut sein soll, erschließt sich mir nicht, da ich als Kind zu gerne von anderen Kindern blöder Heini gerufen wurde. Der Letzte, der das zu mir sagte, hieß Mario Nümer. Der hatte es gerade nötig, er schlug bereits zu, sobald sich bei einem ein Mundwinkel anschickte, nach oben zu gehen, wenn sein Name fiel. Die Mädchen standen trotz oder gerade deswegen total auf ihn. Ich dann auch, wobei ich mehr auf ihm kniete, während ich ihm seine Schneidezähne mit einem durchgeseichten Tafellappen polierte. Von Haus aus bin ich sehr friedlich, beinahe trottelig friedlich, das weibliche Geschlecht wusste dies stets auszunutzen, doch in dem Moment flossen alle aufgestauten Frustrationen meines sechzehnjährigen Lebens in meine rechte Faust und trieften durch den Lappen in den Schlund des Großmauls. Eine Fünf in Deutsch, ein Furunkel in der Achsel, eine fiebrige Erkältung im Anmarsch und eine fies lachende Schwester im Anhang, dazu die feixende Fratze des Mädchenschwarms, das war ein Tick zu viel. Nümer, früher auch nach seinem Standardspruch angekündigt: Achtung, da kommt Willst-n-paar-aufs-Maul-Mario, ist heute Polizist mit Schmerbauch, meine Schwester verheiratet mit einem Holländer, hütet ein Rudel Kinder und mein zweiter Name könnte Toleranz lauten. Das nennt man wohl Entwicklung.

3

»Mit wem habe ich die Ehre?«, frage ich, nachdem die Flasche Wein geleert ist. Reginald heiße er. Das überrascht mich, er sieht mehr wie ein getaufter Hermann oder Werner aus, bevor er Catweazle wurde. Richy nenne er sich, das passe besser zu seinem Beruf. Ein Künstler der alten Schule sei er. Er habe den Spaß von der Pike auf gelernt. Na, das erklärt so einiges, denke ich. Hier muss ich einhaken und frage, was für eine Art Kunst er betreibe.

»Entertainer, sagt man dazu. Klingt besser als Unterhaltungskünstler. Ich musiziere, singe, tanze, bin Clown, Artist, Idiot, was gerade so gebraucht wird. Das ist so eine Sache mit dem Gebrauchtwerden. – Überflüssig, ja, von Beruf überflüssig. Das gefällt mir!«, lacht er kurz und bitter auf, kippt zur Seite weg und liegt still. Erschrocken will ich aufspringen, doch dann halte ich in der Aufwärtsbewegung inne, denn der Mann schnarcht. So ein friedliches Schnarchen. Leise Grunzgeräusche beim Einatmen und ein zischendes Pu beim Ausatmen. Hoffentlich rutscht ihm das Gebiss nicht in den Hals, wenn er sich auf den Rücken dreht, und hoffentlich stiehlt es sich nicht klappernd davon, sobald er mit offenem Mund auf dem Bauch liegt. Hingegen: Was geht's mich an.

Man könnte meinen, der Alte hätte gewusst, dass ich mich kümmern würde, kippt hier einfach in den Tiefschlaf und das, wo es nachts schon empfindlich kalt wird. Es ist zwar erst Ende August, doch der Hochsommer ist vorüber. Von unten her wird mir feucht um den Hintern. Einerseits sind dafür die vom Weiherwasser klamme Hose und andererseits die Abkühlung des Waldbodens verantwortlich. Des Alten Knochen dürften auch auskühlen, wenn ich ihm keine Decke bringe. In den Bauwagen lasse ich ihn nicht, beschließe ich, während ich mich ihm nähere, um ihm seinen Filzmantel überzuwerfen. Jesses, der Kerl hat länger kein Wasser, vielmehr keine Seife gesehen. Künstler. Die Kunst des derben Überlebens scheint sein Gebiet zu sein. Nun ja, darin wären wir uns ähnlich. Abgesehen davon, dass es mir bisher immer gelungen ist, einigermaßen anständig zu riechen. Von meiner letzten Episode als Duftstofftester, Aufpasser und Burglakai einmal abgesehen. Eine aufregende kurzfristige Beschäftigung im weit gesteckten Feld der Gastronomie: Mädchen für alles auf einer Jugendburg an der Sieg. Immerhin war die Bezahlung okay. Gerne wäre ich länger geblieben.

Zur Zeit bin ich frei. Freiheit sei der Zustand, in dem man nichts mehr zu verlieren habe, heißt es. Mit kleinen Einschränkungen trifft das auch auf mich zu. Als Exblechschlosser und umgeschulter erfolgloser Werbekaufmann stehe ich seit einigen Jahren dem Arbeitsmarkt sehr frei zur Verfügung. So frei, dass es bisher keinem Vermittler gelungen ist, mich in irgendein Profil der, da haben wir es wieder: freien Wirtschaft, zu pressen. Mal bin ich zu alt (nein, finde ich nicht), mal zu unerfahren (das kann ich nun wirklich nicht bestätigen, entschieden nein), mal passe ich nicht in die Firmenphilosophie (so was sülzen vornehmlich Werbeagenturen in ihren Absagen) und ein einziges Mal war ich überqualifiziert.

Das betraf eine Stelle als Müllsortierer. Ich wusste nicht, ob sich da jemand lustig macht. Wahrscheinlich wollten die eine Kraft, die sich für drei Euro fuffzig pro Stunde die Hände schmutzig macht. Man verstehe mich nicht falsch. Ich habe nichts gegen ehrliche Arbeit und ich hätte diesen Job auch angenommen, doch den sauberen Müllbossen war ich wohl zu teuer. Das vermutete mein Vermittler Schmidt. Den traf ich neulich wieder. Der stand doch tatsächlich in der Siegener Unterstadt und verteilte Handzettel einer Versicherungsagentur. Er wollte von mir nicht erkannt werden, vertiefte sich in die Kleiderständer eines Dessous-Ladens für die reifere Frau, begutachtete hautfarbene Miederwaren, die volumenmäßig an ausgehöhlte Schweinehälften herankamen.

Ist doch nichts, weshalb man sich schämen müsste, wenn man jede Arbeit verrichtet, seien es auch Versicherungen. Sicher, das ist schon hart an der Grenze, je nach Geschäftsgebaren der Typen. Ich war gerade achtzehn Jahre alt, da schwätzte mir so ein geschniegelter Kerl ein Schutzpaket auf. Darin eine Haftpflicht für meine Kinder, die alle nie geboren wurden, eine Familienrechtsschutzversicherung (die im Scheidungsfall nicht eintritt), eine Unfall- und Risikolebensversicherung über vier Millionen Mark und, fast zu vernachlässigen, Anteile eines asiatischen Aktienfonds. In dem Jahr sollte die japanische Börse das Rennen machen. Der Versicherungsschlumpf schimpfte sich auch Anlageberater. Ich hätte damals einen Ablageberater gebraucht. Ich war völlig übernächtigt und zu meiner Verteidigung muss ich sagen, dass ich sehr verkatert war bei der Unterzeichnung der Verträge. Was mich letztlich wohl dazu bewogen hat, überhaupt dem Manne zuzuhören, war die Aussicht auf eine kostengünstige Sterbeversicherung, Stiftung Warentest: Sehr gut. Hundeelend war mir. Wer sich mal mit Apfelkorn betrunken hat, kann das nachempfinden.

Meine Mutter hat das dann alles wieder gekündigt, nicht ohne mich einen dummen, unselbstständigen Deppen zu nennen. Würde ich noch mit ihr reden, dann würde sie mir die Versicherungs-Affäre heute noch aufs Brot schmieren.

Brot schmieren – ich fühle mich schlecht ernährt. Auch meinem Magen muss die Freiheit schmecken. Er weiß die fett- und kalorienarme Kost noch nicht zu schätzen. Es gibt heute nichts mehr. Von Luft und Liebe leben, fällt mir ein idiotischer Spruch ein. Die Luft muss reichen. Meine Vorräte sind bis auf einige Gewürze zusammengeschmolzen. Ich registriere, dass das klamme Gefühl stärker wird, ich aber trotzdem hier neben dem alten, gelernten Spaßmacher kleben bleibe. Die Erdanziehung versucht mich zu übertölpeln.

Mein Blick schweift über die Landschaft im Dunkeln, mein Gehör vernimmt aggressives Hupen oben auf der Bahn. Wenn da jetzt einer einen Fahrfehler beginge, käme er hier unten vor meinen Füßen an. Was, wenn es sich dabei um einen Lebensmitteltransporter handelte? Jetzt aber mal halblang. Doch auch meine

Gedanken sind frei. In mir zupft Hannes Wader seine Gitarre und stimmt an: Die Gedanken sind frei, wer kann sie erraten ... Vor meinem inneren Auge fliegt ein Laster vorbei, ohne Essen, stattdessen ist er beladen mit Katzenstreu.

Ein nächtlicher Schatten huscht hinter mir. Es könnte ein Marder gewesen sein. Neben mir röchelt der Alte. Ich werde ihm eine Decke bringen.

Das Wochenende steht ebenfalls unter dem Motto ›frei‹. An den Werktagen, vielmehr den Werknächten jobbe ich bei Rudi. Samstags und sonntags bin ich auf Abruf. Dieses Wochenende und die kommende Zeit allerdings nicht, denn Susannes Neffe will sich unbedingt einige Euros für sein Auslandssemester verdienen. Er müsse ihm das gestatten, sonst gebe es Ärger mit den Schwiegereltern. Den will Rudi nicht, denn den betagten, aber noch fitten Schwiegereltern, sie hängen am Geld und am Leben, gehört eine gut gehende Baufirma. Die Entscheidungen meines Arbeitgebers sind nicht sehr frei, er scheint es aber zu glauben. Ich denke, das in seiner Familie ausgeprägte Geiz-Gen wird dominant vererbt und setzt sich somit durch. Da kann er dann gar nichts gegen machen. Ich mag ihn und seine Frau. Ehrliche, berechenbare Leute.

Der Alte lässt einen kraftlosen Furz und rollt auf den Rücken, dabei schlägt sein Mantel wieder auf. Er scheint das Schlafen unter freiem Himmel gewohnt zu sein. Doch der Himmel hält sich im Moment bedeckt. Das erinnert mich an die Decke, die ich holen wollte. Der ausschlaggebende Impuls, mich endlich zu erheben. Es steht 1:0 im Spiel um die Trägheit ›Heiner gegen Schwerkraft‹. Bis zu meinem Bauwagen sind es nur ein paar Schritte. In der Zeit wird Catweazle wohl nicht ins Wasser rollen. Ich sollte ihn gleich ein Stück weiter vom Ufer wegschaffen.

Die Weltmeisterschafts-Decke, ein Werbegeschenk aus der Tankstelle, passt so halbwegs über den alten Mann. Den ersten Gedanken, den ich hatte, als er sagte, er sei Musiker, hatte ich eben schon ganz schnell verworfen. Ich werde ihn nicht fragen, ob er mir das Bending auf der Harp erläutern kann. Seine faulige Fuselfahne lässt meine Nase kraus werden. Während ich mich über ihn beuge, fällt mein Blick auf eine verschlissene Brieftasche, die ein wenig aus dem Innenfutter des Mantels ragt. Ich kann dem Sog nicht widerstehen und nehme sie vorsichtig an mich. Obwohl man die Sterne nicht funkeln sehen kann, reicht das fahle Mondlicht, um eine Ahnung vom Inhalt der Brieftasche zu bekommen. Es ist mehr eine kleine Mappe. Ausschließlich Fotografien scheinen sich darin zu befinden und altes, merkwürdig bedrucktes, ganz dünnes Papier. Das fasse ich lieber nicht an, am Ende zerbröselt es mir zwischen den Händen. Das erste Foto zeigt ein Frauengesicht. Ob es schön ist, vermag ich nicht zu bestimmen, dazu reicht das Licht nicht. Die Frau wurde sicherlich oft betrachtet, denn das Bild fühlt sich weich und zerknittert an. Auf einem weiteren Foto ist eine Familie zu erkennen. Eltern und drei Kinder nebst Hund, der nach einem Stock zu springen scheint, den eines der Kinder, ein Junge, in die Höhe hält. Jetzt kommt eine neuere Aufnahme. Hierauf ist eine junges Paar mit Baby im Grünen zu sehen. Der Park im Hintergrund könnte zum oberen Schloss Siegens gehören. Der Alte gibt einen Grunzlaut von sich. Ich fühle mich ertappt und stecke ihm die Brieftasche flugs wieder in den Mantel. Dabei erhasche ich einen scharfen Geruch nach Urin. Frischen und gut durchgezogenen. Inkontinent, auch das noch. Soll so das Ende sein? Na, vielleicht hat er sich nur die Nieren oder die Blase verkühlt. Ich muss an meine Oma denken, so ein böses Ende gönnt man seinem schlimmsten Feind nicht. Klaren Verstandes und körperlich intakt einschlafen und morgens nicht mehr aufwachen oder einen heimtückisch endenden Hinterwandinfarkt beim Sex mit einer begehrten Frau, das ein oder andere wünschen sich viele.

Selbstbestimmt in den Tod. Um alles darf man sich in der freien Gesellschaft kümmern. Ums Lernen, das Ergreifen eines Berufs, die Versicherungen, die Verdauung, die Partnerwahl, die Frisur, die Größe der geschlechtsprägenden Organe, die Zeugung neuen Lebens. Wer versucht, den eigenen Tod in die Hand zu nehmen, für immer aussteigen will, wird von den Kindern entmündigt, vom System weggesperrt. Für einen Abgang nach eigenem Drehbuch gibt es kein freies Feld auf dem Spielbrett. Der Selbstmörder als Spielverderber.

4

Spielverderber, so hat mich meine Schwester auch oft genannt, wenn ich keine Lust hatte, ihre Lügen zu lügen. Ja, Mama, sie hat gut auf mich geachtet. Wir waren die ganze Zeit auf dem Spielplatz. Nein, Mama, da waren keine großen Jungs, die ihre Zungen in Schwesterchens Mund gesteckt haben. Nein, Mama, ich habe auch keine Kaugummis für mein Weggucken bekommen. Woher ich die Bonbons habe? Welche Bonbons? Schluck. Ach die, die habe ich gefunden.

Später dann gab's Marie, die aus mir den Spielverderber machte. Bereits zu Beginn hätte ich es ahnen können. Da war die Sache im Vatikan, na, vielmehr davor. Keine nackte Haut. Ich kam rein in die heiligen, goldenen Hallen und konnte mir die Schätze und den Prunk ansehen. Marie musste draußen bleiben. Sie wollte dann, dass wir tauschen. Ich sollte ihr meine lange Hose geben, damit sie angemessen züchtig gekleidet an den Wächtern mit den Argusaugen vorbei zum sakralen Prunk gelangen konnte. Ich könne in der Zeit ihren rosa Minirock haben. So entschieden habe ich selten Nein gesagt und das zu einer Zeit, als ich noch so richtig scharf auf sie war. Bei aller Liebe, das Opfer wäre zu groß gewesen. Ich im rosa Minirock am Brunnen stehend vor dem Amtssitz des urkatholischen, installierten reinen Gewissens. Spielverderber, hat sie da zu mir gesagt. Der blieb ich dann auch für sie. Besonders gegen Ende der Tortur, die man Ehe nennt, bis dass der Tod und so fort. Man sollte eine zweite Klausel einfügen: Bis dass der finanzielle Ruin euch scheidet. Nein, Marie, ich werde weder den Stepper noch den Bauchtrainer und schon gar nicht die Gemüsesaftpresse, durch deren Erzeugnisse, täglich genossen, man gesund, fit und frei von Falten und Radikalen 93 Jahre alt werden kann, auf Pump kaufen. Nein, Marie, du bekommst meine Kreditkartennummer nicht. Sie hat sie sich dann doch beschafft und ich war eine kurze Zeit lang beinahe Eigentümer dieses Tele-Shops, so kam es mir vor, als ich die Position des offenen Rechnungsbetrages sah. Ich zwang die liebe Gattin dazu, alle Waren zurückzusenden. Ich Spielverderber. Immerhin habe sie dabei auch an mich gedacht, sagte sie und überreichte mir feierlich einen silbernen Nasenhaarentferner (die Prämie für Powerbesteller).

Heute kann ich frei entscheiden, wie ich meine Nasenhaare trage. Auch das wird von niemandem mehr kommentiert, genauso wenig wie die Geräusche, die mein Körper in völlig entspanntem Zustand unkontrolliert von sich gibt. Da muss ich mich für nichts mehr entschuldigen. Meine Wohnsituation habe ich im Nachhinein als freie Entscheidung umetikettiert, denn mittlerweile campiere ich sehr gerne im Bauwagen. Ich habe die Vorzüge erkannt. Ruckzuck bin ich vor Ort, an dem meine Arbeitskraft gebraucht wird, egal wo auch immer in Deutschland oder den angrenzenden Wirtschaftsräumen. Gut, ob meine Flexibilität bis in den ehemaligen Ostblock hineinreichen würde, weiß ich nicht zu sagen. Der zum jeweiligen Zeitpunkt subjektiv empfundene Leidensdruck entscheidet über das Maximum der Mobilität.

Von Beruf: Überflüssig. Das hatte der Alte gesagt. Bisweilen trifft das auch auf mich zu. Die nächsten Wochen hätte ich schon gerne eine Aufgabe. Da bin ich dann wieder Gefangener meiner Erziehung. Nur für Leistung gibt es Liebe, nur für Leistung gibt es Geld. Wer A sagt, muss auch B sagen, was bei mir dazu führt, dass ich einmal Begonnenes zu Ende bringe. Was nicht immer ein Segen ist. Doch stoische Hartnäckigkeit und Ausdauer über lange Strecken sind Eigenschaften, die mich nicht nur für die Zeugen Jehovas interessant machen, sondern auch für zukünftige Auftraggeber. Nur wissen sie noch nichts davon.

Ich klemme die Decke so gut es geht, ohne den Alten zu wecken, um ihn herum fest, wobei Weltmeisterschaftsmaskottchen Goleo darauf sein Gesicht verzieht. Gleichzeitig bugsiere ich den Clown vorsichtig ein wenig herum, dass er nicht ins Wasser rollen kann. Der kühle Nachtwind weht einen Zeitungsschnipsel an mir vorüber. Das bringt mich auf eine Idee. Eilig gehe ich in meinen Wagen, zähle die Münzen im Beutel unter dem Kopfkissen und beschließe, eine Anzeige aufzugeben. Drei Zeilen werde ich mir leisten können. Wie fasse ich meine geballten Vorzüge in drei kleine Zeilen, circa drei mal dreiunddreißig Zeichen? Bevor mir die Augen zufallen, hab ich's, Werbefuzzi-Umschulung sei Dank: Fit, tüchtig, handwerkl. begabt, ideenreich, flexibel, mobil, Mitte 40, morgen der Ihre: 027xx/97XX. Hundert Zeichen mit Punkt. Vielleicht sollte ich statt des Alters die Männlichkeit herausstellen … männlich, müde … Schlaf gut, Heiner. Ein guter Plan. Damit schläft es sich gleich leichter ein. Morgen geht's direkt in meinen alten Heimatort Burbach, wo ich die Anzeige in der Niederlassung der Siegener Zeitung aufgeben werde.

5

Samstag

Mein Wasserrohr zwingt mich bereits vor dem Aufstehen und der beginnenden Morgendämmerung hinaus. Barfuß und nur mit einem T-Shirt bekleidet drücke ich meinen gelben Strahl gegen eine junge Tanne. Man stelle sich vor, alle Bäume würden einmal zurückstrullern. Boah, wat sein ich möh. Während ich das vorletzte Tröpfchen abschüttle, streift mein Blick durch das kleine Tal. Aus einer Art diffusem Pflichtgefühl heraus gehe ich zum Weiherufer. Den Alten kann ich nicht entdecken. Schmatzgeräusche vernehme ich. Das müssen die Fische sein, die nach den Mücken und dem Insektengetier schnappen. Vielleicht ist es eine Nacht zum Töten, wenn schon der Tag sich nicht eignete. Kurz überlege ich, einen erneuten Fischzug zu starten. Mein herzhaftes Gähnen entscheidet dagegen über die Frage: essen oder schlafen.

Ich werde in den Wagen zurückgehen. Auf dem Weg dorthin höre ich auf der Höhe des Anglerheims ein Klappern. Der Alte wird sich in den Schutz der Hütte gelegt haben. Dort ist es sicher windstiller und weniger nass.

Jetzt habe ich's, ich werde in die Anzeige statt ›Mitte 40‹ ›m. (für männlich), 44 J.‹ schreiben, dann hätte ich mein Geschlecht als zusätzlichen Anstellungsgrund für die Heben-Bringen-Tragen-Jobs auch erwähnt und habe mit den wenigen Zeichen alles gesagt. Passt genau und mein Werbebudget wird nicht überschritten.

Hinter mir höre ich etwas schnaufen. Kurz stellen sich mir die Nackenhaare auf. Aus den müden Augenwinkeln sehe ich einen großen und mehrere kleine Schatten den Weg kreuzen. Leise schleiche ich in den Wagen und die wilde Schweinsfamilie streift weiter durch den Wald. Jetzt bin ich wach. Beinahe hellwach und das zur Unzeit. Hier gibt es definitiv nichts für mich zu tun, außer noch zwei, drei Stündchen zu schlafen. Da ist der Plan im Kopf, der nach sofortiger Umsetzung schreit, doch der Startschuss fällt erst mit Öffnung der Anzeigenannahme. Bis dahin, halt Ruhe, Heiner.

Gleich wird es passieren: Das ist der Moment, auf den die nagenden Zweifel gewartet haben. Der Moment, in dem ich ihnen die volle Aufmerksamkeit schenken muss. Nichts zu tun, zum Lesen ist es zu dunkel, Ablenkungsessen ist keines da. Heimtückisch werden die Zweifel ihre Armee an bösartigen Fragen aus der Deckung ins Feld lassen. Aus vollen Rohren werden sie mit negativen Konjunktivfragen auf meine Illusionen und Ideen schießen. Was wäre wenn ... Was ist, wenn keiner auf deine Anzeige antwortet? Hättest du das Geld doch lieber verfuttert. Was ist, wenn dir ein grober Fehler unterläuft? Du bist nicht versichert. Was, wenn Rudi den Wagen bald zurückhaben will ... Ich werde mich wappnen müssen, den Konjunktiven eine Falle stellen. Gegenkonjunktive abfeuern: Was ist, wenn nicht ... Was also, wenn Rudi den Wagen gar nicht wiederhaben will? Dann musst du den Winter in dem Ding verbringen. Falsche Frage. Was also, wenn Rudi den Wagen nicht wiederhaben will, du einen tollen Job bekommst, dir genug Brennstoff leisten kannst für die Beheizung oder sogar eine Festanstellung, eine Wohnung ... Das Gefecht betreibe ich dann so lange, bis ich vor Wiederholungen einschlafe. Die kenne ich noch aus dem Fernsehen, zurzeit bin ich eher medienfern, doch jedwede Wiederholung eignet sich immer zum Einschlafen. Für Fernsehfilme ist es günstig, mal den Anfang zu verpennen, mal den Mittelteil, mal den Schluss. So ist gewährleistet, dass man dreimal eine Wiederholung anschaut, immer mit dem Gefühl, dass noch etwas Neues kommt. Doch das funktioniert nur in einem begrenzten Zeitraum.

Ähnlich kann man auch innerhalb der Kommunikation mit Ehefrauen vorgehen, je nach Kaliber. Es ist bisweilen ratsam für beide Seiten, der Gattin wohl dosiert zuzuhören, dann fällt es leichter, bei der dritten Bemerkung über die Essgewohnheiten ihrer besten Freundin oder ihrer eigenen wachsenden Fetteinlagerungsrolle so zu tun, als wäre es eine interessante Neuigkeit. Mir unterlief leider, oder soll ich sagen zum Glück, ein grober Schnitzer. Am Ende stellte ich nur noch bei für mich bedeutungsvollen, ganz bestimmten Reizwörtern auf Empfang, eines davon hieß ›kaufen‹.

Wie würde es dir heute gehen, wenn du Marie noch hättest? Ein leicht abzufangendes Konjunktivgeschoss: Ich würde mir die Welt erträglich saufen. Das habe ich seit Jahren nicht mehr nötig. Davon mal abgesehen, gehöre ich zu den Menschen, die Alkoholexzesse körperlich ganz schwer verkraften und am Katermorgen flüstern: Nie wieder Alkohol. Ich gestehe, mit dem damaligen Verhalten in meine eigene Wiederholungsfalle getappt zu sein. Das ist ja nun rum, nicht Rum, sondern rum. Noch mal rumdrehen, schön.

Erstes Vogelgezwitscher umflattert meinen Wagen. In der warmen Koje ich, über dessen Haupt sich ganz sanft ein kleines, weiches Mützchen Schlaf legt.

6

Plötzlich bin ich wach, mit einem Schlag. So, als hätte mich ein bestellter Weckruf erreicht. Der Wagen wackelt. Nicht stetig. Langsam und sacht zunächst und jetzt schneller und heftiger. Was geht denn hier ab? Horch, was kommt von draußen rein … Kann ja sein, dass der Wagen Wald- und Wegarbeiten stört. Wären dort Bauarbeiter, dann ginge die Werktätigkeit lauter vonstatten. Von draußen höre ich lediglich das Singen der Vögel, das Rauschen des Verkehrs auf der Autobahn, das heftige Schnaufen eines Mannes und das leisere Stöhnen einer Frau. Was? Sogleich will ich aus dem kippelnden Wagen stürzen und der Dame in Not aus der Bedrängnis helfen, doch halt, ruft ein Stimmchen aus der Versenkung. Heiner, denk nach: Wie oft hast du diese Art Gestöhn gehört und es hat sich dabei um Mord gehandelt? Okay, ich komm schon drauf, ist halt schon eine Weile her, muss ich zugeben. Je länger etwas vergangen ist, desto verschütteter sind die Verknüpfungswege der neuronalen Verbindungen im Gehirn, was bedeutet, dass die Erkenntnisse und das Wissen um etwas nicht spontan zugänglich sind. Mein kleines dafür zuständiges Areal im Kopf muss erst mal unter dem Plumeau hervorgeholt werden, bevor ich zweifelsfrei die Geräusche schwerer Atmung dem Kopulationsvorgang zuordnen kann.

Wie erfreut wäre wohl das Gespann über dein Erscheinen? Vorausgesetzt, beide haben ihren Spaß, okay, aber was, wenn da doch jemand gegen seinen Willen ... Eine letzte Eruption und ein ›Uff‹ beenden das Geschiebe am Bug meines Bauwagens. Ich kann mich nicht zurückhalten und werfe einen Blick durch den Spalt zwischen den Schlagläden. Die zwei sind relativ nah und mir ist, als röche ich heiß gewordenes Gummi. Jetzt sehe ich, wie die zweifellos jungen, weiblichen, pfirsichrunden Hinterbacken einen String verschlingen, die Frau, sich aufrichtend, ihr kurzes Röckchen zurechtzupft und der Herr sein weißes Hemd in die Hose stopft, wobei mir die glänzende, fette Boss-Gürtelschnalle ins Auge springt. Er wendet sich ab und geht zum Siebener, sie folgt mit Abstand, bückt sich nach etwas, greift es, begreift es und wirft es, spitz schreiend, ins nächste Gebüsch. Der Mann dreht sich irritiert zu ihr um und sie (irgendwie auch mich) trifft ein verständnisloser, beinahe wütender Blick. Aha, hier besteht ein Machtgefälle, wahrscheinlich ein Abhängigkeitsverhältnis. Er kann es sich leisten, sie so missbilligend anzusehen. Er ist sich ihrer sicher, glaubt er. Sie stellt sofort ihren schrillen Ton ab und geht ohne ein Wort, aufrecht, wiegenden Ganges, an ihm vorbei. Na, vielleicht war das die letzte Besprechung dieser Art für ihn. Ich konnte ihr Gesicht nicht sehen, weiß nicht, ob ihre Augen sich für einen Sekundenbruchteil zu Schlitzen verengt haben, dafür höre ich jetzt die Türen des BMWs schlagen. Ihre knallt einen Tick intensiver zu. Er gibt hart Gas, lässt den Dreck hinten wegspritzen, und im Nu hat der Wald zu beiden Seiten des Weges sie verschluckt.

Jetzt habe ich mir das Kennzeichen nicht gemerkt außer dem SI für den Kreis Siegen-Wittgenstein. Ob ich den Standplatz wechseln sollte, obwohl ich erst einen Tag quasi im Urlaub bin? Das ist das Schöne an einem Mobilheim: Heute hier, morgen dort, bin kaum da, muss ich fort … Seit ich im Wald bin, fallen mir nur noch Mundorgel-Lieder ein. Ich muss an meine Grundschulzeit denken, ›Im Frühtau zu Berge wir ziehn fallera‹, Wandertag zum Großen Stein, einer bewachsenen Halde mit großen Brocken, die zum Klettern einlud. Später ging es dann gesanglich ein wenig internationaler weiter mit ›What shall we do with the drunken sailor‹ und wandertagsmäßig über die Grenze ins Sauerland zur Tropfsteinhöhle. Noch internationaler und politisch korrekter wurde es dann in der Realschule, gesanglich mit dem ›Hevenu shalom alejchem‹, die Wandertage wurden zu Busfahrtagen ins Phantasialand und der Geschichtsunterricht bestand beinahe ausschließlich aus der Zeit um 1945. Insgesamt eine wilde Mischung, die überschattet wurde von einem Testosteronüberschuss, der das Denken bisweilen stark blockierte, besonders in Französischarbeiten. Französisch war ein Fach, das ich sobald wie möglich abgewählt hatte. Die Französischlehrerin bestand darauf, jeden Schüler auch französisch anzusprechen. Versuchen Sie das mal mit Heiner: Einääär. Entsetzlich. Entsetzlich auch, dass mit zunehmendem Alter meinerseits die schlichte Morgenlatte von komplexen steifen Gehirnkrämpfen bezüglich der Vergangenheit verdrängt zu werden scheint. Sehr bedenklich.

Das bringt mich zum eben Erlebten zurück. Wären nicht noch die Reifenspuren im Schlamm, würde ich daran zweifeln, ob die Episode nach meinem Erwachen tatsächlich stattgefunden hat und es sich nicht um eine durchgeknallte Fantasie aus den Tiefen meines Unterbewusstseins handelt. In letzterem Falle sollte das Unterbewusste schön unten bleiben. Doch auf dem Boden sind die Spuren, und der schrille Schrei klingt noch in meinen Ohren. Jetzt will ich auch wissen, was die Lady in Entsetzen versetzt hat. Einmal draußen, kann ich auch gleich nachsehen, was aus dem Alten geworden ist.

Während das Kaffeewasser auf dem Campingkocher heiß wird, durchstöbere ich das Unterholz schräg hinter meinem Wagen. Irgendwo dorthin hat sie das Etwas geschleudert. Es scheint ein herrlicher Tag zu werden. Am Himmel grasen Schäfchenwolken, aus dem Wald riecht frisch das feuchte Moos und neben den Stockschwämmchen eines faulenden Baumstumpfs schimmert etwas, das nicht in einem Wald wächst: ein Gebiss im Gebüsch. Ich suche mir ein Stöckchen und angle das Ding hervor. Es handelt sich um eine obere Zahnreihe. Die Frau muss kurzsichtig gewesen sein, es für etwas anderes gehalten zu haben. Vielleicht dachte sie, es wäre ein Stück Perlenkette.

Ich schiebe das Teil auf ein Ahornblatt und nehme es vorsichtig an mich. Wenn das mal nicht dem Alten gehört. Hoffentlich hat er den Verlust noch klaren Verstandes bemerkt. Ich überfliege den Platz vor meinem Wagen, wo die Frau das Teil gefunden hat, suche nach weiteren Spuren. Vom Gegenstück des Gebisses ist nichts zu sehen. Die Zähne lege ich auf den Stein, der meine Behausung am Wegrollen hindert und mache mich auf die Suche nach dem alten Mann.

Auf dem Flecken, wo er gelegen hat, muss ein Wildschwein gewühlt haben. Davon zeugen ungleichmäßige Erdanhäufungen und Vertiefungen mit den Abdrücken eines Paarhufers. Hier hat er des Nachts, als ich austreten musste, schon nicht mehr gelegen. Erfolglos suche ich das Ufer nebst allen Bänken auf dieser Seite des Landeskroner Weihers ab. Dann durchstreife ich das Wiesengelände bis oben unter die Autobahnbrücke, ohne einen Hinweis auf den Verbleib des Alten zu entdecken. In der Nähe der Angler-Hütte ist auch keine Spur von ihm. Auf das Schlimmste gefasst, durchkämme ich selbst die Stelle des Weiherabflusses und dabei finde ich nicht einmal meine Decke. Der Mann ist weg. Ich durchsuche die von den Wildschweinen umgewälzte Erde etwas genauer und finde eines der Fotos aus seiner Brieftasche. Es ist das abgenutzte mit dem Frauenporträt. Ein hübsches Gesicht lächelt mich durch einen Schleier feuchter Erde schüchtern an.

Ich fühle mich beunruhigt.

Auf dem Weg zum Wagen kommen mir zwei ältere Herren in Anglerkluft entgegen. Nein, sie haben niemanden gesehen und wenn das mein Bauwagen wäre, der könne dort nicht stehen bleiben. Danke, sehr freundlich, denke ich und beschließe, in Ruhe einen Instant-Kaffee zu trinken und mich zunächst um meine eigenen Angelegenheiten zu kümmern.

7

Die Anzeige bei der Siegener Zeitung in der kleinen Römer-Passage in Burbach ist schnell aufgegeben. Von dort aus ist es nicht weit zu Rudis Tankstelle. Ich muss ihn darüber informieren, dass ich eine seiner Telefonnummern angegeben habe, und ihn gleichzeitig darum bitten, die Anrufe zu notieren. Davon wird er zwar nicht begeistert sein, zumindest wird er erst einmal stöhnen, aber am Ende wird er alles aufschreiben. Auf Rudi ist Verlass. Hinter seiner kauzigen Art verbirgt sich eben doch ein Gutmensch. Der, so sagt er selbst, solle so unentdeckt wie möglich bleiben. Tue Gutes und rede nicht drüber, so seine Maxime. Wenn es darum geht, einem Freund einen Gefallen zu tun, kann man immer mit Rudis Hilfe rechnen, solange es sich dabei nicht um Geld handelt. Rudi verleiht keinen Cent und ich würde ihn auch niemals um Geld bitten. Alles, was er mir materiell zukommen lässt, bekommt er durch meine Arbeitsleistung abgegolten. Darüber hinaus zahlt er mir einen Stundenlohn. Bisher deckten sich seine Einschätzungen vom Wert seiner Unterstützung an meine Adresse mit meiner Arbeitsleistung an seine Adresse. Keiner von uns fühlt sich ungerecht entlohnt. Das kann ich zumindest für mich behaupten und wenn Rudi das anders sähe, würde er es mir nicht sagen. Er würde gar nicht mehr mit mir reden und so wüsste ich Bescheid. Wenn Rudi sich ausgenutzt fühlt, kann man von ihm nicht mal mehr ein Wort, nicht eine Silbe bekommen, auch keinen geringschätzigen Blick oder eine wegwerfende Geste. Nicht mal ein Unmutsknurren. Man bekommt rein gar nichts mehr von ihm. In seiner schweigsamen, kargen Kommunikation ist er ausgesprochen klar. Klarer als die Tonleiter, die ich während der Fahrt der Mundharmonika entlocke. Ich übe mich in der Technik des Lippings. Unterlippe leicht zurück, Oberlippe etwas vor, alles irgendwie zuspitzen.

Deutlich und klar ist jedenfalls die Botschaft, die auf dem vor mir fahrenden Polizeiwagen aufleuchtet: Bitte folgen. Die Gesetzeshüter steuern eine Busbucht an und ich folge. Handy am Ohr ohne Headset ist untersagt, von einem Harp-im-Mund-Verbot ist mir nichts bekannt.

Dorf-Sheriff Mario stemmt seinen massigen Körper aus dem Fahrersitz des Polizeiautos. Ich meine, die Stoßdämpfer aufatmen zu hören. Jetzt dreht er sich machtvoll zu mir herum. Zieht sich ausgiebig die Hose hoch, die eine Menge Gewichtiges zu tragen hat, und kommt wiegenden Schrittes auf meinen Wagen zu. Seine Körpersprache lässt mich an das Ritual der

Sumo-Ringer kurz vor der Konfrontation denken. Ein dümmliches Grinsen umspielt ganz kurz Marios Mundwinkel, als er sieht, wen er da aus dem Verkehrsstrom gefischt hat. Der Kürze halber gab es einen zweiten Spitznamen für Willst-n-paar-. Aufgrund einer angeborenen Zungensteifheit seines jüngsten Bruders, der den eigenen Nachnamen nur undeutlich artikulieren konnte, heißt die ganze Nümer-Mischpoke die Mümmels. Die einzelnen Sprösslinge wurden durchnummeriert. Mümmel eins, der Älteste, dessen Gürtelschnalle beinahe an meine Scheibe tickt, wippt Ungeduld demonstrierend vor meiner Fahrertür.

Ich lasse die Scheibe nicht herunter, weil ich sie sonst nicht mehr heraufbekomme, da sich das Dichtungsgummi mit hochschiebt, um als geballtes Knäuel den Schlitz zu blockieren. Ich öffne also die Tür, die Ordnungsmacht tritt behäbig einen Schritt zur Seite, und füge mich dem Unausweichlichen, das sich gleich neben mir breit macht wie entfleuchte Darmwinde nach einem Döner, doppelt Zwiebeln, extra scharf.

Für mich ist die:

»Allgemeine Führerschein- und Fahrzeugkontrolle, Ihre Papiere bitte!«, nichts Neues. Mein altes, graues Peugeot-Cabrio wird gerne überprüft. Noch lässt Mario nicht durchscheinen, dass er mich erkannt hat als den, der ihm mit einem Tafellappen die Zähne putzte. Aber ich bin sicher, dass er just im Moment meines Kramens im Handschuhfach den Katalog an Drangsalierungen durchgeht. Vom Prüfen des Zulassungs-Siegels über das Nachmessen des Reifenprofils bis hin zum Öffnen des Kofferraumes und dem Herumstöbern im Erste-Hilfe-Kasten. Gummihandschuhe habe ich, die Pflaster kleben sicher alle nicht mehr. Ist die reflektierende Weste schon Vorschrift? Als ich aufblicke, um ihm die Papiere zu geben, hat er das Reifenmessteil schon in der Hand. Er nimmt die Dokumente, faltet meine graue Pappe auf und setzt an:

»Na, wen haben wir denn da?« Wenn der mich jetzt Heini nennt …

»Herr Himmel, bitte steigen Sie aus und öffnen den Kofferraum!« Gut, dass ich weiß, was jetzt seinerseits abgespult wird. Da spule ich mit. Kein Problem, das ist geübt. Hier sitzt jeder Handgriff. Ohne Rückfragen nach dem Sinn der Aktion schlüpfe ich aus dem Wagen, rank und schlank an seinem Bauch und durch seine Wolke der Wichtigtuerei vorbei zum Heck des Wagens. Dass sein Reifenmesser nicht die geeignete Waffe ist, mir am Profil zu kratzen, merkt er schnell. Die breiten Schlappen sind zugelassen und runderneuert. Auf dem Weg zum Kofferraum wird unser kleines Theater-Stück vom Knacken des Funkgerätes und dem anschließenden Ruf seines Kollegen unterbrochen. Ein Einsatz. Sie müssen los, sofort, fügt der Kollege an. Wortlos erhalte ich meine Papiere zurück und schneller als ich dachte, sitzt der Mümmel wieder im Auto, legt einen Kavalierstart hin, wendet scharf und braust entgegen meiner Fahrtrichtung davon. Die Licht- und Soundanlage schalten sie nicht an.

8

»Was machst denn du hier? Kannst ohne uns nicht mehr sein, was?«, foppt mich Susanne, die sich mit einer Getränkelieferung abschleppt.

»Richtig. Das beruht doch sicherlich auf Gegenseitigkeit«, kontere ich, nehme gleich vier volle Bierkisten von der Palette und trage sie lächelnd hinter ihr her in den Shop.

»Hat man denn niemals Ruhe vor dir? Heute gibt's nix«, stöhnt Rudi geduckt hinter der Kasse hervor und schaltet den Polizeifunk wieder an.

Kurz und knapp berichte ich von der Anzeige, die am kommenden Mittwoch mit der Tankstellen-Telefonnummer erscheinen wird und bitte darum, ankommende Anrufe zu notieren.

»Wir sind doch nicht dein Sekretariat«, grummelt Rudi abwesend, da er den größten Teil seiner Aufmerksamkeit den abgehackten Einsatzkommandos schenkt.

»Klar, wir notieren das schon für dich. Kannst dich drauf verlassen«, bestätigt Susanne freundlich lächelnd, wobei sie mir mit einem Seitenblick auf Rudi deutlich macht: Kennst ihn ja. Und ob ich ihn kenne. Solange Rudi mit einem motzt, solange ist ja alles im Lot. Schön, dass ich auf die beiden zählen kann.

Nachdem wir die letzten Getränkekisten im Vorratsraum verstaut haben, packt Susanne mich am Ärmel und zieht mich verschwörerisch hinter sich her aufs Klo. Mir wird ein wenig mulmig. Bisher haben wir keine Handgreiflichkeiten ausgetauscht, obwohl Susannes Attraktivität Unruhezustände der Hände verursachen kann. Besonders, wenn sie so natürlich nachlässig mit dem Verschluss ihres Hemdes umgeht. Doch ich würde niemals, auch wenn mir die Vorstellung daran vergnügliche Schauer durch die Nervenbahnen bis in die Muskeln jagt, niemals würde ich in der Frau eines Freundes meinen genetischen Fingerabdruck hinterlassen. Nie? Fragt mein kleiner Testosteronteufel, der schon so lange freudlos vor sich hin darbt. Nein. Es sei denn, die Frau bestünde darauf. Wer will denn da zuwiderhandeln? Wir! Kontern versprengte Gewissenseinheiten durch die aufrührerischen Samensalven. Okay, okay, beende ich den inneren Gedankenreigen, da es zu nichts führt.

»Warte hier. Bin gleich zurück.« Oh, ja. Das klingt wunderbar verheißungsvoll. Gut, dass ich weiß, wie ich mich als Gentleman zu verhalten habe, sollte die befreundete Dame entgleisen. Weiß ich das? Ja, sage ich mir und schöpfe tief Atem. Hände waschen, Mund ausspülen, Kleider und Haare ordnen. Das hätte ich sowieso getan, wenn ich schon mal am Waschbecken stehe. Mir ist nach einem Kaugummi. Suchend klopfe ich meine Taschen ab und finde keinen. Die Tür geht nur einen Spalt breit auf, Susanne huscht hinein und mit einer schnellen Bewegung hat sie uns eingeschlossen.

»Jetzt bist du reif!«, droht sie mir schelmisch und zieht hinter ihrem Rücken ein bedrohliches Werkzeug hervor mit zwei scharfen, spitzen Klingen. Eine Haarschneideschere.

»Guck nicht so«, sagt sie und muss prustend lachen, »mit deinem Zammelzopf kannst du keinem zukünftigen Arbeitgeber imponieren. Sind ja nicht alle so tolerant wie wir.« Jetzt wird sie ernst. Ich muss sie ziemlich geschockt und konsterniert zugleich angesehen haben. Ihre Heiterkeit ist gewichen und hat einem Ausdruck dieser Sorte diffusem Schuldgefühl Platz gemacht, das beim Gegenüber den Zwang auslöst, sich entschuldigen zu müssen, ohne dass man weiß, wofür genau. Dass sie so schaut, wollte ich nicht. Sie soll sich nicht schlecht fühlen.

»Entschuldigung«, nuschelt sie zuerst kleinlaut statt meiner, und ich beeile mich zu sagen, dass ihre Idee nicht die schlechteste sei, sie ganz recht habe und ich mich freuen würde, wenn sie die Fransen abschneidet. Ein Lächeln huscht über ihr Gesicht. Was habe ich da eben gesagt?

»Na, dann dreh dich um. Hier, kämm mal selbst durch. Ich will dir ja nicht wehtun«, voller Aktionismus hat sie mir das Haargummi schon abgezogen, reicht mir einen Kamm mit groben Zinken und hält die Schere im Anschlag.

»Aber nur fünf Zentimeter.«

»Also, wenn schon, denn schon, oder nicht?«

»Nein, erst mal nur fünf.«

»Hmmm, das nützt nichts. Die trockenen Spitzen sind völlig kaputt. Spliss bis hier.« Sie markiert bohrend mit der Schere einen Punkt unterhalb meiner Schulterblätter.

»Das wären ja zwanzig!«, rufe ich empört.

»Dann lass mich zehn abschneiden.«

Ohne meine Antwort abzuwarten, packt sie die Fransen zusammen und ›grab, grab, grab‹, drei Scherenschnitte später fehlen mir zwölf. Ein dünnes Bündel graues Haar hält sie in ihrer Hand, eben genau jenen Abschnitt, der einen großen Wandel in meinem Leben mit sich brachte. Würde man diese Haare einer Laboruntersuchung unterziehen, fände man darin eine ansehnliche Reihe Rückstände legaler Gifte und Drogen. In völliger Unkenntnis der den Männern unterstellten Kastrationsängste im Allgemeinen und meiner vom Trennungsschmerz geprägten Verfassung im Speziellen wirft sie die trockenen, splissigen zwölf Zentimeter Spitzen ins Klo und völlig emotionslos spült sie, als wäre es der Abschluss eines ganz normalen, täglich üblichen Geschäfts.

»Heiner!«, hallt Rudis Stimme durch den Gang, der zur Toilette führt.

»Heiner, bist du noch da?«, ruft er im Näherkommen. Susanne öffnet schnell die Tür und gemeinsam stehen wir vor Rudi, der uns ein wenig irritiert ansieht. Dazu muss man wissen, dass Rudi zur blinden Eifersucht neigt und es nur Susannes unbefangener Heiterkeit zu verdanken ist, dass er keine falschen Schlüsse zieht. Fröhlich kichernd dreht sie mich so, dass ihr Mann das Ergebnis unseres Klotreibens betrachten kann.

»Oh, es ist dir wohl ernst mit der Jobsuche«, sagt er nur.

»Du siehst, ich bin noch da. Was gibt's?«, will ich wissen, seine Bemerkung nicht beachtend.

Nachdem ich Rudi bestätigt habe, dass sein Wagen Nähe Landeskroner steht, erzählt er, was er soeben im Polizeifunk vernommen hat. Ich werde wohl gesucht und wenn ich keinen Ärger haben wolle, sollte ich alsbald den Bauwagen herbeischaffen und die Sache klären.

»Das hat uns gerade noch gefehlt«, mault Rudi, dessen Bestreben es immer ist, niemals aufzufallen und wenn, dann höchstens positiv. Bei dem Bauwagen ist es nun so, dass die Zulassung abgelaufen ist. Ich solle bloß keinen Ärger machen.

»Am besten, ich komme mit und wir ziehen das Ding mit dem Unimog weg. Oder hast du Schrauberklaus' Kupplungsumbau an deinem Auto abnehmen lassen? Natürlich nicht«, schließt er messerscharf und richtig. Ich wollte damit warten, bis mein Peugeot eh zum TÜV muss. Kann man dann alles in einem Aufwasch machen, denn bisher ist der Polizei bei keiner Inspizierung meines Vehikels der Selbstbau aufgefallen.

»Weswegen wird Heiner gesucht?«, fragt Susanne.

»Alles habe ich nicht verstanden, doch die haben von einem Toten gesprochen.« Rudi hält inne, knetet sein Ohrläppchen und wirkt plötzlich sehr abwesend, während wir auf weitere Details warten.

»Wo hast du die Telefonnummer von dem Typen neulich hingelegt, dem aus Seelbach? Der wollte doch sein Auto verkaufen. Was sollte der Leichenwagen kosten?«

Susanne guckt mich augenrollend an und stöhnt: »Rudi, ich will keinen Leichenwagen. Wir haben genug zu tun. Tankstelle, Shop, Abschleppdienst. Irgendwann musst du doch genug haben.« Da sie weiß, dass ihr geschäftstüchtiger Mann nicht eher Ruhe geben wird, bis sie ihm sagt, wo die Telefonnummer ist, gibt sie zu, den Zettel in den Mülleimer geworfen zu haben.

»In welchen Mülleimer?«, will Rudi nur wissen. Susanne zeigt auf den unter der Kasse und der Mann beginnt mit dem Wühlen.

»Gestorben wird immer!«, brummt er.

»Getankt auch!«, kontert sie.

»Dass du das nicht einsiehst! Wenn wir mit dem Abschlepper schon vor Ort sind, bietet sich das mit dem Leichenwagen doch an. Ist dann oft eine Tour«, gibt Rudi seine Argumentation nicht auf.

»Ja, ja und wer soll das alles machen? Bestatter, das ist doch ein Ausbildungsberuf. Es kann doch nicht jeder Leichen herumfahren …«

Rudi mault weiter in den Mülleimer hinein, Susanne schneidet Fratzen und ihre Lippen formen tonlos ein ›blablabla‹.

Mich interessiert das alles im Moment herzlich wenig, da mir Gedanken an das Pärchen und den Senior in den Sinn kommen. Überall haben diese fremden Menschen Spuren in meiner unmittelbaren Umgebung hinterlassen. Eine Zahnreihe des Alten liegt unter dem Bauwagen. Zum Glück habe ich sie nicht mit meinen Händen angefasst.

»Susanne, hat Rudi von einem oder einer Toten gesprochen?«

»Hab nicht so genau hingehört«, antwortet sie schnaufend, wobei sie fortfährt, einen vollen Müllsack hinter sich her zu schleifen.

Möglicherweise haben sich irgendwo mikroskopisch kleine Schnipsel aus meinen DNA-Strängen mit denen der Frau verbunden, die jetzt mit verschobenem Röckchen tot am Parkplatzrand liegt, vielleicht sogar ganz in der Nähe des Ortes, wo ich des Nachts meine Notdurft verrichtet habe. Vielleicht hat sich auch eines meiner grauen Haare, das zuvor unschuldig am Bug des Bauwagens flatterte, in ihrem String verfangen, während sie ihn hochzog, und ich wandere aufgrund fadenscheiniger Indizienbeweise als Frauenmörder für lange Zeit in den Knast. Brauchst du einen Advokaten, kommt gespielt langweilig die Frage aus einem hinteren Winkel meines Hirns.

»Hast du die Seife gesehen, die auf die Kundentoilette soll?«, dringt Susannes Stimme an mein Ohr.

Seife. Horrorszenarien spielen sich in meinem Kopf ab, wenn ich die Worte Knast und Seife verbinde. Man kennt doch die Filmausschnitte amerikanischer Produktionen vom Duschen im Männertrakt auf Alcatraz.

»Heiner?«, zupft sie mich am Ärmel und ich fahre erschrocken zusammen.

Dorthin, zum Leichenfund im Wald, wird sich der unfähige Mario eben so schnell gewendet haben. Wir werden uns gegenüberstehen, er erhöht positioniert, ich erniedrigt sitzend auf der schmalen, polsterlosen Bank eines Gerichtssaals. Ich sehe schon, wie er sich schadenfroh verstohlen die Hände reibt, sein gallertmassenartiges Doppelkinn vor Freude vibriert und er in der Verhandlung im Zeugenstand aussagt, wie nervös sich der Angeklagte am fraglichen Tag bei einer Routinekontrolle verhalten habe. Kein Wort wird wahr sein, doch wem wird man glauben?

»Alles in Ordnung?«, will Susanne wissen.

»Ich hab ihn!«, ruft Rudi und wedelt mit dem Zettel. Ich zucke abermals zusammen. Mein Magen knurrt. Ich sollte etwas essen. Nerven brauchen Fett und Zucker, rede ich mir beruhigend zu. Als hätte Susanne meinen letzten Gedanken gelesen, drückt sie mir eine Packung Müsliriegel in die Hand.

»Hier, setz dich. Wann hast du das letzte Mal was Anständiges gegessen?«, fragt sie fürsorglich.

»Du bist weiß wie die Wand. Nein, eher gelb-grün wie, na, lassen wir das.«

»Danke, geht schon wieder«, entgegne ich riegelkauend, Schoko und Kokos, meine Lieblingssorte.

Der letzte Bissen ist kaum geschluckt, als die nächste Eingabe aus Richtung Küche erfolgt:

»Heiner, du musst mal kurz hierbleiben. Bin gleich zurück und dann holen wir den Bauwagen«, sagt er und verschwindet ohne weitere Erklärung. Jetzt konnte ich ihn nicht mal mehr fragen, was genau er dem Polizeifunk entnommen hat, und meine Fantasie malt weitere Bilder einer verstümmelten, geschändeten Frauenleiche, deren weiße Schenkel grotesk verdreht von ihr abstehen. Ihre Augenränder werden verschmiert sein, ihr Blick mit Entsetzen in den Himmel starren. Himmel, Heiner, wo bist du denn da jetzt wieder reingeraten … Ich entscheide mich für die alte Problembewältigungsstrategie: Bloß nicht länger darüber nachdenken.

Solange die Fakten fehlen.

Susanne wendet sich achselzuckend ab. Rudi wird wohl seinen Willen bekommen, doch noch weiß man es nicht. Ich wage es nicht, einen Tipp abzugeben. Frauen haben bisweilen eine sehr subtile Art, Männer an der Erfüllung ihrer Wünsche zu hindern. Werden jene später gefragt, warum sie dies oder das nicht getan haben, können sie sich gar nicht mehr an den ausschlaggebenden Grund erinnern und konstruieren eine Ausrede aus Vernunftgedanken. Man habe beispielsweise den Porsche nicht gekauft, weil er nicht genügend Stauraum für die Golfausrüstung hätte. Der Kenner des Paares notiert für sich, dass der Platz sicher für seinen Golf-Bag gereicht hätte, aber darüber hinaus nicht für ihren Beauty-Case, schließlich hat er, der Kenner und Single, selbst einen 911er in der Garage. Der Freund (dessen Frau sich nun über die neue Großraumlimousine freut) und der Single-Porsche-Fahrer werden sich verständnisvoll zunicken und das Thema wechseln. Sigmund Freud hat für diese Symptomatik sicherlich einige kluge Erklärungen parat. Die Gehirnforschung bestimmt auch. Ich nenne es ›Ausweichverhalten als aktive Friedenspolitik in der kleinsten Einheit sozialer Gefüge‹.

9

Wird der Haussegen gehäutet, hält sich der Hausgeist lieber stumm zurück und tut wie ihm geheißen. Tankstellenjoppe an und hinter die Kasse, drei Kunden warten schon. Arbeit hilft, den Kopf frei von den eigenen Sorgen zu bekommen, um sich mit den Nöten anderer zu befassen. Der alten Dame vor mir gelingt es gerade nicht, ihre Geldbörse zu öffnen, so zittern ihr die Hände. Es sind nicht nur die Hände, die ganze Dame bebt an der Börse. Das Portemonnaie scheint sich im Raum gar nicht zu bewegen, der knochige Körper daran zappelt. Ich staune, wie es der Frau gelungen ist, ihren Mercedes Automatik zu betanken und hoffe, dass nicht zu viel Sprit daneben gegangen ist. Ich bin ihr behilflich, und kurz darauf füllt ein voluminöser Mann den Raum vor der Theke. Es wird beinahe dunkel im Shop, so viel Licht verdrängt er. Sein Geruch ist ebenfalls überwältigend: Räucherschinken, gut abgehangen. Ich kenne den Kerl, er ist Kopfschlachter auf dem Westerwald und wird pro getötetem, gehäutetem, ausgenommenem und halbiertem Stück Vieh entlohnt. Das Schwergewicht hat ebenfalls Probleme mit dem Zahlen. Er kommt gar nicht erst ran ans Geld. Es klemmt hinten in seiner Hose mit Reißverschlusstasche. Herrje, wer verkauft denn so was an einen Sechs-Zentner-Mann. Jetzt wird es arg ungemütlich, da er mir sein Hinterteil zuschiebt und mich bittet, einen Fünfziger aus der Hosentasche zu zupfen. Ich würde mir am liebsten Handschuhe mit nahtlos angeschlossenem Schutzanzug und Atemmaske überstreifen. Ruckzuck, beinahe ohne hinzusehen, fummle ich ihm den Reißverschluss seiner Hosentasche auf, er trägt eine bereits glänzende Baumwollhose mit Schottenkaros, deren Linien am Gesäß nicht mehr zu sehen sind, lange mit sehr spitzen Fingern in die enge Tasche und fische einen Fuffi heraus. Jetzt muss ich auch noch Danke sagen. Ich plädiere für die flächendeckende Versorgung der maßlos Übergewichtigen mit Brustbeuteln. Die könnten kostenlos als Werbegeschenke von den Krankenkassen verteilt werden. Berechtigt wären Männer ab 300, Frauen ab 250 und Kinder ab 120 kg.

Der nächste Kunde, ein junger Asiat (nicht brustbeutelberechtigt) mit einem gewichtigen Brillengestell, der Modetrend Mitte der 60er, auf der kurzen Nase, zahlt mit neuen Euro-Scheinen eine Tankfüllung Diesel und eine Straßenkarte von der Umgebung. Würde man von dieser kleinen, nicht repräsentativen Kundengruppe auf die Zusammensetzung unserer Bevölkerung schließen, müsste man den Generationenvertrag mit sofortiger Wirkung kündigen. Mein Blick fällt auf die Titelzeile eines populären Revolverblattes: Sind wir am Ende? Mir springen Wörter wie Mehrwertsteuererhöhung, Sozialversicherungsbeitragssätze und Minderleistung ins Auge. Am Ende unserer Wortschöpfungen sind wir noch lange nicht. Apropos Minderleistung, der Asiat hat beim Verlassen der Tankstelle den Drehständer mit dem Super-Motoröl-Angebotspreis umgemäht. Er merkt es nicht mal und fährt in Richtung NRW davon.

Der ankommende Trucker merkt es auch nicht und walzt das Schild platt. Aus Rache verkeilt es sich hinter dem Vorderrad und der Fahrer schleift es bis zur Zapfsäule. Wie gerufen erscheint Schrauberklaus auf der Bildfläche. Ein uriger Alleskönner, dessen äußere Hülle dem Hygienestandard um 1492 entspricht. Wenn einer unspektakulär das verkantete Angebotsschild mit einem wuchtigen Tritt vom Lastwagen befreien kann, dann er. Schrauberklaus vergewissert sich kurz, dass sein Sicherheitsschuh fest und gut sitzt und kickt gegen den Schildrahmen. Scheppernd fliegt das Super-Motoröl-Angebot ab und schlittert unter den Truck. Mit zwei schmutzigen Fingern tippt er sich an eine imaginäre Kappe, sein Zeichen für: Problem gelöst, und verlässt den Ort der Handlung. Ich sehe gar nicht, wohin er geht, höre nur das in meinen Augen überflüssige Fluchen des Truckers bei Betrachtung des kleinen Blechschadens. Statt froh über die schnelle Hilfe zu sein, wird er gleich hier hereinplatzen und sich über die Tankstelle beklagen. Als stünde auf meiner Stirn: ›Ich bin Schuld‹ und auf meinem Hintern: ›Treten Sie hier‹, kommt es ähnlich wie erwartet. Der Brummifahrer, offenes Holzfällerhemd, buschige Brustbehaarung, die in einen krausen Vollbart mündet, welcher wiederum in wuchernde Augenbrauen übergeht, hält sich gar nicht erst mit einem Gruß auf. Er wettert sofort los, was das für ein Schlamperladen wäre, wo Schilder herumlägen, was ich für ein fauler Sack sei, mir wohl zu schade wäre, um die Tankstelle in Ordnung zu halten, wir würden den Schaden zahlen, das wäre klar ... Ja, ja, reg dich ab. Das haben schon andere erfolglos versucht. Du bist nicht der erste, der sehen kann, wo er bleibt, denke ich und schweige. Zwischenzeitlich hat die weitsichtige Susanne das Schild unterm Laster geborgen und in den Schuppen gestellt. Ein Blick in die rotgeäderten Augen des Brummifahrers lässt mich sagen:

»Wenn Sie wollen, können wir gleich die Polizei anrufen, die Ihre Anzeige aufnehmen wird.« Der Trucker guckt verwirrt und jetzt ist es an ihm zu schweigen. Achtzehn Stunden Lenkzeit ohne Pause, zischeln mühsam blinzelnd seine schweren Lider mir zu. Ich schiebe dem Kerl das EC-Karten-Gerät hin, er zahlt, geht und fährt.

10

Große Gefühlsausbrüche sind Rudis Sache nicht. Mit allem, seinem Geld, seinen Worten und Gesten geht er sparsam um, desto mehr wundert es mich, dass er es ist, der mit einem beinahe frühlingsfrischen Schwung die Tür zur Tanke aufstößt. In seinen Augen das Leuchten eines Jungen, der seine erste Carrerabahn ausgepackt hat. Mit einer ausladenden Geste weist er zum Fenster hinaus. Mit offenem Mund folgt mein Blick seinem Arm und fällt auf einen alten Mercedes-Leichenwagen in Pink.

»Ein Schnapp! Sogar einen Satz Reifen hab ich dem Typen rausgeleiert. Von innen ist der noch original. Klar, eine neue Lackierung muss wohl. Wo ist Schrauberklaus?« Euphorisch rennt Rudi raus, um ihn zu suchen. Ich ruf ihm hinterher:

»Eben war er noch da!«

Wir wollten doch den Bauwagen holen.

»Ha«, steckt Rudi den Kopf durch die Tür, »ob wir den Bauwagen mit dem Teil da draußen abholen sollten? Der hat sogar eine relativ neue Anhängerkupplung und wir könnten das gleich mal mit der Leiche testen. Irgendwo im Schuppen müsste ich noch eine sargähnliche Kiste haben …«

In seiner Hochstimmung muss er vergessen haben, dass man den Bauwagen nicht an eine übliche Kupplung hängen kann. Doch wer bin ich, ihn jetzt zurückzuhalten? Das ist Susannes Job. Mir reicht es im Moment, polizeilich gesucht zu werden, von Willst-n-paar-aufs-Maul-Mario.

Susanne hat ihren Gattendrosseln-Job gemacht und wir fahren mit dem Unimog zum Landeskroner, um den Bauwagen abzuholen. So viel wie auf dieser zwanzigminütigen Fahrt hat Rudi mit mir noch nie zusammenhängend gesprochen. Er bildet richtig lange Sätze mit mehreren Aufzählungen darin, die sich allesamt auf seine neue Berufung der letzten Fahrt seiner zukünftigen Kundschaft beziehen.

»Wenn ich bei dem Wort ›Kundschaft‹ einhaken darf«, gelingt es mir endlich meine Frage einzuflechten, die mich schon seit einiger Zeit umtreibt, »haben die vom Funk eben von einer oder einem Toten gesprochen?«

»Leichenfund«, kommt die knappe Auskunft, wonach er weiter philosophiert über diverse Abgänge. Kurz vor der Abzweigung rechts in den Wald zum Weiher triumphiert er zum Ende seiner Ausführungen:

»Und weißt du, was das beste ist? Die können nicht mehr meckern. Nicht wie beim Taxifahren, wo dir die Kundschaft schlimmstenfalls in die Türablage kotzt, nehehehe, ganz still kommen die dann da hinten zum Liegen. Die Federung von dem Mercedes ist noch eins a.« Die des Unimogs auch. Das Fahren über Wurzel, Stock und Stein fühlt sich an wie eine Floßfahrt übern Rhein im Kielwasser eines Steinkohlekahns. In Wogen wird man hin und her geschaukelt, in unserem Fall bis zum Polizeiabsperrband, das uns vom Ziel trennt. In Sichtweite ist unser Bauwagen, der gerade von allen Seiten gemustert wird. Doch zum Glück nicht von der CSI New York Crew, sondern von Willst-n-paar-aufs-Maul-Mario. Der amtliche Blindgänger hat das Gebiss unter dem Wagen zum Glück noch nicht gesichtet, bemerke ich, nachdem wir ausgestiegen sind, uns nicht weiter um das Band gekümmert haben und nun vor dem Wagen stehen. Das Reden werde ich Rudi überlassen, denn der kann für gewöhnlich gut mit dem Sheriff schweigen. Hin und wieder durfte ich in der Vergangenheit Zeuge von ihrer Art Konversation werden, wenn Rudi Hilfe beim Abschleppen eines Unfallwagens brauchte und Mario der zuständige Polizeibeamte war. Mit ›No‹, ›Nodda‹ und den Anweisungen: ›Den he un den do, betnäeme‹, übersetzt heißt das soviel wie: den hier und den dort bitte mitnehmen, was sich auf die Unfallfahrzeuge bezieht. Bin gespannt, wie die beiden den vorliegenden komplexeren Fall kommunikativ lösen werden. Das Begrüßungs-No wurde bereits gewechselt.

»Wat es da he los?«, fragt Rudi, womit er wissen will, was hier los ist. Zu meiner und Rudis Überraschung zeigt Mario sich plötzlich behördlich, versucht seinen Dialekt zu kontrollieren und fragt beamtisch:

»Sie sind doch der Halter des Bauwagens?«, Rudi nickt.

»Wo waren Sie in den vergangenen zehn Stunden?«

Rudi stöhnt und gibt an, dass er doch mit ihm, Mario, in der Tanke gewesen sei, bevor er, Mario, zu einem Einsatz gerufen worden ist und sie gemeinsam einen Polenlaster aus dem Verkehr gezogen hätten, dabei gibt Rudi seine ›mit alten Bekannten rede ich immer platt‹-Richtlinie nicht auf und Mario nickt, ein wenig aus dem Konzept gebracht, das er sich zuvor polizeilich korrekt zurechtgelegt hat. Der Kopf auf seinem speckigen Nacken dreht sich nun zu mir.

»Wie uns bekannt ist, bewohnen Sie den Wagen derzeit, Herr Himmel. Waren Sie in der vergangenen Nacht auch hier?« Ich nicke.

»Ist Ihnen etwas Verdächtiges aufgefallen?« Ich schüttle mit dem Kopf.

Beim Schütteln fällt mein Blick in Bruchteilen auf einen Zinksarg hinter dem Wagen, worin eine tote Person platziert worden ist. Der Leichnam liegt in einem Plastiksack. Jetzt kommen zwei weitere Polizisten aus dem Unterholz. Sie tragen eine Decke bei sich. Meine Decke, um genau zu sein. Rudi erkennt sie auch, sagt aber nichts.

»Haben Sie irgendjemanden gesehen in der vergangenen Nacht?«

Ich entscheide mich, wieder mit dem Kopf zu schütteln, genauer gesagt, hat sich mein Kopf dazu entschieden. Willentlich tue ich mich schwer mit den Halbwahrheiten. Nenne es ruhig Lüge, flüstert der Advokat in meinem Kopf. Na ja, immerhin habe ich nicht irgendjemanden gesehen, sondern mit einem interessanten Clown am Feuer gesessen.

Den Bauwagen könnten wir nicht haben, der müsse noch untersucht werden, gibt uns Mario Auskunft. Jetzt setzt Rudis Geschäftssinn wieder ein, der ihn anbieten lässt, der Freund-und-Helfer-Polizei einen Gefallen tun zu wollen und den schweren Wagen zum abgeriegelten Parkplatz zu bringen. Er habe die leistungsstärkere Zugmaschine. Eigentlich dürfe er ja niemanden dorthin lassen, der Tote sei unter merkwürdigen Umständen gefunden worden, raunt der

Sheriff, doch er hätte sowieso einen Abschleppdienst beauftragen müssen. Es dürfe nur nicht an die große Glocke gehängt werden, bei dem Wort ›gehängt‹ räuspert er sich, dass eventuell Tatverdächtige, jetzt schaut er betont eindringlich zu mir, mit einem Beweismittel nach dessen Sicherstellung in Kontakt gekommen seien. Wir sollten ja nichts anfassen. Unsere Fingerabdrücke befinden sich eh überall und man erkläre mir mal, wie man einen Bauwagen an die Hängerkupplung andocken soll, ohne etwas anzufassen, denke ich. Dabei bin ich fast so etwas wie erleichtert, da es sich um eine männliche Leiche handeln soll. Vielleicht der Clown?

Irgendeine innere Stimme sagt mir, ich soll die obere Zahnreihe des Alten, die auf dem Bremsstein liegt, unbeobachtet an mich nehmen. Nimm du sie, bevor es dieser wichtigtuerische Armleuchter macht und dir dann einen Strick draus dreht, flüstert Kalle Meisterdetektiv Blomquist. Da ist er ja wieder, mein treuer Begleiter in aberwitzigen Situationen, die eine gewisse Abgebrühtheit und eine adäquate Portion an krimineller Energie erfordern. Von allen Seiten unbemerkt lasse ich die Zähne in meiner Hosentasche verschwinden. Hier die Mundharmonika, dort das Gebiss.

»Hast du alles im Wagen gesichert?«, will Rudi wissen.

»Wie sollte ich? Konnte ja nicht ahnen, dass mein Trip ins Grüne solch ein schnelles Ende findet.« Rudi flucht ob der Aussicht, dass bei der Überführung im

Wagen alles herumfliegen wird und dabei Schaden entstehen könnte, der sein Geld kostet.

»Ich steh Schmiere«, sagt er nur, was als Aufforderung für mich gedacht ist, reinzugehen und alles transportsicher zu verstauen. Dass ich noch mal in meine Behausung gehen soll, kommt mir ganz gelegen. Ich brauch nämlich saubere Wäsche und mein Sozialversicherungsgedöns. Mit wenigen Handgriffen habe ich alles, was lose ist, festgezurrt. Jetzt noch meinen Krempel in eine Tüte packen und schnell wieder raus.

»Psst«, zischt es von draußen.

»Wo is da dr Heini?«, grunzt Mümmel, der sein Platt wiedergefunden hat und Rudi das wissen lässt. Heini! Oh, wie ich das hasse! Aggressionen aus jahrelanger Hänselei schnüren mir fast die Kehle zu und lassen meine Augen hervortreten. Ich meine, schon den schlaksigen, tratschigen Postboten aus Uhlenbusch zu sehen und die Kinder das Lied singen zu hören: ›Auweia, auweia, der Hahn legt keine Eier …‹ Meine lieben Mitschüler damals haben den Text etwas variiert, um ihn auf mich persönlich zu münzen, wobei die Anzahl der Silben nicht mehr stimmte. Wie das dann klang, möchte ich jetzt nicht wiederholen.

»Lo hinne«, lügt Rudi, wobei er in die Richtung des Unimogs zeigt, wie ich einem hastigen Blick aus dem Fenster entnehme.

Rudi beginnt dann konspirativ zu flüstern und will von Mario wissen, was er braucht, um Leichen fahren zu können. Die beiden scheinen sich zu entfernen und ich riskiere einen weiteren Blick. Die Luft ist rein. Nix wie raus aus dem Wagen und so getan, als käme ich vom Unimog. Hoffentlich sieht mich niemand. Plötzlich mit einer Tüte in der Hand, wäre schwerlich glaubhaft zu machen, dass ich den Wagen nicht betreten habe. Das könnte selbst dem Mümmel komisch vorkommen.

Kalles Summen einer Filmmusik aus ›Mission Impossible‹, ›bam bam, bambambambam‹, begleitet mich auf meinem Weg zum Unimog. Hastig schaue ich mich nach allen Seiten um, ›dideldü, dideldü, dideldü didib‹, werfe ungesehen die Tüte auf die Ladefläche und treffe, geschäftig einen Adapter in der Hand hin und her drehend, auf die Ordnungsmacht Mümmel, ›da daa‹. Das Instrumentalstück ist zu Ende, die Mission geglückt.

»Komm morgen um zehn aufs Präsidium, wir müssen die Aussage aufnehmen«, sagt Mario. Den Text hat er aus einem ›Derrick‹ oder einer anderen Polizeiserie. Immer müssen sie um zehn aufs Präsidium. Präsidium, was für eine Übertreibung! Mario besetzt eine kleine Dienststelle und längst kein Präsidium. Dort, wo sein Schreibtisch steht, stand früher die Kasse von Tante Margarethe, bei der wir Kinder ein Milcheis für einen Groschen bekamen. Gleich wird er sagen, ich dürfe die Stadt nicht verlassen. So, wie er erst die Hose hochzieht, anschließend geräuschvoll die Nase, so breit, laut und präsent er sich aufbaut, müsste man sich eingeschüchtert fühlen, wenn man nicht wüsste, dass es sich lediglich um einen aus dem Stamm der Mümmel handelt (ich glaube, seine Eltern waren in direkter Linie verwandt). Seiner Show fehlt ein Priem.

»Besser, du verlässt das Kreisgebiet nicht. Für mich bist du dringend tatverdächtig.« Pah, noch geht es hier um einen Tod, dessen Umstände ungeklärt sind, will der Advokat sich aufplustern und nachsetzen, welches Motiv der Angeklagte wohl gehabt haben soll. Ich werde mich in äußerer Gelassenheit üben, nicht klugscheißen, muss noch an meine Gerichtsfantasie denken, einfach nur nicken und den Dicken stehen lassen. Morgen ist Sonntag, ob er sich da mal nicht vertan hat.

11

»Und?«, frage ich Rudi, während wir mit dem Bauwagen im Schlepp den Wald verlassen. Er habe alle Informationen bekommen, mault er mehr, als dass er redet, und ich bin so schlau wie zuvor. So einfach wäre das nicht, aber ihm werde schon was einfallen. Vielleicht würde er den Leichenwagen aufmotzen und als morbiden Leihwagen an Hochzeitspaare vermieten. Irgendwas fiele ihm sicher ein. Hätte ich mir ja denken können, dass Rudi von seinen geplanten Totentransporten redet und nicht vom Toten selbst.

»Ich meine den Toten«, hake ich nach, »weißt du was über ihn? Hat Mümmel was gesagt?«

Ein Penner ohne Papiere habe am Baum gebaumelt. Hätte er nicht gehangen, hätte der Arzt sicher Herzversagen in den Schein geschrieben. Jetzt müsse näher dabei geguckt werden. Eine stockwandernde Frauenhorde habe ihn gefunden und alles zertrampelt.

»Nordic Walking?«, versuche ich ein schärferes Bild zu bekommen, denn mit Frauen am Stock könnte rein theoretisch auch eine Ausflugsgruppe des Altenheims gemeint sein. Rudi nickt und verzieht ein wenig das Gesicht. Er kann der nordischen Stockwanderei nichts abgewinnen. Vor zehn Jahren ließen sich Kniebundhosen tragende Wandergruppen auf der Kalteiche zur Brotzeit auf der Sitzgruppe hinter der Tankstelle nieder und kauften Erfrischungen, meist aus Gerste, bei ihm. Die nordischen Stockwanderer hingegen hecheln gehetzt an der nun schon verfaulenden Rastgelegenheit vorüber. Mit denen sei nichts anzufangen, so Rudis Geringschätzung der nordischen Frauenbewegung. Jedem seins, denk ich, dir deins, fügt der Advokat an und lenkt meine Aufmerksamkeit zurück auf das für mich wesentliche Ereignis und den Grundsatz, dann nachzudenken, wenn Fakten geschaffen sind. Die gibt es jetzt. Ich könnte der letzte Mensch sein, der den alten Clown Richy keckernd, lachend und redend, viel trinkend, klappernd kauend, selbst fade furzend erlebt hat.

»Gab es Anzeichen von Fremdeinwirkung?«, will ich wissen. Rudi zieht die Mundwinkel herab, die

Brauen nach oben und gibt einen kurzen Schnaufer von sich, was soviel heißt wie, was fragst du mich das, keine Ahnung, geht mich doch nichts an, du kannst vielleicht Fragen stellen, mir doch egal.

Die weitere Fahrt verläuft schweigend. Meine Gedanken werden durchgerüttelt und ich überlege fieberhaft, was ich morgen zu Protokoll geben soll. Wie viel sollte ich sagen, was weglassen? Der strubbeldumme Mümmel braucht ein Erfolgserlebnis, keine Leiche, die obduziert werden muss und wohlmöglich sein Budget belastet. Der will sicherlich befördert werden. Wurde er doch bislang übersehen. Der würde sich doch freuen, wenn er den Fall selbst klären könnte, statt nur die Aktenlage weiterzureichen. Der Advokat meint, dass Mümmel den Fall auf jeden Fall abgeben müsse. Siegen oder Hagen, das wisse er nicht so genau. Damit habe er zu wenig zu tun, entschuldigt er seine Unkenntnis. Der Anwalt ist keine Hilfe. Ich werde einfach sagen, dass ich den Alten gesehen und mit ihm ein Glas getrunken habe. Fertig. Vorher muss Mümmel allerdings auch ein paar Informationen rausrücken. Er hat mich eben nicht einmal in Kenntnis gesetzt, wessen er mich tatverdächtigt.

Hatte der alte Mann nicht gesagt, »Fisch und ich lieben das Leben?« Ja, das waren seine Worte. Seine Zähne zwicken mich scheinbar zustimmend in die Leiste. Sie klappern dort gemeinsam mit einigen aufgelesenen Glückscents und dem Foto, das ich am Morgen fand, worauf eine Frau zu erkennen ist, vielleicht Richys

Frau. Finde es heraus, versucht Kalle Blomquist mich zum Detektivspiel zu ermuntern. Finde mich, klappert das Gebiss, das jetzt der Frau in Schwarz-Weiß zu gehören scheint.

»Kannst im Stübchen hinterm Shop übernachten, bis du den Wagen wiederhast«, sagt Rudi knapp, nachdem wir das Mobilheim abgeliefert haben und wieder auf der Kalteiche angekommen sind. Wenn ich wollte, könnte ich in der Zwischenzeit, ich hätte wohl grad nichts besseres vor, den Leichenwagen grundreinigen. Das ist kein Angebot, das ich ablehnen sollte, sofern ich heute Nacht nicht unter freiem Himmel schlafen will. Rudi ist ohnedem mies gelaunt, denn er muss wohl seiner Frau recht geben, darin, dass es nicht damit getan ist, eine pietätvolle Totenkutsche zu besorgen, um ins Bestattergewerbe aufgenommen zu werden. Die große übermotivierte Geschäftstüchtigkeit schleift bei ihm die kleine Schwester Naivität mit. Die beiden treten selten, aber doch mit der Regelmäßigkeit von Totensonntagen auf.

12

Während der Polsterschaum einzieht und der chemische Duft die Rückstände unzähliger Joints auszulöschen versucht, werfe ich einen Blick in das Handschuhfach des Leichenwagens. Allerlei alte Zettel pappen da zusammen, amtliche sind auch darunter. Meine Aufmerksamkeit ohne gleichzeitigen Ekel erregt eine neuere Visitenkarte eines Beerdigungsinstitutes. Standardmaß im Hochformat, mindestens 230 g/qm Karton, holzfrei, glänzend mit Silberprägung, fasst der verschüttete Werbekaufmann in mir zusammen. Auf der Rückseite der Karte steht in einer krakeligen Handschrift: Gärtner gesucht.

Ob das noch aktuell ist? Ich bin zwar kein gelernter Gärtner, aber als eine Art Ackergaul für grobe Erdarbeiten zu haben.

Die Vorwahl lässt auf ein Beerdigungsinstitut im Raum Siegen schließen. Name und Straße sagen mir allerdings nichts. Ich werde anrufen und nachhören, inwieweit das mit der Gärtnersuche noch akut ist. Mir wird derweil ganz dusselig im Kopf. Ich glaube, die Polsterschaum- und Marihuanadämpfe gehen eine chemische Verbindung ein, die ins Delirium führt. Nichts wie raus aus dem Cockpit. Oder deuten meine wackligen Beine eher auf meinen desolaten Ernährungszustand hin? Susanne hat bestimmt ein Brötchen und einen Kaffee für mich, hoffe ich und gehe in den Shop. Sie hat sogar zwei Brötchen für mich, eines mit Wurst und eines mit Käse. Während ich sie mir schmecken lasse, helfe ich ihr, die Zeitungen einzusortieren. Von einem Aufschwung durch Notkäufe ist auf den Titeln zu lesen. Auf mich wirkt das genauso aktivierend wie die Einladung zu einer Ü40-Malle-Party mit DJ Dirk auf dem

Plakat im Fenster. Sollte mich einer jemals auf solch einer Party finden, bin ich zum Abschuss freigegeben. Ich guck einfach nicht mehr hin, nicht auf das bunte Plakat und nicht auf die schwarz-weißen Titel, räume weiter die diversen Berichterstattungen über den Zustand unserer Gesellschaft ein und kaue gründlich.

Sollte meinem Anruf ins Blaue etwa unerwarteter Erfolg beschieden sein?

Wenn ich Zeit hätte, könne ich gegen 18 Uhr auf dem Friedhof sein. Dort schmücke ihr Chef die Kapelle für eine Bestattung, sagt die freundliche weibliche Stimme am Ende der Leitung, am Ende des Lebens, ergänzen meine Gedanken. Wenn du jemanden zu Grabe zu tragen hast und wählst diese Nummer und eine warme, samtige Stimme empfängt dich, dann ist das ein kleiner Trost. Wenn ich mich nicht täusche, hat sie sich mit Engel gemeldet. Ich stelle mir eine ältere Dame vor, lebenserfahren, mütterlich, aber von der liebevollen Sorte, dabei sieht sie recht adrett aus, ein bisschen rund vielleicht, noch blühend, nicht welk.

Bis 18 Uhr habe ich zwei Stunden Zeit. Nicht mehr viel, wenn ich mich genauer in der spiegelnden Scheibe des Kühlschrankes mit den Kaltgetränken betrachte. Der Leichenwagen muss auch noch zu Ende gereinigt werden. Ganz zu schweigen von meiner Person.

Von mir sieht man nur noch Schuhsohlen, so beeile ich mich beim Absaugen der Polster, Wienern der Scheiben und Putzen der Ablagen. Den festmontierten Sarg hinten bekomme ich nicht ohne Schrauberklaus und dessen Werkzeug ab. Die integrierte Minibar im königsblauen, mit Samt ausgeschlagenen Sarginneren und deren geistreicher Inhalt landet in mehreren Kartons. Sekt, Wein, Cognac, Pernot, kann sich Schrauberklaus bedienen, Kräuterliköre, Obstler, sogar einen offensichtlich selbst eingelegten klebrigen Rumtopf hält der schwarz lackierte Sarg bereit. Im Deckel befinden sich kleine Taschen und Riemchen, die wahrscheinlich die Gläser gehalten haben.

Hinten kann ich den Wagen nur oberflächlich säubern. Der Sarg müsste unbedingt raus, um überall mit Sauger, Lappen und Chemie hinzukommen, und das wäre bitter nötig, denn irgendwas verströmt hier einen sehr eigenartigen Geruch, den selbst die überall über einen Zeitraum von mehreren Jahren aufgehängten Lavendelsäckchen nicht zu tilgen vermögen. Raus mit dem muffigen Zeug. Statt mit einem Duftbaum eine weitere eigenartige Note im Interieur zu fixieren, werde ich den Wagen kräftig durchlüften. Vielleicht hilft das schon ein wenig. Es sieht nicht nach Regen aus, daher lasse ich alle Türen offen stehen.

13

Während ich unter der Dusche gestanden habe, muss Rudi von meinem Bestattungstermin erfahren haben. Er nötigt mir den Leichenwagen auf, für den er sich einen liebevollen Namen ausgedacht hat. Er nennt ihn James und sein Plan sieht vor, das Auto hollywoodgerecht auszustaffieren, ganz so, als seien seine Filmidole James Dean und Marilyn Monroe darin zur letzten Ruhestätte gecruist worden. Einen blubbernden Zwölf-Zylinder werde er auch noch einbauen, sobald er eines solchen Motors habhaft werde, eine Dolby-Surround-Anlage werde er installieren, die die Filmmusik der alten Klassiker abspiele. Ach, was heiße hier Musik, nicht genug damit. Ganze Filme könne man über einen Beamer anschauen, sogar Clips aus dem Leben des Verstorbenen. Die Frage, wer das da hinten hören und sehen möchte, erspare ich mir. Rudi erstaunt mich jedenfalls mit seiner plötzlichen Kreativität. Ist er doch sonst eher der nüchterne Typ, scheint er dennoch über ein großes Repertoire morbider Fantasien zu verfügen. Bei James dürfe man sogar rauchen und trinken. Ganze Trauerfeiern könne man in ihm abhalten und in der Mitte der Ehrengast. Ob klassisch im Sarg, verbrannt in der Urne oder gar plastiniert. Für jeden Geschmack könne er James präparieren und dem letzten Weg und Willen der Kunden eine persönliche Note verpassen. Für eine modernere, individuelle Trauerkultur seien die sterbenden Altachtundsechziger bestimmt offen. Ich solle doch schon mal vorfühlen, man hätte mich doch zum Werbemann umgeschult, mir würden bestimmt die richtigen Worte einfallen. Ich hätte ein Tonbandgerät mitlaufen lassen sollen bei der begeisterten Rede, die Rudi zu Susannes und meiner

Überraschung geschwungen hat. Mir ist, als leuchte Rudis Aura in den Farben des Sonnenuntergangs und er habe seine wahre Bestimmung gefunden.

»Ja, genau so wird's gemacht!«, sagt er, sackt unmerklich ein Stück zusammen und schimpft mit Blick hinter die Theke über uns hinweg:

»Das Tabak-Regal ist ja immer noch nicht aufgefüllt!« Zeit für meinen Abgang.

Ich werde ihm den Gefallen tun und mit James, der nach Marilyn aussieht, unignorierbar rosa lackiert, zum Bestatter aufbrechen und den Wagen so weit weg wie möglich parken, so mein Plan.

James, alias Marilyn, steht nach allen Seiten offen da. Beim Näherkommen höre ich es aus dem Wagen heraus rumpeln und dann folgt ein Knall. Der Sargdeckel muss mit Wucht zugeklappt sein. Es müffelt immer noch im Laderaum des Autos. Abstoßend. Das ausgiebige Lüften hat kaum Wirkung gezeigt. Marilyns Modergeruch zusammen mit ihrer sperrangelweiten Offenheit muss aber auf irgendjemand oder irgendetwas anziehend gewirkt haben. Im Sarg rumpelt und rumort es heftig. Was immer dort herumpoltert, schreit wie ein Kleinkind. Auf alles gefasst, klettere ich ins Innere auf die Seite, in deren Richtung sich der Deckel ziehen lässt, drücke mich zwischen Sarg und Innenverkleidung, öffne die tobende Ruhestätte vorsichtig. Das Geschrei verstummt nur kurz, um dann um so heftiger fortgesetzt zu werden. Als der Deckel oben ist, springen fluchtartig zwei zankende Katzen aus dem Sarg und spritzen draußen in unterschiedlichen Richtungen davon. Mein Herz rast.

Im blauen Samt liegt ein zerfleddertes Stück Fell. Sieht aus wie von einer Maus. Die Organe kleben verstreut hier und da im weichen Stoff. Nä, wat ne Sauerei! Tierische Sabotage ist das. Wo ich es doch jetzt eilig habe. Es riecht übel und es sieht übel aus. Ich kriege das so schnell nicht sauber. Beherztes, brachialgewaltiges Eingreifen ist notwendig. Rausreißen das ganze Zeug, das matschige Mausinnere mitsamt dem flauschigen Sarginneren. Doch der Stoff widersetzt sich meinen Mühen. Der Samt klebt fest im Sarg, wie eingegossen. Stoff und Holz sind eine untrennbare Verbindung eingegangen. Da hilft nur Deckel zu und das Problem stunden. Auch wenn ich noch einen Kilometer zum Friedhof laufen muss, egal, den Wagen stelle ich sicher nicht vor der Kapelle ab.

14

So ein vermaledeiter Mist aber auch. Die ganze Stadt scheint zugeparkt zu sein. Jetzt fällt mir auch der Grund ein. Die aus der zweiten Liga wieder abgestiegenen Sportfreunde Siegen spielen gegen Erstligist Frankfurt im DFB-Pokal. Mein Parkplatzsuchkreis um den Friedhof herum wird immer enger, die Zeit immer knapper. Um exakt drei Minuten vor sechs steuere ich den einzig freien Abstellplatz in ganz Siegen an und das ist der vor dem Hintereingang der Kapelle, der sicher den Leichenwagen vorbehalten ist. Das ist das Verlässliche an meinen Plänen: Sie gehen selten auf. Bleibt zu hoffen, dass der Bestatter mich hernach nicht zur Tür hinausbegleiten will.

Meine Schritte hallen gespenstisch wider auf meinem Weg durch die helle, mit viel Glas gestaltete Kapelle. Endlich bekomme ich einen anderen Geruch in die Nase. Der Todesodem der Maus, fixiert im Sargsamt, wird in einem Duftmeer von Blumen ertränkt. Musik setzt ein. Mittelalterliche Flöten erklingen und als ich die Halle betrete, setzt eine Laute ein. Beschwingt dekoriert ein Mann in schwarzen Radlerhosen und schwarzem Trikot mit einem giftgrünen Streifen über der Brust einen Kerzenständer. Auf Strickstrümpfen huscht er zwischen den Gestecken umher. Wahrscheinlich trägt er ansonsten Radschuhe und hat vergessen, sich ein anderes Paar mitzubringen. Mit Einsatz eines Tamburins in das Liedgut fällt sein Blick auf mich und ich sehe ihn erstmals von vorn. Er ist jünger, als ich gedacht habe. Seine schneeweißen Haare täuschen ein Alter vor, das sein Gesicht nicht bestätigen kann. Seine blauen Augen versprühen noch Neugier. Er könnte auch rote Augen haben, was mich nicht gewundert hätte bei seinem fast transparenten Teint. Falten hat er kaum. Da seine weißen Haare irritieren, vermag ich nicht zu sagen, ob er älter oder jünger ist als ich. Kleiner als ich ist er jedenfalls und hager.

Würde man einen Bestatter nach dem Aussehen bestellen, fiele die Wahl sicher auf ihn, wenn man sich einen dezenten schwarzen Anzug dazudächte.

Er legt ein tropfendes Blumengebinde beiseite und tänzelt zu mir herüber:

»Bestatten, Helfried Brandt mein Name, wenn ich mich vorstellen darf«, daraufhin lacht er wie ein Seehund. Okay, nur nach dem Aussehen würde man ihn bestellen, nicht dem Klang nach.

»Heiner Himmel mein Name«, stelle ich mich mit einem dünnen Lächeln vor.

»Meine Mitarbeiterin hat mich schon informiert. Sie haben den Job! – Können Sie gleich anfangen, Herr Himmel?« Ich nicke irritiert, aber deutlich. So einfach hatte ich mir das nicht vorgestellt.

»Sie wollen keine Referenzen oder Lebenslauf ...«

»Ach was, mir reicht Ihr Name. Ich habe eine eigene Philosophie zu Namen, Menschen und Bestimmungen. Sie«, er greift nach meinem Arm und zieht mich mit, »passen in mein Konzept. Wenn Sie mit Frau Engel gesprochen haben, wissen Sie, was ich meine. Es ist oft der erste Eindruck, der zählt. Wenn etwas klingt wie eine gute Komposition, kann es nicht falsch sein ...«

Vor seinem Schmuckwerk bleiben wir stehen. »Wie gefällt Ihnen das?« Bevor ich etwas wie ›sehr schön‹ oder ›wunderbar‹ sagen kann, fährt er fort in seiner Rede.

»Der Verstorbene war ein begnadeter Konditor. Er liebte das Schöne, so wie ich. Deshalb ist die gesamte

Dekoration auf sein Lebenswerk ausgerichtet. Weiße Orchideen erinnern an seine Sahnecremes, blassgelbe Rosen an seine Marzipanskulpturen, die orangefarbenen Lilien an seine Pralinés mit der feinen Cointreau-Note. Ja, es hätte ihm gefallen«, seufzt der Bestatter mit dem letzten Klang einer Piccoloflöte aus der Musikanlage und ich muss an Rudi denken. Die beiden würden sich jetzt und hier wunderbar verstehen.

»Am morgigen Sonntag wird die Abschiedsmesse gehalten. Das war sein Wunsch, denn am Sonntag hat er immer geruht. Montag dann wird er begraben. Sie sind doch flexibel?« Er wartet mein Nicken ab und bestimmt, dass ich gleich ein wenig sauber machen könne, sobald er fertig sei. In der Zwischenzeit könne ich mich umsehen. Besen und Wischmob fände ich in dem Raum mit der Küchenzeile. Ob ich so nett sei, die CD noch mal abspielen zu lassen, das Gerät sei in der Nische beim Durchgang nach draußen, genau der Weg, den ich hineingekommen wäre.

»Wie gestaltet sich die Entlohnung?«, möchte ich noch wissen.

»Oh, natürlich, sicher, entschuldigen Sie, dass ich nicht von selbst davon gesprochen habe. Das muss natürlich alles seine Ordnung haben. Geben Sie Ihre Unterlagen an Frau Engel, sie regelt das. Sieben Euro die Stunde. Damit fangen wir an. Einverstanden? Wenn Sie sich geschickt anstellen, kann es mehr werden. Nacht- und Wochenendzuschläge kann ich nicht zahlen ... Ist doch sicher in Ordnung für Sie? Ja, ich sehe schon, wir verstehen uns«, murmelt er noch, ohne mich anzusehen, wobei er, in seine Arbeit vertieft, eine Lilie in eine spritzbeutelähnliche Vase steckt.

Ich finde die Musikanlage mit der CD-Hülle daneben, drücke auf Play und kurz drauf beginnt die Celtic Music erneut zu spielen. Klingt nach einer Ballade.

Juchhu, ich habe einen Job und gehöre fortan zum Bestattungsinstitut Sternenstaub, habe einen neuen Chef namens Brandt – wie das wohl klingt, wenn er im gleichen Atemzug Feuerbestattungen anbietet – und die Kollegin Engel werde ich auch noch kennen lernen. Jubeln in dieser Umgebung scheint mir dennoch unpassend. Immerhin liege ich mit den sieben Euro Stundenlohn genau dort, wo ich vor einigen Jahren in der City-Galerie als Sandwichman mit meinem Miet-mich-Schild gestanden habe. Auch das Betätigungsfeld, Reinigungen aller Art, ist mir nicht fremd. Das Putzgeschirr finde ich tatsächlich fein säuberlich aufgereiht in dem Raum mit der Küchenzeile. Die allerdings sieht übel aus. Das Waschbecken ist völlig versifft. Blumenreste kleben überall, verströmen einen fauligen Geruch und mittenmang dümpelt ein gebrauchter, voller Kaffeefilter auf dem Siphon. Eine ausgefranste Flaschenbürste mit rosa Stil, könnte farblich zu Rudis Wagen passen, hängt an einem rostigen Häkchen neben dem Boiler. An den Kunststoffborsten hängt gubbeliges Zeug, das wiederum anziehend auf kleine Fliegen wirkt. Solange der Meister in der Halle schmückt, kann ich mich hier schon mal nützlich machen. Ich fange mit der Spüle an.

In dem Unterschrank finde ich eine große Anzahl der verschiedensten Reinigungsmittel, sortiert nach ihrer biologisch abbaubaren Bedenklichkeit. Vorn der Frosch, inmitten Herr Proper, ganz hinten die Feuergefährlichen. Ich entscheide mich für ein klassisches Scheuermittel. Damit werde ich die Faulflecken im Becken sicher wegbekommen. Die Frauen in meinem Leben (waren nicht viele, aber genug) würden mich nicht wiedererkennen. Gelbe Gummihandschuhe an den Händen, auf der Stirn der Putzschweiß, im Kreuz der Bückschmerz.

Nachdem das Becken blitzt und blinkt, schaue ich mich nach Mülltüten um. In einem alten Holzschränkchen finde ich stattdessen Werkzeug. Ein Satz Feilen, ein Satz Bohrer, eine Eisensäge, Nägel, Schrauben, Hammer, Bohrmaschine und eine Stricknadel.

»Was machen Sie da? Lassen Sie das!«, werde ich angefahren. Erschrocken drehe ich mich um. Helfried Brandt trägt eine Sonnenbrille, wobei er mich an eine magere Miniaturausgabe von Heino erinnert, rafft mir die Stricknadel aus den Händen und legt sie wieder in den Schrank, knufft mit seinem spitzen Knie die Tür zu und schließt ab. Den Schlüssel dazu trägt er um seinen dürren Hals, der von einem ausgeprägten Adamsapfel dominiert wird. Da würde ich jetzt gerne mal draufdrücken und gucken, was passiert, meldet sich der kindliche Kalle in mir, notiert anschließend auf seinem imaginären Notizblock, dass das altertümliche Holzschränkchen mit einem Sicherheitsschloss ausgestattet ist.

Dass ich Müllbeutel gesucht habe, quittiert mein neuer Chef mit einem gezwungenen Lächeln und einem knappen Fingerzeig zu dem offenen Regal hinter der Tür.

Jetzt erst scheint er von meinem Gesicht abzulesen, wie seine hitzige Aktion auf einen noch ziemlich unbekannten und unbescholtenen Menschen wie mich gewirkt haben muss.

»Sie müssen entschuldigen. Man glaubt es kaum, aber auch hier wird gestohlen. Den Raben ist nichts heilig. Grablichter sind da noch Kleinigkeiten. Dass sie hier nicht ganze Steine ausbuddeln, ist nur der Tatsache zu verdanken, dass sie beschriftet sind. Aber auch das wird nur eine Frage der Zeit sein. Irgendwann werden sie selbst die Steine stehlen, abfräsen, behauen und neu gravieren.« Er verfällt in einen Plauderton und drängt mich gleichzeitig aus dem Raum hinaus in die Einsegnungshalle.

»Was meinen Sie wohl, warum die Gießkannen angekettet sind? Gestecke, Kränze, sogar frisch gepflanzte Bäumchen werden vom Grab weg entwendet, um andernorts einem Verblichenen Schatten zu spenden. – Na, wie gefällt es Ihnen?«, fragt er übergangslos und präsentiert mir seine Arbeit.

Ich bin ja kein schöngeistiger Blumenmensch. Blumen mag ich am liebsten auf der Wiese und dann kann ich sie kaum vom sogenannten Unkraut unterscheiden, doch was der Mann hier gezaubert hat, wäre fotoreif. Er hat das Konditorenthema durchgezogen. Wenn der Sarg platziert ist, wird er wirken wie das Herzdekorstück auf einer dreistöckigen Torte.

»Konsequent umgesetzt, kann ich da nur sagen. Respekt. Die Familie des Verstorbenen wird Ihnen das sicherlich danken.«

»Jaha, solange bis die Rechnung kommt«, jetzt lacht er wieder sein Seehundlachen.

»Bleibt das denn bis morgen frisch?«, möchte ich wissen.

»Ja, und Sie sind es, der dafür sorgen wird.« Als nächstes erklärt er mir, dass die Kapelle ein gutes Blumenklima habe, die meisten Gestecke in Vasen stehen oder in schwammähnlichem Schaumstoff. Dann erfahre ich, dass er dafür sorgen wird, dass hier morgen früh um acht geöffnet werde, damit ich die Pracht sacht mit Wasser besprengen könne. Gegen 10:30 Uhr sei dann die Messe. Er bittet mich um Anwesenheit, dabei könne ich Frau Engel kennen lernen. Irgendwas war doch morgen früh. Der Mümmel hat mich zum Protokoll geladen, fällt mir siedendheiß ein. Ich gestehe Brandt, dass ich um 10:30 nicht könne, 8 Uhr sei kein Problem und ab elf sicher auch nicht. Der Mann wirkt kurz enttäuscht, erinnert sich schnell daran, dass er mich erst vor einer Stunde eingestellt hat und ihm wird bewusst, dass ich, statt hier mit ihm auf seine Kosten lediglich herumzustehen, sauber machen könnte.

»Also um elf«, sagt er fast ein bisschen tonlos, wobei er andeutungsweise nickt.

Während ich fege, äußert Kalle, dass Helfried Brandt einen deutlichen Schaden habe, seiner Meinung nach. Der Advokat attestiert ihm eine möglicherweise verzwickte Persönlichkeitsstruktur, angelegt in der frühen Kindheit, womöglich in der Sauberkeitsphase, vielleicht sei Klein Helfried von Mama Brandt zu früh auf den Topf gezwungen worden, was sich heute in Kontrollzwängen zeige, und ich denke, dass jeder nach seiner Fasson selig werden muss und dass der Beruf des Bestatters andere Spuren im Menschen hinterlässt als der des Geburtshelfers. Genug gefegt. Jetzt noch ein bisschen wischen. Nach einer Stunde ist alles erledigt. Mein internes Rechnungswesen verbucht vierzehn Euro auf der Habenseite.

Kaum, dass das Putzwasser in der Toilette verschwunden ist, stapft ein Mann mit matschigen Gummistiefeln durch den Gang Richtung Küchenzeile. Kurz fühle ich meiner Mutter Wut in mir aufsteigen. Der versaut den ganzen Boden! Gleichzeitig ärgere ich mich darüber, dass mich das ärgert und ich an meine Mutter denken muss.

Ich folge dem Mann, der dunkelgrüne Arbeitssachen und eine ehemals beige Batschkappe trägt. Der grob wirkende Waldschrat schlappt zum Kühlschrank und entnimmt eine Flasche Bier. Er schlägt den Kronenkorken an der Tischkante ab und setzt an. Als er absetzt, ist die Flasche leer und nicht der winzigste Rülps entsteigt dem Durstigen. Brandt ist in der Zeit neben mir aufgetaucht, spricht den Kerl an, stellt mich vor und sagt zu ihm, dass er mir um 8 Uhr aufschließen solle. Aha, der gehört hierher. Der Totengräber. Er sagt nur ›Ja‹ und verschwindet, dabei tritt er in seine zuvor gelegte Matschspur und erzeugt ein neues Muster.

»Das macht er selbst wieder sauber«, sagt Brandt, dem mein Entsetzen nicht entgangen ist und fügt an, dass ich mich nicht darum kümmern soll. Während er seine Radschuhe überstreift, erzählt er, dass der Kerl ›Hanf‹ gerufen würde. Wenn ich ihn fragte warum, würde er mir nicht antworten, daher solle ich ihn am besten gar nicht drauf ansprechen. Mit klackernden Geräuschen eiert Brandt zur Musik-Anlage und angelt seine CD aus dem Fach. Man erzähle sich, dass Hanf deshalb so genannt werde, weil er schon als Kind einen Hang zu dieser Pflanze gehabt habe. Er soll der jüngste Hanfbauer Europas gewesen sein. In einem Westerwalddorf habe die Polizei dem damals strafunmündigen Kind die Gewächshäuser zerstört, ihn einer Pflegestelle zugewiesen, woraufhin Hanf abgehauen sein soll, nach Spanien oder so, heiße es. Na, oder sei es Frankreich gewesen, eventuell sogar die Fremdenlegion, oder verwechsle er da jetzt was. Wie auch immer, führt der Bestatter aus, seit einigen Jahren sei Hanf hier beschäftigt und es gäbe keine Klagen.

»Hanfs Kundschaft ist eine schweigsame«, witzelt Helfried Brandt, diesmal ohne Seehund.

»Wir können dann gehen«, sagt er und verschließt seinen Fahrradhelm mit Flammenmotiv. Hoffentlich geht er nicht hinten raus. Doch. Er geht durch die Tür, vor der der Leichenwagen geparkt ist.

»Ich bevorzuge ein Sie und den Nachnamen ohne Anrede. Wie gefällt Ihnen das, ›Sie Himmel‹?« Jetzt stehen wir bei James Marilyn.

»Das ist doch nicht etwa Ihrer?«, fragt er ein wenig pikiert und amüsiert zugleich.

»Nein, nein«, beeile ich mich zu sagen, »ich fahre ihn für einen Freund Probe, ›Sie Brandt‹.«

»Nicht schlecht, nicht schlecht. Wir sehen uns morgen frisch und munter!« Klack, klack, geübt schnell ist er in den Pedalen seines 2000 €- Mountainbikes, schaltet ebenso zügig in einen höheren Gang und zischt auf großem Ritzel bergab davon. Unter den kritischen Blicken von Hanf verlasse ich das Friedhofsgelände mit einem Gruß ans Getriebe. Der Rückwärtsgang hakt. James Marilyn mag es lieber vorwärts.

15

Auf der Rückfahrt zur Kalteiche kommt mir alles unecht vor, surreal. Wie von fremder Hand bestimmt, fügt sich eins ins andere. Ich muss an die russischen Puppen denken. Packe ich im Moment so eine Matroschka aus oder bin ich ein Teil von ihr und werde gepackt? Ungewohnte Umgebung, neue Leute, ganz normal, mischt sich der Anwalt ein, der mit mir das morgige Protokoll durchgehen will. Ich fühle mich zu wuschig, als dass ich mich jetzt darauf konzentrieren könnte.

Rudi und Susanne freuen sich für mich, dass ich den Job bekommen habe und Rudi meint, dass es James zu verdanken sei. Ich lasse ihn in dem Glauben und ziehe mich in die kleine Schlafkammer zurück. Auf dem Weg dorthin greife ich mir eines dieser kostenlosen Anzeigenblätter, die ich normalerweise nie lese. Doch heute ist eh kein normaler Tag. In Unterhose und T-Shirt auf dem Bett sitzend, löse ich das Kreuzworträtsel. Dumm nur, dass ich keine adäquate Schreibunterlage habe und ständig mit dem Kugelschreiber Löcher ins dünne Papier pieke. Beim Umblättern erregt eine Ausstellung aus dem benachbarten Kreis Altenkirchen meine Aufmerksamkeit. In einem dem Zerfall preisgegebenen Kaufhaus stellt der Geschichtsverein zusammen mit dem Club historischer Mobile Fotos aus vergangenen Tagen aus. Schützenumzüge seien dabei, Flutbilder, eine verbrannte Kirche, Zirkus-Auftritte und andere kulturelle Ereignisse. Der Artikel ist umrahmt von einigen Fotoausschnitten. Ein Bild fesselt mich. Kopfüber hängt eine Frau am Trapez. Ich muss an den Alten denken, der sich unter anderem als Artist und Clown vorgestellt hat. Das Gesicht der Frau habe ich schon mal gesehen. Ich drehe die Zeitung herum. Etwas an ihr kommt mir bekannt vor. Leider ist ihr Antlitz durchrätselt, denn es befindet sich genau hinter der Stelle, wo nach einer Gattung der Froschlurche, der Abkürzung der Europäischen Union und der Schiffseroberung gefragt wurde. Teile der Unke verunzieren spiegelverkehrt das Gesicht der Dame und das Entern geht ihr vom Fuß bis zum Kopf, die EU zerfranst ihre Haare. Diese Akrobatin könnte die Frau auf dem Foto sein, die mir durch die Zähne des alten Mannes geflüstert hat, ich solle sie finden. Ich zupfe das Foto vorsichtig aus meiner zerknitterten Jeans und glätte es zwischen meinen Händen. Ja, sie könnte es sein. Oder auch nicht, merkt der Advokat überflüssigerweise an. Du musst der Sache nachgehen, meint Kalle. Ich denke ebenso. Vergessen sind die Blessuren, die ich davontrug, als ich das letzte Mal meine Nase in anderer Leute Angelegenheiten gesteckt habe.

Ob man mich vorne hört, wenn ich noch ein Liedchen auf der Mundharmonika übe? Ich lasse es lieber, präge mir stattdessen die Kanäle zum Ziehen und Blasen einer ersten Melodie ein.

16

Sonntag

Im Grunde habe ich schon eine ganze Schicht hinter mir, als ich am Morgen unter anderem vom durchdringenden Hupen eines LKWs geweckt werde. Des Nachts habe ich schon Gräber ausgehoben, direkt hier vor den Zapfsäulen. Tiefe und enge Gräber, so tief und eng, als wolle man in der Grube einen Basketballspieler hochkant versenken. Derweil lasen Gorillas, die bärtige Männer waren, im Shop Frauenzeitschriften und mir, der ich in Gummistiefeln dann wieder hinter der Kasse stand, kam das alles nicht mal komisch vor. Bis zu dem Augenblick, als mich ein zerzauster Alter nach dem Weg fragte. Welchen Weg, verriet er nicht. Können Sie mir den Weg beschreiben? Ich begann mich zu wundern und fing zu beschreiben an. Er müsse den Hügel hinauf, durch die Trümmer eines Hauses, dann rechts. Je mehr ich beschrieb, desto sicherer wurde ich, das Richtige zu tun. Ich wunderte mich nicht mal mehr. Plötzlich war ich derjenige, der durch die Trümmer kroch und den Weg suchte. Ein Zug näherte sich von irgendwoher und ich wusste, dass ich schneller sein musste. Was hatte ich eben noch erklärt, nach rechts? Aber da war nichts. Keine Abzweigung, nur noch mehr Geröll. Das Rattern schwoll an, das Pumpen meines Herzmuskels aufgrund bewusstwerdender Orientierungslosigkeit ebenso. Die Gegend, die ich fußläufig durchstreifte, musste jedoch meine Heimat sein, doch war sie so fremd. Sie war eine menschenleere Kulisse aus einem Hollywoodschinken, vielleicht wurde hier gestern noch eine Szene aus dem Film ›Fackeln im Sturm‹, dem amerikanischen Bürgerkriegsdrama mit Patrick Swayze, abgedreht. Der Zug ratterte weiter, meine Verzweiflung wuchs. Ich musste mich beeilen, doch ich bewegte mich in Zeitlupe. Nein, nicht ich bewegte mich, nur meine Pupillen bewegten sich, versuchten, den Weg zu finden. Ich stand wie festgemeißelt inmitten einer sandsteinfarbenen Ruine. Es war heiß, die Sonne strahlte in goldenen Tönen über die fernen Hügel. Meine Güte, hier war ich noch nie zuvor und doch lag der Ort keine fünf Minuten von der Tanke entfernt. Ich hatte mich verlaufen und kam nicht mehr weg. Der Zug ratterte jetzt ohrenbetäubend laut. Ich würde es nicht mehr pünktlich schaffen. Die letzten Kräfte mobilisierten sich und ich begann zu klettern. Mit jedem Mauervorsprung, den ich erklomm, tat sich ein neuer vor mir auf. Ich würde scheitern. Dieses Scheitern blieb nicht unbeobachtet. Auf den Schienen hinter der Ruine hockte eine Frau, nein, es war eine Kröte mit langen blonden Haaren, die kleine Knöchelchen spuckte. Der Zug würde sie erwischen. Er stampfte heran, dampfte aus dem Schornstein, pfiff und tutete. Das laute Signal ging über in das Hupen des LKWs. Das Schnaufen der Lok wurde zu meinem eigenen. Mit Herzrasen erwachte ich also an diesem Sonntagmorgen. Wie gesagt, hatte ich schon eine anstrengende Schicht hinter mir.

Vielleicht bilde ich mir das nur ein, doch seit ich nicht mehr fernsehe, träume ich in den buntesten Bildern die spannendsten Filme. Western, Krimis, Thriller. Früher, als die Mauer noch stand, träumte ich oft Spionage- und Agentenfilme. Für Komödien und Romanzen fehlt mir anscheinend der Empfang. Seltsamerweise gibt es auch keinen Sportkanal, aber immerhin Musikfernsehen. Schräge Videoclips, ›Rocky Horror Picture Show‹, ›Auf Achse‹ und die ›Straßen von San Francisco‹, selbst ›Kojak‹ war schon

Gast in meinen Studios. Der vergangene Traum war wohl eher eine Mixtur aus dem ›Planeten der Affen‹, ›Catweazle‹ und ›Spiel mir das Lied vom Tod‹. Das Hauptmotiv dieses Stückes ist auch in meinem Harp-Buch, aber so weit bin ich noch nicht.

»Frühstück?«, hallt die fröhliche Stimme Susannes wie Musik an mein Ohr und beendet damit meine Kino-Privatvorstellung, der Abspann läuft, es werden bereits die Requisiteure genannt, das Licht geht an, man erhebt sich aus den Sesseln. Ich schwinge meine Knochen aus dem Bett und wasche mir kalt die Nacht aus dem Gesicht, in das sich gleich erfrischend eine Tasse heißer Kaffee und vielleicht eine Scheibe Toast mit Erdnusscreme und Himbeermarmelade drücken wird. Das Frühstück fällt knapp aus, denn ich habe nicht ausreichend Zeit, wie mir nach einem Blick auf die Uhr bewusst wird. Um acht soll ich die Blumen besprengen. Jetzt ist es viertel vor. Ich werde heizen müssen. Willstn-paar-aufs-Maul-Mario hatte mich um 10 Uhr zu sich bestellt. Das wird eine Gondelei heute morgen.

17

Zum Glück ist um diese Zeit nicht viel los auf den Straßen und ich komme fast pünktlich zur Friedhofskapelle. Keine Menschenseele da, totenstill. Die Tür zur Halle ist offen. Das Licht reicht aus, um mich zurechtzufinden. Ich gehe in den Raum mit der Küchenzeile. Dort stehen eine grüne Plastikgießkanne und so ein Wassersprühding zum Blumenduschen bereit. Ich habe noch nie gewusst, wie man die Flaschen mit dem Pump-Sprüh-Teil nennt.

Über Nacht hat Brandts Arrangement tatsächlich kaum gelitten. Hier und da liegen einige Blättchen, aber dic habe ich ruckzuck aufgelesen. Vorsichtig besprühe ich die Blüten, fülle das Wasser in den Vasen nach und sorge dafür, dass die Gesteck-Schwämme durchfeuchtet sind. Draußen schlägt eine Autotür und ich höre, wie der Wagen einen Kavalierstart hinlegt. Kleine Steinchen spritzen gegen die Mülltonnen vor dem Friedhofstor. Schon ist es wieder mucksmäuschenstill. Irgendwie seltsam, diese ungewohnte Ruhe in einem meist hektischen Alltag. So sinniere ich und wundere mich über den mittelalten langhaarigen Mann, der mit der übertriebenen Vorsicht eines Anfängers hingebungsvoll die Pflanzen versorgt, die majestätisch darauf warten, einem Toten Spalier zu stehen. Mir ist, als sähe ich mir selbst zu. Das muss die merkwürdige Atmosphäre sein. Ein gellender Schrei reißt mich aus den Gedanken. Der Schreck hat eine Pfütze zwischen meinen Füßen zur Folge. Ich habe Blumenwasser verschüttet. Schnell stelle ich Kanne und Flasche zu Boden und renne in Richtung des Schreis, vorüber an den Urnengräbern, vorbei an den Kindergräbern, dort stelle ich mich auf eine Bank, um einen besseren Blick zu haben. Denn es ist auf Anhieb niemand zu sehen, der geschrien haben könnte. Es klang nach einer älteren Dame, meint Kalle. Außer einer Elster, zwei Krähen und mir scheint sich niemand hier zu rühren. Ein Wimmern und Schluchzen jagt mir eine Gänsehaut über den Rücken. Zum Glück ist es helllichter Morgen und nicht stockfinstre Mitternacht, es könnte einen gruseln. Jemand muss hier sein.

»Hallo!«, rufe ich. Ein Stöhnen antwortet. Es kommt von den uralten Gräbern. Genauer gesagt, von den Grabstätten begüterter Familien, die ihrer und dem Status der Verstorbenen mit hohen Säulen, Engelsskulpturen und mächtigen Kreuzen gedacht haben. Drumherum grenzen schwere, heute rostige Gliederketten die Firmengründerfamilien aus längst vergessenen Tagen von ihren Arbeitern ab. Ich springe von der Bank und hechte über die frisch eingesäten Flächen für die Neuankömmlinge und gelange zu den Urahnen. Hinter einer dieser mächtigen Säulen, an denen der Zahn der Zeit sich versucht hat, sehe ich ein grau-rosa Bündel auf ausgehobener Erde hocken. Ein Wesen mit hellviolett schimmernden Haaren erhebt sich vom Hügel. Wacklig steht es da, schaut mich aus wässrigen, milchig trüben Augen an und stammelt:

»Er ist weg. Jetzt haben sie ihn auch.« Dann klappt sie zusammen und rutscht in die Gruft. Trotz eines Hechtsprunges schaffe ich es nicht, sie rechtzeitig zu erreichen. Sie purzelt bis ganz nach unten und bleibt auf dem Rücken liegen. Wenn die sich jetzt nicht alle Knochen im alten Leib gebrochen hat, denke ich mir und rufe:

»Hallo, können Sie mich hören?«

Keine Reaktion. Die ist tot, meint der Advokat. Die lebt noch, hüpf ihr nach, fordert Kalle. Würde mein Herz nicht so hämmern, könnte ich viel besser orten, ob das Wispern vom herumfliegenden Laub oder von ihr stammt. Ich beuge mich tief hinab. Plötzlich reißt sie die Augen auf, erblickt mich, hebt einen knöchrigen Zeigefinger in meine Richtung und ruft:

»Herr Jesus, mein Heiland!«, der Finger fällt und dann ist sie wieder still. Okay, hier kann ihr nichts passieren, sie liegt sicher, atmet und ist wahrscheinlich nur ohnmächtig. Ohne Hilfe und ohne ihr wehzutun, kriege ich die alte Dame eh nicht aus dem Erdloch raus, daher renne ich zur Friedhofskapelle und wähle den Notruf. Nach dem Telefonat, man sei in fünf Minuten da, hieß es, laufe ich hektisch und augenscheinlich planlos umher, auf der Suche nach einer Decke oder Plane. Fehlanzeige. Gegenüber der Kapelle, Richtung Ausgang und Grünschnittcontainer, erkenne ich ein unscheinbares Kabuff, dessen Tür offen steht. Nur deswegen fällt es mir auf, denn ich kann mich nicht erinnern, gestern dieses Holzhüttchen bemerkt zu haben. Ich werfe einen Blick hinein. Dunkel hier drin, doch ich gewahre die unregelmäßig hubbeligen Umrisse einer Decke, die auf einer Art Werkbank liegt und ziehe sie hastig herunter. Irgendwas scheppert, aber ich nehme mir nicht die Zeit nachzusehen. Kann ich gleich auch noch tun. Wieder im Tageslicht, erkenne ich, dass es sich bei meinem Fund um einen alten Schlafsack handelt, der nach hundert Jahre altem Staub riecht. Das gelb-orange-ocker-braune Blumenornament darauf entstammt der Ära der Nierentische. Der Schlafsack ist reichlich verblasst, an manchen Stellen schon sehr dünn und durchgeschubbert. Egal, der alte Sack muss es tun. Entweder ich bekomme die Dame aus der Gruft und kann sie darauflegen oder ich lege den Sack über sie, damit sie nicht zu stark auskühlt, bis fachkundige Hilfe sich ihrer annimmt. Als ich zur Grabstätte zurückkomme, sehe ich gerade noch Hanfs verfilzte braungraue Reste von Dreadlocks in dem Loch verschwinden. Er hat sich darangemacht, die alte Frau zu bergen. Vorsichtig hebt er sie hoch, wobei die Dame ein schmerzliches Stöhnen von sich gibt. Schnell breite ich den Schlafsack am Grabrand aus, damit er sie dort ablegen kann. Als er das Nylongewebe sieht und es wahrscheinlich als sein eigenes identifiziert, blitzt fast so etwas wie Wut in seinen Augen auf. Oh oh, raunt Kalle, ist wohl seiner. Dann schaut mir Hanf über die Frau hinweg ins Gesicht, das wie so oft die pure Ahnungslosigkeit ausstrahlt und er scheint sich zu entspannen. Mit einer von mir bei ihm nicht erwarteten Sanftheit bettet er die gefallene Dame auf den Schlafsack, wobei sie wieder leise stöhnt. Was man jedoch kaum wahrnimmt, da der Rettungsdienst mit lautem Signal auf sich aufmerksam macht. Er passt nicht durchs einseitig geöffnete Friedhofstor und ich haste zu Hilfe.

Kurz und knapp schildere ich den Sanitätern und dem ebenfalls herbeigerasten Notarzt, was geschehen ist, und zeige Richtung Grab. Schnell hat die

Krankenwagenbesatzung die Trage zwischen sich, einen Moment später die Dame sozusagen aufgebockt und ebenso schnell hat der Notarzt seinen Koffer parat und die ersten Reaktionstests gemacht. Die Dame ist auf dem Weg zwischen Leben und Tod. Ihr Puls ist schwach und unregelmäßig. Ihr Atem geht flach. Der Arzt gibt einige knappe Befehle und im Nu hat die Reisende eine Infusionsnadel im Arm. Langsam tröpfelt eine Kochsalzlösung aus einer Flasche durch einen transparenten Schlauch durch ihre ebenso transparente Haut in die violette Blutbahn. Sie wird medizinisch versorgt umkehren, zurück ins Leben, darauf hat der Arzt einen Eid geschworen.

»Halb verdurstet und unterernährt«, sagt er an die Nichtmediziner gewandt und sein Nicken lässt die Sanitäter wissen, dass sie die Patientin abtransportieren können.

»Wissen Sie, wer sie ist?«, fragt er und klappt ein Notizbuch auf.

»Fräulein Hedwig«, sagt Hanf und dass er sie nur unter diesem Namen kenne. Immer noch stehen wir um die Grabstätte herum, in die sie gefallen ist. *Familie Paul Otto Jung* steht in fragiler Frakturschrift auf der großen Säule. Als der Arzt gehen will, fällt Hanf ein, dass er Fräulein Hedwig schon mal in der Nähe der Siegener Tafel gesehen habe. Der Doktor sagt noch, dass er sich beim Sozialen Dienst umhören müsse, wenn die Dame nichts bei sich gehabt habe und verabschiedet sich.

»Wohin bringen Sie sie?«, möchte ich wissen.

»Marienkrankenhaus«, spricht er im Weggehen.

Hinter mir faltet Hanf den Schlafsack zusammen. Sein konzentrierter Blick auf das, was er tut, signalisiert ›sprich mich bloß nicht an‹. Dann stapft er davon. Hinterher, raunt Kalle im Befehlston. Mit einem gebührenden Abstand schlendere ich dem Friedhofshelfer hinterdrein und sehe gerade noch, wie er in dem Kabuff verschwindet, in dem ich den Schlafsack gefunden habe. Die ausgemergelte Verbretterung der Bude lässt es zu, dass man stellenweise hindurchspähen kann. Von der Neugier getrieben finde ich eine Lücke und stiere angestrengt ins Halbdunkel des Kabuffs. Hanf kennt sich gut aus und bewegt sich mit einer großen Sicherheit, denn trotz unübersichtlicher Enge und Unordnung stößt er nichts um. Elektrisches Licht scheint es nicht zu geben, zumindest benötigt er keines. Ein kullerndes Geräusch lässt uns alle zusammenfahren. Hanf hält in der Bewegung, den Schlafsack über das Gerümpel auf der Werkbank zu breiten, inne, legt das alte Teil ab, bückt sich und fördert etwas zu Tage, das wie ein Schädel aussieht. Vorwurfsvoll blickt das Ding mich aus schwarzen Augenhöhlen an. Instinktiv zucke ich zurück. Dabei stoße ich mit dem Kopf gegen die Griffe einer an die Kabuff-Wand gelehnten Schubkarre, die, in ihrer Lage gestört, scheppernd niederkrachen will. Mit einer mich selbst überraschenden Geschwindigkeit greife ich mir den Griff und halte die Schubkarre fest. Eigentlich sollte ich mich jetzt schleunigst aus dem Staub machen. Doch in dem engen Gerümpel zwischen Blumenerde, Übertöpfen und alten Kreuzen ist an eine lautlose und gleichzeitig zügige Flucht nicht zu denken. Automatisch halte ich die Luft an. Mach Miau, rät der Kinderdetektiv. Ein herannahendes Auto, dessen Fahrer eine mehrstimmige Hupe erklingen lässt, die mich an die ersten Töne aus einer längst vergessenen Underberg-Werbung erinnert, rettet mir die Haut. Hanf verlässt eilig das Kabuff, schließt es ab und ohne nach der Ursache des Schepperns zu fahnden, wendet er sich dem Auto zu, bevor dessen Fahrer mit einem weiteren Hupkonzert auf sich aufmerksam machen kann. Ich traue mich nicht, um die Ecke zu spähen und begnüge mich mit dem Lauschen. Eine Scheibe scheint heruntergelassen worden zu sein, denn eine Kreischmusik schrillt aus dem Wagen. Der Fahrer regelt die Lautstärke ein wenig nach unten, um sich mit Hanf zu unterhalten. Was die beiden reden, kann ich nicht verstehen. Von der Struktur her handelt es sich um den Austausch meist einsilbiger Wörter. Jau, hey, jeep, jupp, jo jo. Scheibe wieder rauf, Ton der Anlage wieder hoch. Umpfumpftumpf, eine Underberg-Hupe zum Abschied und weg. Die Schubkarre hält sich immer noch an mir fest. Langsam stelle ich sie rutschsicher auf, denn ich sollte mich endlich von hier verdrücken. Mittlerweile muss Helfried Brandt angekommen sein, denn ich höre, wie er Hanf zunächst freundlich grüßt, um anschließend einen neuen Ton anzuschlagen, denn er hat das Heck des wegfahrenden Wagens gesehen.

»Was wollte der Penner denn hier? – Mach bloß kein Scheiß, du …«, der Satz bleibt unvollendet.

»Was passiert?«, fragt Helfried stattdessen, worauf Hanf ein verneinendes Murmeln von sich gibt. Mir bleibt kaum Zeit, mich über Hanfs Verschwiegenheit zu wundern, denn jetzt naht der Lieferwagen einer Gärtnerei. Er parkt so günstig, dass ich in dessen Sichtschutz meinen Winkel verlassen kann. Ist auch allerhöchste Eisenbahn, denn ich muss noch zur Vernehmung oder wie immer ich das Gespräch mit Mümmel nennen soll. Am besten, ich lasse mich gar nicht sehen, sonst werde ich noch zum Entladen des Wagens eingespannt. Hätte nie gedacht, dass es Sonntagsmorgens so lebhaft auf einem Friedhof zugeht, merkt Kalle an.

18

Auf der Fahrt nach Burbach zur kleinen Dienststelle gehe ich meine Aussage durch. Es fällt mir allerdings schwer, mich darauf zu konzentrieren. Immer wieder glotzt mich der Schädel aus Hanfs Hand an. Mit dem Alten gegessen und getrunken hätte ich, mehr nicht, ja, und die Decke hätte ich ihm geliehen. Da würden meine Spuren dran sein. Kaum denke ich an den Alten, muss ich an die halb verhungerte Dame denken, die in die Gruft gestürzt ist und daran, was sie gesagt hat. Darum muss sich auch einer kümmern, meint Kalle, der so tut, als hätte ich eine ganze Detektei mit mehreren Angestellten unter mir. Ich glaube, Kalle guckt zu viel nachgestelltes Reality-TV. Punkt 10 Uhr parke ich vor dem ehemaligen Krämerladen, dessen Tür jetzt ein Polizeizeichen schmückt. Sieht irgendwie verlassen aus. Die Tür ist zu. Niemand da. Ich gehe halb um das Haus herum. Auch im Hof ist kein Fahrzeug zu sehen, weder ein grün-weißes noch sonst eines. Ich fühle mich wie vor einigen Jahren, als ich für die mündliche Werbekaufmannsprüfung gelernt hatte, die in Köln vor der Handelskammer stattfand. Ich war pünktlich, aber nur ich. Ich war auch der einzige, dem man nicht gesagt hatte, dass der Termin verschoben worden war. Oh, tut uns leid, sagten meine Mitschüler und schoben die Verantwortung auf die Schulleitung, die wiederum schob es auf den Klassensprecher, der es jedem sagen wollte. Mir schwillt der Kamm, wenn ich nur an Mümmel denke. Hier ist noch nicht mal irgendwer, der bezeugen könnte, dass ich da war, sollte ich mich entschließen, sofort zum Friedhof zurückzufahren. Mich befällt dieses zwiespältige Gefühl. Einerseits froh, der unangenehmen Befragungssituation noch nicht ausgesetzt zu sein, andererseits dessen bewusst, dass sie kommen wird. Man wird sich dann auch wieder vorher aufregen. Dann wahrscheinlich nicht umsonst. Ich werde einen Zettel schreiben: Heiner Himmel war hier, Sonntag, 10 Uhr, Unterschrift. Gerade als ich im Handschuhfach nach einem Stück Papier suche, höre ich einen Wagen langsam an mir vorüberfahren. Als ich aufblicke, sehe ich, wie das Zivilfahrzeug, ein grüner Opel Vectra, vor mir am Straßenrand parkt. Der völlig kahle Kai-Uwe steigt aus. Er ist hier im Ort der Knöllchenverteiler, somit der meistgehasste Mann. Seine Rolle füllt er prima aus. Er kennt keine Gnade, auch nicht vor sich selbst. Anders ist es nicht zu verstehen, dass er seit Jahr und Tag beige Cordhosen und grüne Acryl-Pullunder trägt und in Gesprächen kein gutes Haar an sich lässt. Er ist ständig auf der Suche nach einem, der sagt, dass er so schlimm/böse/hässlich/dick/dusselig/unnütz nicht sei. Es gibt nicht mal einen Menschen weit und breit, der sich mit ihm gepflegt betrinken will. Ein Gelage mit Kai-Uwe könnte in einem depressiven kollektiven Selbstmord enden. Keine Falschparker-Ausrede hat je bei ihm eine Chance bekommen. Nein, ich will ihm nicht Unrecht tun. Einmal gebar eine jugendliche Mutter ein Baby auf dem Beifahrersitz im Wagen ihres Freundes, der, von den Ereignissen überrascht, zu diesem Zweck in einer Ladezone geparkt hatte. Es werde gerade entladen, habe der werdende Vater zu seiner Verteidigung gesagt, so die Überlieferung. Für mich jedenfalls gibt Kai-Uwe jetzt einen prima Zeugen ab.

Nach einer wortkargen Begrüßung und der Begründung meiner Anwesenheit meint Kai-Uwe, ich solle drinnen warten. Er werde Mario anrufen. Wir gehen in das kleine Büro, ich bekomme einen niedrigen und starren Drehstuhl, der den Namen nicht verdient, vor dem größeren der beiden Schreibtische angewiesen und Kai-Uwe telefoniert mit dem Rücken zu mir gewandt. Man sitzt hier wie auf einem Erstklässlerstühlchen, sicher nicht ohne Grund. Für methodisch dermaßen ausgebufft hätte ich die Dienststelleninhaber nicht gehalten, einen Stuhl zu manipulieren, um das Gegenüber in Demutshaltung zu zwingen. Ach was, es wird der Sparzwang sein, der die Sitzgelegenheit über die letzten Dekaden gebracht hat. Ich lasse meinen Blick über den fast leeren Schreibtisch wandern. Auf der Ablage liegen Tatortfotos. Ich erkenne das leb- und gebisslose Gesicht des Alten. Aschfahl die Haut, wässrig grau die Augen, starrt er seinem letzten Gedanken hinterher. Könnten die Pupillen ein Nachbild erzeugen und festhalten, müsste darin sein Mörder zu sehen sein, falls es nicht doch Selbstmord war. Ich bezweifle das, meldet sich Kalle.

Aus dem Fax hängt ein Blatt Papier. Ergebnis einer Anfrage. Ich beuge mich ein wenig vor, während Kai-Uwe eine weitere Telefonnummer eintippt. Mit der ersten scheint er auf der Suche nach Mario kein Glück gehabt zu haben. Er flüstert, ich lese:

Reginald Schuster, geboren 31.12.1930 in Berlin, zuletzt gemeldet in Hamburg, Berufsangabe: Künstler. Aktenkundig wegen Landfriedensbruches 1969. Ob er ein Hausbesetzer war, frage ich mich. Seinen Pass habe er noch im gleichen Jahr an den Innenminister gesendet und nach letztem Kenntnisstand nie einen neuen beantragt, zumindest sei es der Behörde nicht bekannt. Geht denn so was, frage ich den Advokaten in mir. Man könne sich nicht selbst ausbürgern, sagt er nur. Was geschieht, wenn man es doch tue, darauf weiß er keine Antwort. Ich frage mich dann, woher er das Gebiss hatte. Ohne Personalien keine Krankenversicherung. Es soll Ärzte geben, die Arme und Landstreicher honorarfrei behandeln, fällt mir eine Reportage aus einem Nachrichtenmagazin ein, das ich vor einigen Wochen in der Tankstelle gelesen habe.

Kai-Uwe hat das Flüstern eingestellt. Sein lautes:

»So, Heiner!«, wir kennen uns noch aus der Schule, erschreckt mich.

»Mario lässt sich entschuldigen. Du sollst morgen noch mal kommen, um die gleiche Zeit.«

»Was soll denn das jetzt? Polizeiterror?«, entrüste ich mich ein wenig aufgesetzt, in der Hoffnung, Kai-Uwe lässt raus, was den Dorfsheriff hindert, zum Termin zu erscheinen. Denn Kai-Uwe guckt genauso, wie er immer guckt, wenn jemand versucht hat, ihm einen Bären aufzubinden. Doch er lässt sich nicht in die Karten gucken. Er zuckt lediglich mit den hängenden Schultern, was ihn anzustrengen scheint. Das Verb ›zuckt‹ ist in dem Zusammenhang eine unpassende Beschreibung für die zähe Bewegung. Er bittet mich in einem müden Ton zu gehen, er habe noch zu tun. Noch eine Runde an Mamas Häkelkissen horchen, lästert Kalle.

Nimm das Foto von dem Alten mit, gleich, wenn der Kerl nicht hinsieht, will Kalle mich zum Diebstahl anstiften. Nein, Kalle, ich stehle nicht, lediglich mit den Augen. So, als bewege er einen Besen, fegt mich fuchtelnd Kai-Uwe zur Tür hinaus. Das wird ihn heute Morgen seine letzte Kraft gekostet haben.

19

Als ich auf dem Friedhof ankomme, ist die Trauergemeinde bereits im Begriff, die Einsegnungshalle zu verlassen. Einer nach dem anderen defiliert an dem oben offenen Sarg vorüber, wobei jeder dem toten Konditor eine Marzipanrose als Grabbeigabe auf das edle, karamell- und honigfarbene Holz seiner letzten Bettstatt legt.

»Ist das nicht ganz fantastisch?«, haucht mir Brandt plötzlich von hinten ins Ohr, was mir einen kalten Schauer über den Rücken jagt.

»Wenn er das nur erleben könnte, er wäre entzückt. Wir haben wirklich alles möglich gemacht«, schwelgt Brandt weiter, um mit gesenkter Stimme fortzufahren, »nun ja, fast alles, denn eigentlich wollte der Verstorbene in seiner Backstube aufgebahrt werden, aber … Sie können sich sicherlich vorstellen …«

Ich nicke nur, und gleich darauf wird der Bestatter von der Trauerfamilie beansprucht, die voll des Lobes ist für das gesamte Arrangement. Ob man sich die blumige Dekoration mitnehmen dürfe, es sei doch viel zu schade, sie hier auf dem Friedhof zu behalten, im Laden würde sie dem guten Geist des Verstorbenen noch eine Weile Rechnung tragen. Sein letzter Gruß, sozusagen, an seine treue Kundschaft. Das sei alles gar kein Problem, versichert Brandt und winkt mich heran.

»Der Himmel wird sich darum kümmern«, sagt er, womit er mich der Familie gleich vorstellt. Also belade ich kurz darauf mit dem Schwiegersohn des Konditors den Bäckerwagen mit Gestecken. Dem Anlass gemäß verläuft die gesamte Aktion schweigend, bis die Tür des Wagens zufällt. Man lädt mich noch zu Sauerkraut und Rippchen ein. Die Leibspeise des Konditors, der das Süße verehrte, aber das Deftige liebte. Ich lehne dankend ab. Beerdigen und Essen gehört bei mir nicht zusammen. Ich kann das nicht. Trinken geht so gerade noch, aber allein schon das Wort ›Leichenschmaus‹ ist für mich ein Graus. Lichekooche, fällt mir der lokale Begriff aus meiner Kindheit wieder ein. Den trockenen Blechkuchen brachte meine Mutter häufig mit, wenn sie im Gemeindezentrum bei Trauerfeiern Kaffee ausgeschenkt hatte. Ich sollte mich dann am Streusel, Bienenstich und Rosinenkringel erfreuen, doch verweigerte das. Leichenkuchen. Keinen Bissen brachte ich davon herunter, was eine Tirade von Beschimpfungen auslöste. Undankbar sei ich und solle mal an die armen Kinder in Biafra denken. Das Denken daran machte die Sache auch nicht besser. Die Erinnerung löst zusammen mit dem Umfeld ein beklemmendes Gefühl in mir aus. Dem kann nur durch Arbeit abgeholfen werden, denke ich mir und gehe zur Einsegnungshalle zurück. Es muss bestimmt gefegt werden oder dergleichen.

»Ach, da sind Sie ja«, sagt Brandt und schickt mich, Besen und Kehrschaufel zu holen. Er werde derweil den Sarg schließen. Ich werfe einen ersten Blick in des

Toten Gesicht. Es sieht glücklich aus und gleichzeitig wirkt die Szenerie traurig. Das ist also alles, was von einem Menschen übrig bleibt. Fleisch und Knochen. Eine geschminkte Hülle im seidig glänzenden Etui. Ein Haufen Materie, überzogen in diesem Fall mit Marzipan.

Rammsteins ›Reise, Reise‹ reißt mich jäh aus den Gedanken. Helfried Brandt hat sich deren CD aufgelegt … ›wo die schwarze Seele wohnt, ist kein Licht am Horizont, ah, Ahoi …‹ tönt es, während er es um den Toten Nacht werden lässt, mit einem gedämpften ›Boff‹ klappt der Sargdeckel zu. Ich beeile mich mit der Fegerei, ich habe das dringende Bedürfnis, von hier wegzukommen. Nur eine viertel Stunde später finde ich mich vor dem Gräberfeld der Familie Paul Otto Jung wieder. Das Loch, in das die Dame gestürzt ist, ist immer noch offen. Daneben liegt eine weiße Nelke. Die war gestern noch nicht hier.

»Sie müssen Heiner Himmel sein«, werde ich von der Seite angesprochen. Warum kommen hier alle Gespräche überwiegend von der Seite, denke ich noch bei mir und nicke automatisch, wobei ich meinen Kopf nach links drehe und einer freundlichen Frau ins Gesicht schaue.

»Felicitas Engel. Wir haben schon miteinander telefoniert«, sagt sie und hält mir ihre Hand hin, die ich ergreife. Ihr Händedruck ist kräftig, was mich wundert, denn von Gestalt ist sie zart. Keineswegs rundlich, wie ich sie mir vorgestellt hatte. Sie trägt ihre dunklen Haare zu einem Zopf gebunden, ihre

Augen strahlen in einem interessanten Grün mit gelben Sprenkeln. Ich wundere mich selbst, dass mir das auffällt. Es muss an dieser Marmorierung liegen, die ich noch nirgends zuvor gesehen habe. Der Ausdruck ihrer Augen lässt mich an den manchmal allwissenden Blick von Katzen denken. Ich schätze sie auf Mitte dreißig. Sie ist sportlich gekleidet und durchaus attraktiv. Automatisch gucke ich auf ihre Ringfinger. Beide zieren goldene Ringe. Ob es sich dabei um unverbindlichen Modeschmuck oder verbindliches Eheeisen handelt, kann nicht bestimmt werden. Bin ich jetzt froh oder enttäuscht? Blödsinn, schimpfe ich mich. Testosteron, hört das denn nie auf?

»Verwandtschaft?«, fragt sie mich mit einem Fingerzeig auf die Familie Jung.

»Nein«, antworte ich einsilbig, wobei ich das im Moment genau genommen gar nicht sicher sagen kann, denn meine Oma war eine geborene Jung. Sicher ist, dass ich mir in Engels Gegenwart stetig blöder vorkomme. Nur um irgendwas zu sagen, erzähle ich ihr die Geschichte mit der alten Dame, Fräulein Hedwig, die da meinte, dass sie ihn jetzt auch geholt hätten.

»Oh«, sagt meine neue Teilzeit-Kollegin nur und wendet sich zum Gehen.

»Was hat sie wohl damit gemeint?«, formuliere ich laut die Frage, die mich beschäftigt.

»Na, ich weiß ja nicht, ob ich Ihnen das sagen soll, gleich am ersten Tag«, zögert sie. Wenn man es genau nähme, wäre das heute schon mein zweiter Tag, entgegne ich mit einem Lächeln.

»Ach, es ist nur so ein Gerücht. Ich werde das besser nicht verbreiten«, sagt sie ein wenig entschlossener als eben. Nicht entschlossen genug, meint Kalle und fügt an, ich solle dranbleiben.

»Wenn es nur ein Gerücht ist, kann ich doch entsprechend damit umgehen. Mich erst neugierig machen und dann schweigen ...«, lasse ich den Satz enttäuscht und dabei herausfordernd ausklingen.

»Okay, weil Sie ja jetzt zum Team gehören ... Es soll Vorfälle gegeben haben. Vorfälle von verschwundenen Leichen. Das ist aber alles nur Gerede und betrifft die alten Gräber. Es sei beim Umbetten einer Familie aufgefallen, dass zu wenig Knochen für die Personenzahl vorhanden gewesen sein sollen. Ein Schädel habe auch gefehlt. Aber, wie gesagt, alles nur Gerede. Untersucht worden ist nie etwas.«

»Wann war denn das?«, hake ich nach.

»Vor einem halben Jahr ungefähr. Aber, kümmern Sie sich bloß nicht darum und lassen Sie Brandt nicht wissen, dass wir darüber gesprochen haben. Er reagiert auf so was immer sehr empfindlich.« Ich gucke Fragezeichen.

»Helfried Brandt ist, na, sagen wir: anders. Die Leute, mit denen er sich umgibt, die er alle nach einem bestimmten Muster aussucht, sollen so sein wie er, korrigiere, sie sind wie er. Davon geht zumindest er aus. Leute wie er also beschäftigen sich nicht mit Gerüchten. Das ist ihnen zu ordinär. Er und auch wir, seine Auserwählten, stehen da drüber. So seine Philosophie. Er hat ein komplettes Bild von Ihnen, sobald er Ihren Namen hört und dem müssen Sie entsprechen, sofern Sie diesen Job behalten wollen. – Ich tu's jedenfalls.«

»Sie sind also ein Engel?« In meiner Frage schwingt ein wenig provokante, aber harmlose Erheiterung mit. Ihre Augen verengen sich eine winzige Spur, was eine Verdunklung ihrer Miene hervorruft, und ich fühle mich wie ein Konfirmand, der vor dem Pastor steht und das Vaterunser nicht kann.

»Danke für die Einarbeitung«, entgegne ich versöhnlich mit einem meiner charmantesten, entwaffnendsten Lächeln überhaupt – bildest du dir ein, kichert Kalle ungeniert. Wobei ich ihm nach einem Blick in die unglaublich grünen Augen meines Gegenübers recht geben muss. Felicitas Engel ist nicht etwa dahingeschmolzen, sondern ausgesprochen erheitert und lacht es mir ins Gesicht. Immerhin ist sie nicht beleidigt. Warum sollte sie, fragt Kalle. Na, sie hätte doch annehmen können, ich mache mich lustig. Hast du das etwa nicht getan, stichelt der Advokat.

»Kommen Sie morgen Nachmittag ins Institut, dann regeln wir die vertraglichen Dinge«, sagt sie und geht. Mir ist, als hätte ich rote Ohren. Nä, nä, Heiner, bist ganz schön aus der Übung, geradezu peinlich, sage ich mir nach kurzer kritischer Selbstreflexion, zu der man in meiner Lage (alles verloren, wahrscheinlich nie was gehabt) noch so eben fähig ist, bevor es richtig wehtut.

»Lieber Himmel, Sie können dann gehen!«, ruft Helfried Brandt mit Blick auf die Uhr mir zu und fügt an:

»Anderthalb Stunden, okay? Okay«, gibt er sich auch gleich selbst die Antwort. Ich habe nicht auf die Zeit geachtet, daher nicke ich nachträglich, wobei der Advokat mir ans Herz legt, ich solle demnächst besser auf Zack sein, da er vermute, dass ich heute wie gestern zwei Stunden für den Bestatter gearbeitet habe. Ich sollte mir eine funktionierende Armbanduhr zulegen, beschließe ich und überlege, was ich jetzt mit dem angebrochenen Sonntag anfange. Du könntest dich um die Frau auf dem Foto kümmern, schlägt Kalle vor, doch zunächst muss ich überlegen, ob mein Benzin noch ausreicht bis Betzdorf und wieder zurück auf die Kalteiche. Da meine Tankanzeige immer noch defekt ist, muss ich rechnen: Siegen – Betzdorf – Kalteiche: rund 50 Kilometer, durchschnittlicher Verbrauch meines Wagens auf 100 Kilometer: rund acht Liter, gestern einen zehn Liter Kanister Sprit aus einem Unfallwagen von Rudi spendiert bekommen, heute schon zweimal Siegen – Kalteiche gefahren: rund 60 Kilometer. Könnte knapp werden, wenn etwas dazwischen kommt. Aber, der Tank war zuvor nicht rappelleer. Schätzungsweise befinden sich noch 7,77 Liter Super darin. Bei dem derzeitigen Preis von 1,359 entspricht die Tankfüllung momentan meinem wertvollsten Besitz. So weit ist es gekommen.

Warum betrübt mich das nicht? Wie waren noch gleich die ersten Töne zu der gestern Abend eingeprägten Melodie? ›Michael row the boat ashore‹ – sieben Töne habe ich mir gemerkt. Sieben. Es heißt, man könne sich bis zu sieben Sachen leicht merken, ab dann würde es schwerer werden. Somit liege ich mit meiner Merkfähigkeit noch gut im Rennen. Harp kurz einspielen. Tonleiter rauf und wieder runter. Das geht alles ganz locker im fünften Gang entlang der Sieg. Die ersten Kanäle von ›Michael‹ werden geblasen. Wie das nun wieder klingt – man sollte sie auch treffen.

20

Damit habe ich nicht gerechnet: ein Riesenkreisel, aus dem ich nicht rauskomme, der mich jetzt schon zum zweiten Mal durch einen Tunnel führt. Es ist nicht so, dass ich nichts darüber gelesen hätte. Zwecks teilweiser Verkehrsentlastung hat man einen 378 Meter langen Tunnel durch einen Berg getrieben, dessen Fahrbahn zweispurig verläuft. Ich sollte kurz nach Tunneleinfahrt auf die linke Spur wechseln, wenn ich in die Innenstadt Betzdorfs möchte. Schild erkannt, geblinkt und reingelassen worden, was nicht einfach war, denn ein Konvoi vom Opel-Club Katzenbach musste meinem Franzosen eine Lücke lassen. Schnell neu orientiert, die Brücke gesehen, die passiert werden muss, wie auch schon früher, doch schwupps, zu lange geguckt, ob es da so ganz scharf rechts rum ging. Chance vertan. Auf ein Neues.

Das Tolle an Kreiseln ist die, ich nenne es mal Vortäuschung, von zielgerichteter Bewegung, sie vermittelt den Eindruck, als käme man weiter, als würde man dem Ziel unaufhaltsam näher kommen, dabei bewegt man sich rundherum, kommt – von oben betrachtet – keinen Deut von der Stelle. Plötzlich erscheint mir mein ganzes Leben so. Heiner im Dauerkreisel. Man rackert und ackert, strampelt sich ab und irgendeinem Ziel entgegen oder mehr hinterher … Hinter mir hupt es, ich sollte weiterfahren. Ein alter Mercedes Benz vor mir stottert sich in Richtung Tunneleingang und krepiert nach weiteren 50 Metern im Tunnel. Außer dem Warnblinklicht regt sich nichts an der Karosse. Ich sehe den Fahrer mobil telefonieren. Okay, Blinker rechts, man lässt mich rein. Ich durchkreuze die Spurwechselanstrengungen derer, die nach links wollen. Da will ich ja eigentlich auch hin. Also, Blinker wieder links. Der Sattelschlepper neben mir, müßig die Frage, was er an einem Sonntag hier zu schleppen hat, hat keine Möglichkeit, mich einscheren zu lassen. Nun gut, dann muss ich eben hier bleiben und in Richtung des Nachbarstädtchens Kirchen fahren. Dumm nur, dass mein Sprit so knapp kalkuliert ist. Wenden geht noch nicht. Raus aus dem Tunnel, nächste Ampelkreuzung nutzen, um zu wenden. Jetzt stehe ich hier bei rot als Linksabbieger, der ich eigentlich gar nicht sein will. Warten. Und los. Beim Fressnapf wenden und wieder vor der Ampel stehen. Rechtsabbieger.

Dritter Anlauf, die Sieg- und Hellerstadt zu nehmen. Jetzt will ich aber nicht wieder in den Tunnel, also Obacht! Einfach rechts halten, das wird wohl möglich sein, mosert in Gedanken mein unfreundlicher Fahrlehrer auf dem Beifahrersitz. Der muss mir jetzt gerade einfallen, habe ich doch in dieser Stadt meine Prüfung zur Fahrerlaubnis gemacht. Geschafft. Ich fahre über die Brücke und sehe schon das vergammelnde Gebäude der einstigen Einkaufsgelegenheit mit der ersten Rolltreppe im Kreisgebiet von Altenkirchen. Wenn ich mich recht entsinne, gibt es einen Parkplatz hinter der Bausünde mit Asbestplatten. Richtig. Da ist auch schon die Abbiegung durch den Klosterhof.

Wagen steht, Atem steht, Zeit auch. Mir ist, als wäre ich gestern erst hier gewesen. Heiner im Dauerkreisel.

Ich schlendere zum Haupteingang des ehemaligen Kaufhauses, hinter dessen Scheiben eine Ausstellung alter Motorräder und Zirkus-Plakate prangt. Genau wie es der Zeitungsartikel beschrieben hat. Ich suche das Bild mit der Trapez-Frau und entfalte das Foto aus der mir bekannten mageren Hinterlassenschaft des Alten, dessen obere Zahnersatzreihe sich ein bisschen ins Konterfei der Dame verbissen hat. Jetzt entdecke ich das Foto und den Artikel. Die ›Orthelly-Truppe‹, eine Artistenfamilie, gastierte unter anderem 1962 in Betzdorf. Die abgebildete Artistin könnte die Frau auf der Fotografie in meiner Hand sein. Es gibt einige Ähnlichkeiten. Sie passt ins Bild, das der Alte mir von seinem Leben gezeichnet hat. Aber die Artistin hier ist zu jung, um mit der Frau auf dem schwarz-weißen Foto identisch zu sein. Mutter und Tochter?

Zufall, meint der Advokat und fügt in seiner sachlich, nüchternen Art an, dass meine Recherche-Fahrt absolut nichts gebracht habe. Damit möchte ich mich so nicht abfinden und notiere den Namen Lola Orthelly, denn man weiß nicht, wofür es gut ist. Manches erschließt sich erst später. Manches nie, besserwissert der Advokat. Wofür zum Beispiel waren die unzähligen kleinen, fetten Putten gut, die deine Ex in jeder Adventszeit auf allen Weihnachtsmärkten zwischen Wetzlar, Siegburg und Kreuztal gekauft hat, stichelt er. Denk ich an die Putten, fällt mir die Engel ein. Nett und gar nicht fett. Ob sie sportlich ist, frage ich mich, denn sie machte einen gut trainierten Eindruck.

21

Wie es um meinen eigenen Trainingsstand bestellt ist, erfahre ich fünfundzwanzig Minuten später. Mein Auto spuckt und ruckelt. Trocken wie ein Zwiebackfurz bleibt es kurz vor der Auffahrt nach Frankfurt liegen. Schieben heißt die Devise. Zum Glück ist nicht viel Betrieb und zum Glück ist es nicht mehr weit bis zur Tankstelle. Keuchend betrete ich den Shop.

Schnaubend steht Jupp (amtlich: Joseph) von Knittel, hiesiger Jagdpächter dritter Generation aus Hagen, im Gang zwischen Schnaps und Schokolade. Eine kleine Menschentraube, bestehend aus zwei mir unbekannten Männern sowie Rudi und Susanne, hat sich um ihn versammelt. Jupp ist sauer. Seine Fülle bebt und sein treuer Setter Holger von Eberdingen hat die Ohren zugeklappt und die Rute zwischen seine Beine geklemmt.

»Krank, alle krank!«, spuckt es speichelsprühend aus Jupp raus.

»Sauerei!«

»Wer macht denn so was?«

»Bestimmt die aus dem Osten.«

»Ja, ja, bald sprechen wir hier alle russisch ...«

»Quatsch, türkisch. Hast du nicht gesagt, die Viecher seien geschächtet worden?«

»Nix geschächtet, weiß ich nicht, ist mir auch egal. Wenn ich den erwische!«, drohend legt sich Jupps Finger um den Abzug seiner Jagdflinte. Jetzt hat er mich gesehen, hebt den Arm, die zwei Männer zwischen uns bilden eine Gasse, und Jupp stapft auf mich zu. Als unwissender Neuzugang in der Tanke bin ich der geeignete Mann, dem man den unglaublichen Frevel abermals erzählen kann. Die Stimmung schaukelt sich mächtig auf.

»Das sind gewiss die Rumänen. Die, die freitags nachmittags mit ihren alten Wohnwagen unterhalb des Säuhofs aufschlagen ...«, setzt der eine fort.

»Schlachten die noch?«, will so ein ganz Dünner wissen.

»Wer, die vom Säuhof?«

»Nee, die zerlegen nur noch Rinder- und Schweinehälften«, weiß der Jagdpächter.

»Auf jeden Fall«, versucht der Erstere seine Rede weiterzuführen, »auf jeden Fall verkaufen die Rumänen kofferraumweise Fleisch.«

»Ja, und dem Otti pissen sie in den Garten ...«, kommt es vom Dünnen.

»Neulich hatten sie sogar noch einen Händler dabei, der Töpfe und Küchenkram vertickte. Ein richtiger Basar.«

»Das wird hier immer schlimmer. Haben die nicht vor einer Woche auch auf dem Schrottplatz eingebrochen?«

»Nee, das waren doch die Russen, die, die auch dem Hugo ein Pferd auf der Weide abgestochen haben«, sagt Rudi.

»Das mit dem Pferd, waren das nicht die Jungs aus der Siedlung?«, wird von anderer Seite eingeworfen.

»Hat man die je gekriegt?«

»Wen jetzt?«

»Sei doch mal still und lass den Rudi erzählen!«, wird der dürre Zwischenrufer abgewürgt.

»Die sind in den Wald gerannt, auf und davon«, meint Rudi, der sich auf die Pferdestecher bezieht.

»Sach ma, du haust doch auch im Wald?«, werde ich angegangen von dem Dünnen. Der Jagdpächter zuckt nervös mit dem Finger am Abzug.

»Nicht hier«, klärt Rudi auf und verhindert was auch immer, denn noch weiß ich gar nicht, worum es geht. Die Erzählungen gehen kreuz und quer. Die, die schon wissen, was dem Pächter aus Hagen widerfahren ist, schalten sich immer wieder mit ihren Thesen und Geschichten ein. Oberhalb des Sportplatzes hätten Spaziergänger eine Art Tipi gefunden, die Polizei alarmiert und die habe daraufhin dort alles durchsucht und die Waffen aus dem Schützenheim gefunden. Bis auf eine. Den Kerl dazu habe man natürlich nicht entdeckt. Wieder gucken sie alle auf mich.

Der Frevel in der Gemarkung des Jagdpächters Jupp von Knittel lässt sich so zusammenfassen: Eine Hirschkuh, ein Eber, ein kapitaler Zwölfender, drei Feldhasen, ein Frischling und, sozusagen noch warm, ein junges Reh. Das sei die Jahresbilanz eines Wilderers, ach was, ein viel zu freundlicher Begriff für den brutalen Killer – es war nicht nur ein Wilderer, es muss ein Ungeheuer im Forst gewütet haben, das Tiere töte, diverse Knochen entferne und den Rest einfach liegen lasse. Fleischverkaufende Rumänen würden das wohl nicht tun, folgert Kalle.

»Welche Knochen fehlen denn?«, frage ich mich selbst, offensichtlich laut, denn die Kerle, allen voran der Hagener mit seinem Gewehr, schließen wie von unsichtbaren Fäden gezogen den Kreis um mich enger.

»Du hast also doch damit zu tun, du weißt was«, geifert der Jagdpächter.

»Nein, nein«, wehre ich ab, dabei meine Hände unschuldig in die Luft werfend, so wie es die Fußballer tun, wenn neben ihnen ein Gegner schmerzverkrümmt zu Boden geht, dabei einen Salto schlägt und theatralisch noch einige Meter weit rollt. Nur, dass die meist schuldigen Foul-Spieler ihre Hände schon himmelwärts heben, bevor der Schiri pfeift.

Dass ich nichts mit fehlenden Tierknochen zu tun habe, muss ich hier ja wohl nicht betonen. Mich würde wirklich interessieren, welche Knochen speziell entfernt worden sind, daraus ergäbe sich vielleicht ein Muster. Für solche Feinheiten haben die Männer um mich herum keinen Sinn.

»Nun sag schon, bist du so ein Schamane, so eine irre Type, die bei Vollmond nackt um 'ne Eiche tanzt, Moos und Gräser raucht, dazu Knöchelchen wirft …«

»Die Edith, die hat doch beim Pilze sammeln so ein Waldmännchen gesehen und sich fast zu Tode erschreckt …«, sagt der Dünne.

»Hätte sie sich mal …«, sagt der eine von eben.

»Die Edith ist seine Frau«, flüstert mir Susanne ins Ohr, die sich beinahe unbemerkt hinter mich gestellt hat.

»Warst du das etwa auch?«, will der Dünne wissen.

»Was heißt hier überhaupt ›auch‹? Ich tanze nicht, ich schlachte nicht und ich hause auch nicht hier im Wald«, verteidige ich mich, denn der Finger des Jagdpächters zuckt noch immer nervös und der Lauf seiner Flinte zeigt noch immer grob in meine Richtung.

»Jetzt macht mal halblang, Jungs«, schreitet Susanne ein, wobei sie eine Lage Kräuterkümmelfläschchen aus dem Regal nimmt, »unser Heiner hier, den kennen wir schon recht lange. Der tut so was nicht«, bemüht sie sich um einfache wie klare Worte, unterstreicht diese, indem sie mir ihre Hand auf die Schultern legt und den Kümmel verteilt. Einer gut aussehenden, alkoholverschenkenden Frau, die dazu in kurzen, verständlichen Sätzen redet, das vermeintliche Ungeheuer gar berührt, muss man glauben. Da bilden die sich wild gebärdenden Kerle in der Tanke keine Ausnahme. Die Lage ist entschärft, man stößt sogar mit mir an. Na, dann Prost.

Nachdem weitere Kümmel, Klare, Biere und kalorienreiche Fettburger aus der Heiße-Hexen-Theke ihre Abnehmer gefunden haben, wird es richtig gesellig. Jupp verschont uns nicht mit seinem Jägerlatein, doch was lässt man sich nicht alles erzählen auf anderer Leute Deckel. Der Jagdpächter gab zuvor Susanne seine Kreditkarte und sagte, sie solle bei 50 € abrechnen.

Ich ziehe es vor, einen klaren Kopf zu behalten.

Da sich das kleine Gelage in die hintere Räumlichkeit verlegt hat, sich mein Bett in unmittelbarer Nachbarschaft befindet, kommt ein gänzliches Zurückziehen und ungestörtes Dahinschlafen nicht in Frage. Und bedenke nur, wagt sich der Advokat zu einer gruppendynamischen Betrachtung, was passieren könnte, würdest du dich jetzt rausziehen und sie wiederholten die Spekulationen über deine Person, die ja durchaus noch ausbaubar sind: Der bambimordende Fichtenspanner aus dem Unterholz, lese ich schon in den für Hetzkampagnen prädestinierten Blättern.

Kurz vor Ablauf der 50 € erfahren wir, dass Jupp einen Bruder hat, Hermann von Knittel, was heiße Bruder, eine Blutsverwandtschaft streite er, Jupp, seinerseits zumindest ab, ein Kuckuck, ein Schlappschwanz sei Hermann, der sich einer Kneipe zwischen Herdorf und Betzdorf angenommen habe und vorne wie hinten nicht mit der Renovierung zu Potte käme, aber heute Abend schon eröffne. Erbengemeinschaft, erfahren wir. Das alte Haus mit der Kneipe gehöre der ganzen Hagener Mischpoke und der Depp der Familie bekäme eine letzte Chance.

»Oh, Mann, wer so eine Familie hat, braucht keine Feinde …«, raunt Susanne mir ins Ohr, wobei mich ihre Haare an der Wange kitzeln.

»Du«, der Jagdpächter hat seinen vollen Kopp mir zugeneigt, »du machst doch alles, ne?« Ich lauere und schüttle sacht mit dem Kopf.

»Hör zu, ich gebe dir tausend, wenn du bei meinem depperten Bruder anheuerst … der tickt nämlich nicht mehr so ganz richtig. Es wäre ja zu seinem eigenen Schutz. Der kommt sonst aus der Verschuldung nicht mehr raus, wenn das jetzt schiefgeht …«

Die von Knittels kämen da nicht mehr raus, stellt der Advokat in mir richtig.

Ich muss mich wundern. So viel, dass Jäger Jupp jetzt schon mit einer derart schweren Zunge sprechen könnte, hat er gar nicht getrunken. Nach meiner Einschätzung (Höhe mal Breite mal Tiefe mal Dichte ergäbe ein erhöhtes Risiko für Organverfettung; Stopfleber, Gefäßverengung, Schlaganfall, Vorsteheraugen plus dicker Hals deuten auf Schilddrüsendisfunktion hin; rötlich geäderte Nase im Kontrast zur gelblichen Haut sind womöglich die Vorboten eines Nierenversagens?) müsste er mehr gewohnt sein.

»Also, der Hermann, der braucht einen, der auf ihn aufpasst. So ist das ganz konkret«, nuschelt Jupp. Beim Wort ›aufpassen‹ schrillen bei mir sämtliche Alarmglocken. Nein, dafür bin ich wahrlich nicht geeignet. Das macht überhaupt keine Freude, es gibt kaum etwas Undankbareres, weiß ich aus Erfahrung.

»Die 50 sind voll«, verkündet Susanne und ergänzt, dass sie schon mal eine Taxe gerufen habe.

Nachdem ich mir in der Kammer die Hose ausgezogen und über einen Stuhl gehängt habe, fallen mit einiger zeitlicher Verzögerung zunächst klappernd die Centstücke, gefolgt von dem Gebiss des Alten, aus der Tasche. Ich beuge mich aus dem Bett, um alles aufzuheben. Kalle raunt, ich solle mal unter das Bett sehen, ob dort nicht ein Skelett läge oder etwas in der Art. Die Knochengeschichten haben den Jungen ein wenig durcheinander gebracht. Da erwische ich mich doch tatsächlich beim Blick unters Bett. Außer friedlichen Wollmäusen ist nichts zu sehen. Da klappert hinter mir noch etwas zu

Boden, ich erschrecke und dotze mir den Hinterkopf am Bettgestell. Die Mundharmonika ist aus der anderen Tasche gefallen. Ich könnte mir noch die nächsten Töne von ›Michael's boat‹ einprägen, habe aber keine Lust mehr für heute. Mein letzter Blick vor dem Einschlafen fällt auf die Zahnreihe des Alten, die im hereinfallenden Mondlicht schimmert. Ich hätte das Teil wieder in die dunkle Tasche stopfen sollen.

22

Montag

Ich erwache nach einer scheußlichen Nacht. Geträumt habe ich, weiß aber nicht was. Fragmentarisch kamen Eingeweide vor, Hunde, ein Wald, ein Friedhof. Das gesamte Gebrabbel des gestrigen Abends hatte sich zu einer neuen abstrusen Geschichte formiert, die nicht nacherzählbar ist und mich übellaunig erwachen lässt. Die miese Stimmung potenziert sich, als mir einfällt, dass ich Willst-n-paar-aufs-Maul-Mario an diesem Montagmorgen im Bezirksdienst Burbach aufzusuchen habe und mein Tank so leer ist wie mein Konto.

Die fröhliche Stimme Susannes, vor allen Dingen der Inhalt ihres Rufs:

»Frühstück ist fertig!«, zieht quasi die Wurzel aus der grässlich hohen Zahl auf dem Missstimmungsbarometer. Jetzt bin ich wieder genauso knatschig wie gleich nach dem Erwachen. So zeigt man sich aber nicht einer Powerfrau. Ich schneide Grimassen vor dem alten Spiegel, ein Schwung kalten Wassers soll die Falten glätten. Nun, ja, geht so, hast schon besser ausgesehen, aber auch schon schlechter, viel schlechter. Ob ich die Haare heute offen tragen sollte? Der Advokat runzelt die Stirn und grunzt, dass ich umso weibischer werde, je länger ich fraulos bin. Also Zopf. Der lügt, der Advokat. Auf wessen Seite steht er eigentlich?

Die Aussicht darauf, nach meiner Zeugenaussage bei Mümmel Frau Engel wiederzusehen, hebt die Laune, der Duft des frischen Kaffees auch. Ich entscheide mich für ein fast neues Hemd, was ich eigentlich nicht mag, aber in der Eile aus dem Bauwagen gegriffen habe, und eine saubere Jeans. Als ich meinen Gürtel durch die Schlaufen fummle, erregt ein zerknittertes Stück Papier in einer der Taschen meine Aufmerksamkeit. Bei näherer Betrachtung entpuppt es sich als gut durchgewaschener Zwanziger. Früher hätte ich mich noch gefragt, wie der da hingekommen ist und wie ich so schusselig sein konnte, ihn versehentlich dort zu vergessen. Heute freue ich mich einfach nur noch. Eigentlich geht's mir prima! Das Geld werde ich gleich teilweise verflüssigen, sieben Liter, na, vielleicht auch acht.

23

Als ich pünktlich das kleine Polizeibüro betrete, höre ich Fassungslosigkeit aus der Stimme des Mario Nümer, der seine Augen ungläubig auf ein Papier geheftet hat und sich nicht von dessen Inhalt lösen kann. Er schaut nicht mal auf, als ich eintrete.

»Wer macht denn so was? Abscheulich. Wenn ich den erwische. Kranke Sau. Elle, Speiche, Schlüsselbein«, Marios Blick verstellt sich, seine Arme werden mal kurz, mal lang, er versucht teleskopartig etwas scharf zu stellen und zu entziffern.

»Was'n das?« Die Frage richtet er an Kai-Uwe, der ein mächtig dickes medizinisches Lexikon auf den zweigdürren Armen trägt. Wären die beiden jetzt in Mönchskutten gewandet und Mümmel hieße Moore, könnte die Szenerie in der alten Bibliothek des Klosters von Ecos ›Im Namen der Rose‹ spielen. Merkwürdig dunkel ist es hier, nur eine Schreibtischlampe aus den frühen Siebzigern erhellt den Tisch des Polizisten, auf den jetzt das schwere Buch fällt.

»Pass doch auf!«, wird Kai-Uwe angeblökt. Im fast gleichen Moment wird man sich meiner Anwesenheit bewusst. Mümmel guckt mich an, als wäre ich soeben einem transsilvanischen Sarg entstiegen. In seinem irgendwie dämlichen Gesichtsausdruck spiegelt sich dazu die Faszination des Grauens wider. Widerwillig legt er das Papier beiseite und fordert Kai-Uwe auf, die Neonröhren anzuschalten.

»Ich mach dann mal meine erste Runde«, verabschiedet dieser sich nach Ausführung der helllichten Tat. Die Tür fällt mit Krach ins Schloss, eine Scheibe vibriert und im Nu scheint Mario wieder der Alte. Wichtig wuchtet er seinen Korpus hinter den Schreibtisch, gebieterisch weist er mich an, davor auf dem erniedrigten alten Stuhl Platz zu nehmen, womit ich solange warte, bis er sich hingesetzt hat. Umständlich startet er den Computer (zupft die Plastikhaube vom Monitor, faltet sie ordentlich, legt sic beiseite, lupft die Tastaturabdeckung herunter, legt sie auf die Haube, fummelt unterm Tisch am Tower herum, mit Knattern und Rattern scheint der Computer die Festplatte gefunden und eine Software gestartet zu haben), um sich dann doch der Schreibmaschine zuzuwenden, mit allerlei ausholenden Bewegungen einen Bogen Papier einzuspannen und zu sagen:

»Name, geboren, Wohnort …« Hierbei lächelt er süffisant, während ich alle notwendigen formalen Angaben mache.

»Was genau ist denn im Wald am Weiher passiert?«, will ich wissen.

Polizist Nümer klärt mich in Beamtisch über den Sachverhalt auf. Männliche Leiche, er zeigt mir das Foto eines sehr tot aussehenden alten Mannes, gefunden unter unnatürlichen Umständen, an einem Seil, ein Ende um einen Ast im Baum, eines um dessen Hals. Recherchen, seine Recherchen, hätten ergeben, dass es sich bei dem Toten um einen Reginald Müller handele, es seien keine weiteren Gegenstände im Umfeld gefunden worden, man müsse von einem

Verbrechen ausgehen, hier hält er inne, schluckt und überlegt, inwieweit er mir weitere Details nennen sollte. Negativ, ich erfahre keine näheren Einzelheiten.

»Jetzt zum betreffenden Abend. Was hast du da gemacht, gesehen, warum?«

Erzähle nicht mehr, als du gefragt wirst, mahnt mich der Advokat, als hätte ich etwas zu verbergen. Etwa nicht? Was ist mit dem Gebiss in deiner Tasche, das du aus Vorsicht wieder eingesteckt hast, bevor Susanne oder sonst wer es findet? Da hat er durchaus recht, die Tatsache, dass ich mit dem Gebiss eines Toten in der Tasche herumlaufe, könnte ein schlechtes Licht auf mich werfen.

Ich erzähle also von dem entsprechenden Wochenende und lasse nicht aus, dass ich mit dem Alten, der sich mir als Richy vorgestellt habe, einen Schluck genommen und ihm später meine Decke übergelegt habe, da er draußen am Feuer eingeschlafen sei. Die Decke erwähne ich sicherheitshalber ungefragt, die könnte sowieso irgendwann mit mir in Verbindung gebracht werden, bei den Methoden, die die Labors heutzutage haben.

»Haben Sie«, jetzt ändert Mario seine Ansprache und versucht sich in einem drohenden Unterton, »nicht zuerst ausgesagt, Sie hätten niemanden gesehen?«

»Die Frage damals lautete, ob ich in der Nacht etwas bemerkt oder jemanden gesehen habe. Das war ja nun nicht der Fall. Ich trank mit Richy am Abend. In der Nacht sah ich ihn nicht.«

Ich ernte einen bösen Blick.

»Welche Decke?« Oha, denke ich, jede gute Spur beginnt bei einem Ermittler, der in der Lage ist, sie als solche zu erkennen.

»Die Decke mit Goleo drauf«, präzisiere ich.

»Ah«, sagt er und ich bin sicher, dass er nicht weiß, von welcher Decke ich spreche. Ich gewinne den Eindruck, dass bedrohlich wirken, Zeugen befragen und gleichzeitiges Eintippen des Gesagten nicht zu Mümmels Stärken zählen. Er scheint nicht multitaskingfähig. Soll man ja sein, laut meiner persönlichen Arbeitsberaterin, die nichts weiter zu tun hat, als keine Jobs zu vermitteln.

Meine Aussage beende ich mit dem kopulierenden Pärchen an der Außenwand meines Bauwagens.

»Kollabier …«

»Kopulierend«, stelle ich richtig, was da falsch in die Tastatur gegeben wird. Mit einem Grummeln wird es gedankt, der Fehler ausgeixt und bereinigt.

Ob ich mir das Kennzeichen gemerkt hätte, will er wissen. Außer dem SI hatte ich mir kein Detail des Wagens eingeprägt. Der Mann habe eine auffällige Gürtelschnalle getragen. Ich sage es, er tippt es, ohne Rückfragen. Jetzt murkst er ein zweites Blatt in die Maschine. Ich nutze die Gelegenheit, mich näher mit den Dingen auf seinem Tisch zu befassen, in der Hoffnung, das Papier zu finden, dessen Inhalt ihn eben noch verstört hat. Es liegt ganz rechts von mir auf der Kante in einer gräulichen Kladde. Vorläufiges Obduktions..., weiter komme ich nicht, denn meine Neugier ist bemerkt worden. Mit einer Handbewegung schlägt Willst-n-paar-aufs-Maul-Mario den Deckel drauf, dabei guckt er genau wie früher, wobei die Wülste um seine Augen den Blick weniger gefährlich wirken lassen als damals.

Ob ich mich erinnern könne, ob der Tote alle Zähne gehabt habe, will er noch wissen. Ich antworte ein wenig ausweichend, dass es dunkel gewesen sei und es mir wahrscheinlich komisch vorgekommen wäre, wenn er keine gehabt hätte.

»Hatte er nun welche oder nicht? Ja oder nein?«

»Wie ich eben sagte«, hebe ich an, um den Satz zu wiederholen. Mümmel murrt und tippt.

»Noch was?«, fragt er sichtlich gereizt.

Ich überlege ein Weilchen, wobei ich mir sicher bin, alles gesagt zu haben, was dieser Kerl hier zu verarbeiten in der Lage ist. Das sei alles, entgegne ich und fühle mich an Situationen vor einer Fleischtheke erinnert.

Jetzt darf ich das Ergebnis der protokollierten vergangenen Stunde lesen und unterzeichnen. Es gibt nichts zu kritisieren und mit einem Schwung setze ich mein Heiner Himmel darunter.

»Wann bekomme ich den Bauwagen wieder?«

»Man wird anrufen«, entgegnet Mümmel und greift sich die Kladde, um meine Aussage dazuzupacken. Dabei bekommt er wieder diesen Gesichtsausdruck von Ekel und Faszination. Tu mal einen Schuss ins Blaue, stachelt Kalle mich an.

»Ist das nicht am Fundort aufgefallen, das mit den Knochen?«, frage ich interessiert.

»Nein, der war doch komplett angezo.... Was geht dich das an? Geh und behindere nicht die Polizeiarbeit. Wir sind noch nicht mit dir fertig. Hier, du stehst ganz oben auf der Liste der Verdächtigen«, dabei wedelt er mit einem offiziell aussehenden Zettel herum. Wahllos vom Tisch gegriffen, bewertet der Advokat mit einem Hauch von Langeweile die hektisch wütende Papierwink-Einlage des Polizisten. Wollen wir hoffen, dass er recht hat, denke ich mir, verkneife mir die Frage, aus welchen Beweggründen ich einen alten Mann umbringen sollte und beschließe den geordneten Rückzug.

Gleich wird er mir noch knurrend sagen, ich solle den Distrikt nicht verlassen, dabei wird er sich das Pistolenhalfter zurechtrücken, ganz so, wie seine amerikanischen Kollegen aus den bekannten Filmen, die sich bei solchen Dialogen auch schon mal mit gespielter Lässigkeit den Schweiß der kalifornischen Sonne mit einem schmutzigen Taschentuch von der Stirn wischen.

»Ich würde an deiner Stelle derzeit nicht verreisen«, Mümmel stemmt sich aus dem Schreibtischstuhl, wobei dessen Armlehnen störrisch dagegen halten, bis er sie geräuschvoll wegdrücken muss, »solange die Ermittlungen nicht abgeschlossen sind.« Jetzt rückt er das vom Klammergriff der Armlehnen verrutschte Pistolenhalfter an seinem Gürtel zurecht. Mit Mühe unterdrücke ich ein Grinsen, das sich meines Gesichtes bemächtigen will.

Hier, in Tante Margarethes ehemaligem Kramladen, fehlt neuerdings ein amerikanischer Deckenventilator, fällt mir beim Verlassen des Dorfsheriffbüros auf.

24

Elle, Speiche, Schlüsselbein, Knochenschwund auf dem Friedhof, unvollständige Tierkadaver. Ich lege den Becher Fleischsalat in die Kühltheke zurück und greife zum Camembert, dazu Schnittbrot, einen Pott Joghurt und einen Sixpack Mineralwasser, noch mal zurück zum Obst, fünf Bananen, das wird für die nächsten Tage reichen. An Tagen wie heute zwinge ich mich zum Einkaufen. Die Fülle der Läden überfordert mich, wenn ich Hunger habe, laufe ich Gefahr, zu viel einzupacken, habe ich es satt, so generell, dann verlasse ich den Supermarkt mit dem Nötigsten, um das Überleben für zwei, drei Tage sicherzustellen.

Elle, Speiche, Schlüsselbein, was sollte die laut Mümmel ›kranke Sau‹ wohl mit diesen Teilen des Alten veranstaltet haben, die Frage geht mir nicht aus dem Sinn.

Heute müsste meine Annonce in der Zeitung erschienen sein. Mit dieser ganz speziellen Art von Aufregungsungeduld, einer Grundnervosität, die immer dann entsteht, wenn man nicht weiß was, auf einen zukommt und ob überhaupt etwas kommt, fahre ich zu meiner derzeitigen Basisstation.

»Na, wie war es bei der Bullerei?«, will Rudi wissen, wobei er sich offensichtlich auf dem Sprung zu einem Einsatz befindet. Ich gebe daher lediglich einen Grunzlaut von mir, der so viel ausdrücken soll wie, jooo, ging so, wie soll es schon gewesen sein … Rudi versteht und mit einem:

»Nodda«, verlässt er die Tankstelle, um kurz darauf auf dem Bock des Abschleppwagens das Gelände in Richtung Hessen zu verlassen.

»Ein Anhänger mit sieben Rundballen ist samt Jeep in einen Graben gerutscht, Nähe Altenseelbach«, gibt Susanne mir Auskunft und meint kopfschüttelnd, »manche Leute machen Sachen … sieben Rundballen auf einem kleinen Einachser.« Noch bevor ich fragen kann, ob jemand für mich angerufen hat, sagt sie, wobei sie die Eistruhe nach abgelaufenen Flutschfingern durchforstet:

»Da hat jemand für dich angerufen. Ich hab alles notiert, der Zettel liegt neben dem Telefon.« ›Alles notiert‹ halte ich für eine Übertreibung. Ich finde einen Kassenbon, auf dessen Rückseite eine Adresse im Kreis Altenkirchen und ein Name steht. Keine Telefonnummer, kein Hinweis, was zu tun ist. Gerade, als ich einatme, um Luft für meine Fragen zu haben, taucht Susannes Kopf aus der Kühltruhe auf.

»Der hat noch kein Telefon, wenn dir was an einem Job läge, solltest du einfach vorbeikommen. Er ist da. Ich habe gesagt, du kämst. Ja, und dass du alles kannst, von wegen handwerklich begabt und so. Ein wahres Ass wärst du, vor allen Dingen im Bereich Metall, Bohren, Drehen, Fräsen, Kassieren, Zuhören, alles kein Thema.« Was ist denn das für eine Zusammenstellung, wundere ich mich über das Profil der Stelle, die ›Harry‹, lese ich den Namen bewusst noch mal, anzubieten hat.

»Und das war …«, beginne ich eine vorbehaltvolle Frage zu formulieren, Susannes Hinterteil im Visier, ihr Kopf in der Truhe. Trotz teilweiser Abwesenheit setzt sie den Ansatz meiner noch nicht gesprochenen Äußerung in eine Antwort um und ruft halb über ihre Schulter:

»… kein Dummschwätzer, nun ja, klang jedenfalls, als habe er echtes Interesse«, jetzt taucht sie tiefer in die Truhe, um einen Karton Nogger herauszuholen.

»Na ja, aber kein …«

»Dass er noch kein Telefon hat, konnte er mir auch erklären, die Telekom hat den Anschluss noch nicht freigeschaltet, er telefoniert vom Zeitungsladen aus … wäre auch so ein Projekt, um das du dich kümmern könntest, den Telefonanschluss – auch abgelaufen«, sie wirft den Karton auf den gestapelten Alteisberg.

»Was genau …«

»Eine Kneipe.«

»Hat nichts mit dem …«

»Nee, der hieß sicher nicht von Knittel«, kommt es ein wenig zögerlich. So sicher klang das aber jetzt nicht, meint auch Kalle. Dieses Russenpuppengefühl will sich wieder einstellen, doch Susannes Bewegungen vor der Truhe lenken mich ab, denn sie taucht abermals in die Kälte … Köpfchen in das Wasser …

Ich mag Gespräche wie diese nicht besonders. Warum sagt sie nicht gleich, was ich wissen will, wenn sie doch zu wissen scheint, was ich wissen will.

»Willst 'n Himbeerbecher?«

»Ich fahr dann mal.«

»Bitte!«, ruft sie noch hinter mir her.

»Danke!«, rufe ich noch zu ihren Apfelbacken in knallengen Jeans herüber … ›Schwänzchen in die Höh‹, singt der kleine Detektiv und ahnt nicht, wie recht er damit hat.

25

Zündung aus und rollen lassen, so weit es geht, ist normalerweise meine Devise. Die Fahrt durch das Siegtal bietet dazu wenig Chancen, aber dafür auch keine Dritter-Gang-Steigung. Die sieben ersten Töne meines ersten Mundharmonikaliedchens gehen mir mittlerweile auf die Nerven. Ich sollte autodidaktisch langsam mal weiterkommen. Missmutig lege ich die Harp beiseite. Mit der vorausschauenden Art zu fahren spare ich eine Menge Sprit, rede ich mir ein. Im niedrigen Drehzahlbereich gelange ich zur angegebenen Adresse. An der Durchgangsstraße finde ich tatsächlich links eine Kneipe hinter Herdorf, die ich noch von früher kenne. Sie hatte den Namen eines Musikstils, es ging um Jazz, meine ich mich zu erinnern. Auf jeden Fall lief dort immer gute Mucke, Rock, Independent, alte Klassiker wie die von den Rolling Stones, Uriah Heep und Neil Young, genau mein Ding.

›I can't get no satisfaction.‹

Hätte die Kneipe in Siegen gestanden, wäre sie sicher damals jeden Abend brechend voll mit Studenten gewesen. Hier in der Walachei bekam man selbst an einem Freitag meist einen Sitzplatz, entweder auf einem der alten Sofas oder den durchgerutschten Stühlen. Schön jedenfalls, dass noch mal einer etwas aus dem seit einigen Jahren leer stehenden Gasthaus macht. Bin gespannt, wie das Ding jetzt innen aussieht. Von außen hat das alte Haus eine großzügige Holzveranda bekommen. Die macht was her.

›Hey, hey, hey, that's what I say.‹

Von innen höre ich Handwerkerlärm, ein hämmerndes Rattern, das die Fensterscheiben erzittern lässt. Eine Bohrmaschine arbeitet sich schwer durch dicken Stein, verrät ein unrhythmisches Poltern, und ein lautes ›Fuck‹ gibt darüber Auskunft, dass es keine leichte Übung ist. Da der Lärm verhallt und das Licht erloschen ist, kann dies nur bedeuten, dass hier jemandem die Sicherung durchgeknallt ist.

›I can't get no girl with action.‹

Ich nutze die Gelegenheit, die breite Treppe, zwei Stufen auf einmal nehmend, hinaufzuhechten und an die angelehnte Tür zu klopfen, aus der Staubwolken ins Freie schweben. Niemand antwortet. Der Flucher wird sich auf den Weg zum Sicherheitskasten gemacht haben. Vorsichtig spähe ich durch den Türspalt.

›Cause I try and I try …‹

Nach einer Eröffnung gestern sieht das hier wahrlich nicht aus. Ich erahne im Halbschatten von der Decke hängende Stromkabel, das Parkett hat unterm Dreck sicher schon ein Jahrhundert auf dem Eichenbuckel und tausende von Kippen in den Fasern. Ein Haufen Schutt liegt vor der Theke, die sich von rechts in einer Kurve in den Raum erstreckt. Weiter ist die Sicht durch Staub und mangelndes Licht behindert. Ich schließe demnach aus, dass es sich bei dieser Location um die des Hermann von Knittel handelt, der laut seinem Bruder seinen gastronomischen Betrieb schon aufgenommen haben soll. Meinem Hallo-Ruf antwortet nur ein hohler Schall.

›I can't get no …‹

Arbeit gibt es hier zur Genüge. Bleibt die Frage, ob der Kerl meinen Einsatz auch bezahlen kann. Neugier treibt mich durch die Tür. Nachdem ich zwei Meter weit im Raum stehe, gehen plötzlich der Bohrer und das Licht an. Die Maschine befindet sich in meiner Unmittelbaren. Der Lärm ist ohrenbetäubend, und mit einem gewaltigen Krach und dem Mitreißen von steinernen Brocken fliegt die Hilti auf den Boden und ein Splitter mir direkt ins linke Auge. Der Dämel muss den Bohrer in der Wand stecken und in Betrieb gelassen haben.

›… satisfaction.‹

Hölle noch mal, wie das brennt und sticht! Mir schießen die Tränen, der Bohrer windet sich am dicken Kabel zu meinen Füßen und vollführt wilde Zuckungen. Bilder eines unter Epilepsie leidenden Lehramtsanwärters während einer Fachrechnen-Lehrprobe aus meiner Berufsschulzeit kommen mir in den Kopf. Mit dem noch sehenden Auge erkenne ich, wo der Bohrer in ein Verlängerungskabel mündet und ziehe den Stecker. Kaum ist die Maschine stromlos gebändigt und der Lärm verhallt, höre ich ein Brett durch die Luft zischen.

›… 'cause you see I'm on losing streak.‹

Den Bruchteil einer Sekunde zu spät, oder zu früh, wer will es berechnen, drehe ich mich herum und sehe, wie die Bohle meinen Kopf zum Ziel hat.

›I can't get no, oh no no no …‹

Ich ducke mich weg, das Holz trifft seitlich auf meine rechte Schulter, mehr ein Streifschlag denn ein Volltreffer. Trotzdem, der Schmerz lässt mir nicht mal genügend Luft zum Fluchen. Selbst Mick Jaggers große Klappe in meinem Kopf erstarrt in Lautlosigkeit. Ich glaube, mein letztes manierliches Hemd ist zerrissen.

»Kein falsch Bewegung, Freund!«, zischelt hinter mir eine dunkle Stimme mit Akzent. So wie meine Schulter und das Auge schmerzen, ist ohnehin jede Bewegung eine falsche. Es geht nicht anders, ich muss stöhnen und bilde mir ein, dass mit der abgehenden Atemluft der Druckschmerz in die Atmosphäre entweicht. Pfff.

»Ganz langsam umdrehen!«, kommt eine neue Order irgendwo aus dem wallenden Bodennebel hinterrücks. Seit Neuestem kommt mir einiges amerikanisch vor. Harry wird doch nicht mit Mümmel verwandt sein?

»Was du hier zu suchen?«, will derjenige wissen. Hatte Susanne nicht einen positiven Eindruck von dem Anrufer gehabt? Sie kann sich doch unmöglich so getäuscht haben. Du brauchst einen Plan, einen Schlachtplan. Der Typ hat die Bohle sicher noch in der Hand. Sobald du dich umdrehst, wirst du mit einem Panthersprung auf ihn zustürzen, schwebt Kalle meine zukünftige Handlung vor. Nein, das wirst du nicht tun, meint hingegen der Advokat, der auf meiner schmerzenden Schulter rhythmisch zu hüpfen scheint und mich über meine Lage juristisch gesehen aufklärt. Ich sei hier unbefugt eingedrungen und habe das Recht somit nicht auf meiner Seite. Klugscheißer.

»Giacomo! Was tust du da? Leg das Brett weg!«, sagt ein Mann in der Art, wie man mit hyperaktiven Kindern nach einer Woche verregneten Campingurlaubs spricht. Er kommt größer werdend durch die Tür herein, die aus dem Keller herausführt.

»Und hol das Verbandszeug!« Giacomo hinter mir scheint wohl nicht so recht zu verstehen, es braucht eine Erläuterung.

»Aus meinem Auto. Die graue Kiste …« Es scheppert hölzern. Dann hinkt Giacomo davon. Ein Kerl von zwei Metern mit einem Kreuz so breit, dass da Vincis letztes Abendmahl originalgetreu darauf tätowiert werden könnte. Sein Gesicht bleibt mir verborgen, doch ein Blick in seinen pelzigen Stiernacken lässt etwas gröbere Konturen vermuten als die von Leonardo DiCaprio.

Da kannst du noch froh sein, flüstert Kalle, dass der dich nicht in zwei Hälften zerlegt hat.

»Sie müssen entschuldigen«, kommt das Herrchen des Ungetüms freundlich lächelnd auf mich zu. Irgendwas hat der mit seinen Zähnen gemacht, denke ich und lächle automatisch zurück, obwohl ich ihn zur Sau machen sollte. Denn so ein Typus gewaltbereiter Mensch gehört angeleint.

»Nein«, antworte ich, »das ist nicht zu entschuldigen. Der Kerl hätte mich fast erschlagen. Ich habe doch ›Hallo‹ gerufen, komme nichts ahnend hier herein und dann trifft es mich aus dem Hinterhalt. Das ist doch keine Art!«, rede ich mich in Rage.

»Sie haben ganz recht. Wissen Sie, ich suche händeringend nach einem Handwerker. Heute noch wollte sich einer melden – aber, ist ja auch kein Verlass mehr auf die Leute ...«, gerät er ins Jammern, dabei fährt er sich mit den Händen durchs volle dunkle Haar. Er trägt breite Ringe, eine Designerjeans im Used-Look und ein betont lässiges, bügelfreies Hemd aus einer noblen Herrenkollektion, notiert der Advokat, der einen geschärften Blick für teure Klamotten hat. Aber ich sehe auch, dass die Kleidung schon häufiger gewaschen wurde und stellenweise, man beachte den Kragen, vom Träger durchgescheuert ist, hier war mal viel Geld, vielleicht ist auch noch welches da, fasst der Advokat die finanzielle Lage meines potentiellen Arbeitgebers zusammen. Vielleicht doch einer aus der Knittel-Dynastie? Ob ich mich gar nicht erst als der Handwerker vorstellen sollte, der sich melden wollte und mich lieber verdrücken sollte? Nein, das geht mir gegen den Strich. Zu viele Konjunktive. Ich stehe zu meinen Versprechen, besonders, wenn sie durch eine sehr nette Bekannte gegeben wurden. Wer nicht wagt, hat schon verloren, wirft sich Kalle mit einem Spruch in die Brust, den er Tick, Trick und Track entliehen haben muss. Währenddessen betritt der Riese den Raum mit einem Verbandskasten in der Hand. Okay, vielleicht doch besser Rückzug, meint Kalle kleinlaut, nachdem er ins Gesicht des Giacomos geguckt hat. Es ist gar nicht mal so grobschlächtig, wie ich erwartet hatte, nur irgendwie schief mit tief liegenden Augen, deren Blick düster ist. Wäre sein Gesicht weniger asymmetrisch, könnte er mich an Antonio Banderas als Zorro erinnern.

»Heiner Himmel mein Name. Ich hatte annonciert und Sie haben mich angerufen«, von wegen kein Verlass mehr, auf mich ist immer Verlass, ergänze ich im Innern und füge an, dass ich mich nicht von komischen Vögeln, die rohe Gewalt ausstrahlen, beeindrucken lasse.

»Heiner, Sie schickt der Himmel!«, strapaziert mein Gegenüber ein mir wohl bekanntes Wortspiel, das schon einige meiner Begegnungen verwendet hatten, bevor sie mich zur Hölle wünschten, wie zuletzt meine Exfrau Marie.

Jetzt streckt der Kerl mir seine Hand entgegen, langt sich die meine und schüttelt sie kräftig, zum Glück ist es die, die an dem Arm hängt, dessen Schulter nicht unterm Schlag zu leiden hat. Er stellt sich mir als Harry vor, einfach Harry. Giacomo hätte ich ja bereits kennen gelernt. Der nickt und legt mir mit einer Geschicklichkeit, die nach seinem ersten Auftritt verwundert, die verletzte Schulter frei. Er scheint in seinem Element zu sein, als er die Schürfwunde begutachtet, zu einem Desinfektionsspray greift und die offene Stelle besprüht. Währenddessen erfahre ich von Harry, dass Giacomo eine Art Physiotherapeut in seiner Heimat war, er sei Kosovo-Albaner mit einer italienischen Mutter und einem albanischen Vater, dessen Wurzeln wiederum am Bosporus gelegen hätten. Giacomo sei derzeit nur geduldet, habe Asyl beantragt und sei seit zwei Wochen bei ihm. Er könne arbeiten wie ein Stier, ein wenig sieht er auch aus, als sei er mit einem von der Gattung verwandt, wirft Kalle ein, wäre im Grunde aber sanft wie ein Lamm, charakterisiert Harry den Kerl, der gerade einen Funktionstest mit meiner Schulter durchführt und zu dem Ergebnis gelangt, dass alles in Ordnung zu sein scheint. Das, was sich wie ein Granatensplitter in meinem Auge angefühlt hat, hat sich als Mörtel erwiesen und ist mit meinem überfließenden Augengewässer weggespült worden. Wir sitzen auf einem der alten Sofas, einem Überbleibsel des früheren Betriebes, von außen betrachtet kommt mir das Bild von Wum und Wendelin auf dem roten Polster in den Sinn, und Giacomo fordert mich auf, mich hinzustellen, ich sei schief, sagt er. Zum Glück habe ich keinen Knoten im Ohr, denke ich. Für Schieflagen scheint er Experte zu sein, frotzelt Kalle im Hinblick auf Giacomos Gesichtszüge. Er könne mich einrenken. Ich verzichte freundlich ablehnend.

»Vielleicht ein andermal«, entgegne ich in seine rechte Gesichtshälfte und stelle mir einen Rüssel vor. Bist du sicher, will Kalle wissen, dass das Brett deinen Kopf verfehlt hat?

Jetzt musst du Schadenersatz für das kaputte Hemd einfordern, rät der Advokat. Ich betrachte also eingehend meine gewrackte Oberbekleidung und Harry kapiert:

»Wir haben ja ungefähr die gleiche Größe, so können Sie ja nicht vor die Tür. Ich schenke Ihnen eines von meinen Hemden. In Ordnung?« Geld wäre mir lieber. Was soll ich mit einem abgelegten Schicki-Micki-Fummel?

»Hier haben Sie noch Spritgeld ... arbeiten wollen Sie sicher jetzt nicht mehr für mich«, spricht Harry mir ins enttäuschte Gesicht, das ich wohl noch zur Schau trage, nach seiner Offerte, mir eines seiner Hemden zu geben.

»Behalten Sie Ihr Hemd, ich nehme das Spritgeld und den Job, falls Sie einen, der im Normalfall krankgeschrieben würde, beschäftigen wollen.«

Hey, du machst dich, meint der Advokat, nicht immer nur dulden, endlich auch mal fordern, aber, fügt er an, hier zu arbeiten, hältst du das für eine gute Idee? Ja, ich mag diesen Ort, mochte die Kneipe schon früher. ›Bebop‹, fällt mir ihr Name wieder ein. Ich sehe mich schon hinter der Theke, wie ich LPs aus meiner Plattensammlung auflege. Deep Purple, Iron Maiden, AC/DC, vielleicht auch einige der neueren CDs wie Nightwhish, System of a Down, Rammstein, natürlich nur, wenn das entsprechende Publikum da ist, zielgruppenorientiert.

»Dann herzlich willkommen im Team des ›Hank‹ – so wird es nämlich heißen, mein«, jetzt legt er Pathos in seine Äußerung, »unser Lokal«, wobei er mir auf die gesunde Schulter schlägt und seine Hand massierende Bewegungen an ihr ausführt. Ich bin irritiert.

»Wann geht es los?«, frage ich, einen Schritt ausweichend, mich wegdrehend und im Raum umsehend.

»Gestern«, sagt er.

Sollte es sich hier doch um die von Knittelsche Erbengemeinschaft handeln, lässt mich der Gedanke nicht los. Ob die Knittels mit dem Import und Vertrieb von Matroschkas reich geworden sind? Zugesagt ist zugesagt, fege ich das ungute Gefühl vom Tisch. So bin ich nun mal. Es gibt kein Zurück.

»Kennen Sie die von Knittels?«, frage ich.

»Na, kennen wäre zu viel gesagt. – Kannst du gleich anfangen?«, möchte mein neuer Chef wissen. Der lenkt ab, sagen Kalle und Advokat unisono. Ich werde noch dahinterkommen, doch es würde nichts an der Tatsache ändern, dass ich den Job hier machen möchte. Wann ich anfangen kann, muss ich erst mit meinem neulich hinzugewonnenen Boss vom Beerdigungsinstitut klären und mich danach richten, was bei ihm anliegt. Er hat die älteren Rechte an meiner Arbeitskraft. Ich antworte also, dass ich noch andere Baustellen habe und den heutigen Tag brauche, um meine Angelegenheiten zu regeln, nebst Beschaffung eines mir gefälligen Hemdes, letzteres sage ich natürlich nicht. Wichtig wäre noch zu wissen, welche Beschäftigungszeiten und Stunden Harry vorschweben und die Bezahlung. Er druckst ein wenig herum, heute sei ein Ruhetag, morgen auch. Geöffnet sei von Mittwoch bis Sonntag ab 17 Uhr. Zuvor müsste, es wäre mir sicherlich aufgefallen, noch die ein oder andere Arbeit abgeschlossen werden. Tagsüber sei Giacomo immer präsent, was Lieferungen und dergleichen anbelange. Doch den Thekendienst würde er ganz klar bei mir sehen, Reparaturen ebenso, wenn man schweres Gerät brauche, sei Giacomo der Richtige. Diese Woche würde ich nur für Handwerksarbeiten eingesetzt, in insgesamt zwölf bis dreizehn Stunden müssten die erledigt sein (Lampen aufhängen, Dichtungen austauschen, Garderobenhaken befestigen, Toilettenkästen auswechseln, Fenster abdichten, verzogene Türen richten ...).

Theke schaffe er alleine, denn noch sei nicht sehr bekannt, dass die Kneipe wieder offen sei. Das brauche ein wenig Zeit. Wenn ich jetzt erwähne, dass ich im zweiten Beruf Werbekaufmann bin ... dann darfst du die Abteilung Advertising unentgeltlich übernehmen, verleiht der Advokat meiner ersten Euphorie die ausschlaggebende Wendung und ich werde diesbezüglich meine Klappe halten. Ich frage nur, ob er sich bereits um Werbung Gedanken gemacht habe. Das sei auch so ein Projekt, um das ich mich kümmern könnte. Er hat also noch kein Geld für Flyer und Anzeigen, schließe ich daraus. Giacomo allerdings hat ein Händchen für grafische Entwürfe, präsentiert mir sein Logo und will wissen, was ich davon halte. Es sieht sehr gut aus, wie der Schriftzug auf einer alten Whiskyflasche.

Ich solle meinen Preis nennen, aber mehr als fünf Euro könne er nicht zahlen. Super, da bleiben mir ja sehr große Kalkulationsspielräume. Wir einigen uns also auf sechzig Euro für die anvisierten zwölf Stunden. Man könne ja später weitersehen, je nachdem, wie das Geschäft anliefe, gäbe es ja auch Trinkgeld und so. Es würde der Hammer, meint Harry, so einen Laden gäbe es hier weit und breit nicht. Das fände man höchstens in Berlin. Dabei wickelt er ein großes Poster mit dem zerknitterten Charles Bukowski aus, der verlebt durch selbst erzeugte Rauchschwaden blickt, dabei jedoch nicht unsympathisch wirkt. Daher also der Name der Kneipe ›Hank‹, nach Bukowskis Alter Ego Henry Chinaski. Lange her, dass ich den gelesen habe. Die Bücher sind mit meiner Plattensammlung bei Rudi eingelagert. Die werde ich gleich heute Abend noch mal durchstöbern.

Nachdem ich versprochen habe, morgen um 10 Uhr meine Arbeit zu beginnen oder mich zu melden, falls etwas dazwischen kommt – Harry hat mir eine Handynummer gegeben, bei der ich anrufen soll – mache ich mich auf den Weg nach Siegen. Von den zehn Euro

Spritgeld erstehe ich ein Flanellhemd für 3,99 und habe so noch etwas für den Tank über. Mein zerrissenes Hemd wird eine zweite Karriere als Putzlumpen starten und landet im Kofferraum.

26

Vor extremer Gedankenschwirrerei wäre ich beinahe dem vor mir fahrenden Kleinwagen hinten draufgebrettert, der bei orange vor einer Ampel gebremst hat. Ich stehe mit erhöhtem Blutdruck an einer Kreuzung in Neunkirchen auf der Spur nach Siegen. Folge der Spur und du wirst siegen, philosophiert es in mir. Was für eine Phase! Langes Rot vor der Ampel, knapp und bunt die Begegnungen der letzten Tage in meinem ansonsten in ruhigen Bahnen verlaufenden Leben. Begonnen hatte das Durcheinander mit dem Alten, dessen Gebiss mir unterm Anschnallgurt in die Leiste zwickt. Dann der blöde Mümmel, alter Bekannter mit neuen Feindseligkeiten, Rudis Leichenwagen, der mich zu Sternenstaub brachte. Giacomo und Harry, im Kontrast dazu treffe ich gleich auf einen Engel. Nicht zu vergessen, der merkwürdige Hanf. Der würde ganz gut an die Theke ins ›Hank‹ passen. Hinter mir hupt ein Jüngling mit Baseballkappe. Ich habe diesmal nicht gepennt, der Wagen vor mir ist kaum angefahren, da hupt das Äffchen in seinem alten, tiefer gelegten BMW schon.

Bierausschenker und Beerdigungshelfer, da sage noch einer, ich sei nicht flexibel. Von der Theke in den Sarg. Manche nehmen den direkten Weg, fällt mir das Ende meines Exschwagers ein. Oft auf Montage, wenn er nicht im Ausland arbeitete und soff, klebte er bei Rosie vorm Tresen und soff. Drei Promille und einen Hirnschlag. Noch bevor sein Körper vom Hocker herab auf die Fliesen fiel, war er tot. Er war so alt wie ich. Seine Kumpels tranken einen letzten auf seinen Deckel und das war es dann.

Das war es dann auch mit meinen wirren und trüben Gedanken. Ich bin am Ziel und parke in einer schmalen Straße, eine Sackgasse ohne Wendemöglichkeit, vor dem Institut, dessen Fenster elegant und auch ein wenig verspielt dekoriert sind. Ein Sterntaler steht da im kurzen Hemd und fängt die Himmelskörper auf. Bunte Urnen stehen auf blauem Satin, weiße Blüten liegen verstreut wie vom Wind dorthin geweht. Unser Schauwerbegestalter-Lehrer aus der Werbekaufmanns-Umschulung hätte seine wahre Freude daran gehabt. Die Blüten kommen mir bekannt vor. Es sind die Köpfe von Nelken, genauso eine Blume hat an Paul Otto Jungs Grab gelegen.

Als ich durch die Tür trete, erklingt ein helles Klimpern, ausgehend von einem Windspiel, das unter der Decke angebracht ist. Das Bestattungsinstitut ist schlicht, aber elegant eingerichtet, dabei wirkt es nicht unterkühlt. Das Interieur ist durchaus nobel, meint auch der Advokat, der sich standhaft weigert, ein schwedisches Einrichtungshaus zu betreten. Hier stehen die Möbel, die Marie auch immer gerne gehabt hätte, doch mangels Masse musste sie sich dann für die Billigfurnierkopien entscheiden, statt es einfach zu lassen. Niemand braucht beleuchtete Glasvitrinen, der keine Kronjuwelen zu präsentieren hat. Alles für die fetten Putten und die standen nicht nur zur Weihnachtszeit in dem Schrank.

Durch eine angelehnte Milchglastür kommt beinahe geräuschlos Felicitas Engel herein. Sie wirkt etwas traurig. Ihr professionelles, freundliches Lächeln, nachdem sie mich erkannt hat, setzt ein wenig verzögert ein. Vielleicht ist es auch nur das künstliche Deckenlicht, das ihr Schatten unter die Augen wirft.

»Einen wunderschönen guten Tag«, greife ich tief in die Freundlichkeitskiste, Schleimerkiste, korrigiert Kalle und distanziert sich von mir.

»Ach, Sie sind's!«, entgegnet sie nur. Gibt es eine Begrüßung, die noch deutlicher Enttäuschung verrät? Meine gute Grundstimmung kippt schlagartig ins Negative. Wir gehen zu einem Schreibtisch. Sie setzt sich dahinter, ich pflanze mich davor. Wortlos reiche ich ihr meine Sozialversicherungsnummer und die Lohnsteuerkarte. Sie greift sich ein Papier, trägt die Nummer ein, behält die Lohnsteuerkarte, schiebt mir einen Aushilfevertrag zu und gibt mir ein Teil aus einem Maniküre-Set, das wie ein Stift geformt ist.

»Und jetzt?«, frage ich provokant, wobei ich das Ding von einer Hand in die andere lege und so tue, als wolle ich tatsächlich damit eine Unterschrift versuchen.

»Oh, tut mir leid. Ist nicht mein Tag heute«, antwortet sie, ohne mich anzusehen. Statt mir einen Stift zu geben, nimmt sie den Vertrag wieder an sich und unterschreibt selbst mit einem Füller. Gedankenverloren.

»Sie haben gerade einen Kühlschrank gekauft.«

Jetzt bemerkt sie den Irrtum, zerreißt das Exemplar und reicht mir einen neuen, den Füller legt sie obenauf.

»Probleme?«, frage ich beiläufig, sie bewusst nicht ansehend.

»Wahrscheinlich nicht mehr als Sie«, gibt sie ausweichend zur Antwort, wobei sie meine verletzte Schulter bemerkt haben muss, die eine steife Schonhaltung eingenommen hat.

Das sei nichts weiter und schränke meine Arbeitsfähigkeit nicht ein, wiegle ich ab. Nachdem sie mir den Durchschlag des Vertrages gereicht hat, bricht ihre Sorge doch aus ihr heraus. Sie erwarte einen Freund, der schon seit Tagen bei ihr sein wollte, doch er wäre wie vom Erdboden verschluckt. Nicht aufzufinden. Telefon habe er nicht. Er sei ein Vagabund. Ich muss an den Alten denken. Den wird sie kaum meinen. Ihm sei bestimmt etwas zugestoßen. Sie würde noch heute zur Polizei gehen, obwohl ihr Freund das nicht gutheißen würde. Ein Schweigen tritt ein.

Du musst das abklären, meint Kalle. Erinnere dich, der Alte hatte eine farbige Fotografie dabei, worauf eine Familie mit Baby abgebildet war. Dann würde sie ihren Großvater erwarten, ihn aber doch nicht ihren Freund nennen, außerdem wäre das ein komischer Zufall. Solls geben, die Welt ist ein Dorf, sagt der Junge altklug.

Ich erzähle, dass ich neulich einen Landstreicher kennen gelernt habe, der früher ein Artist und Clown gewesen sei, habe er behauptet.

»Richy?«, ruft die Engel aus und ich nicke. Natürlich will sie jetzt alles wissen. Zunächst erwähne ich, dass mein Richy sehr alt gewesen sei. Oh, shit, ich Dämel …

»Meiner auch«, sagt sie zunächst in aufgeregtem Tonfall und dann gedämpfter, »was heißt denn hier gewesen?«

Na toll, jetzt knall ihr noch das Gebiss hin und unterstreiche dein Geschick, motzt Kalle. Der Zwerg geht mir langsam auf die Nerven.

Ich überlege ganz genau, was und wie ich es ihr sage. Ich rede erst mal ein wenig drum herum. Beschreibe den Alleinunterhalter und die Episode mit dem Fisch. Das sähe ihm ähnlich, wirft sie ein. Das Telefon läutet, sie geht nicht dran, drückt lediglich eine Taste, die den Anrufbeantworter startet. Ich möchte wissen, in welchem Kontakt sie zu ihm steht. Er sei so eine Art Leih-Opa. Früher wäre sie oft von zu Hause weggelaufen, meistens, wenn der Zirkus da war. Der Clown, er habe sie sofort an Catweazle erinnert, ich nicke, habe sie jedes Mal überredet, doch wieder zu ihren Eltern zurückzugehen. Daraus sei eine Freundschaft entstanden. Auch als Richy nicht mehr vom Zirkus beschäftigt wurde, sei er immer wieder nach Siegen gekommen. Später habe er ihr immer Postkarten geschickt, die letzte vor drei Wochen. Er sei auf dem Weg, habe er geschrieben.

»Sein letzter Weg führte ihn an den Landeskroner Weiher«, beginne ich über sein Ende zu berichten, da Felicitas sich ein wenig gefasst zu haben scheint.

»Erhängt! Nie und nimmer. Richy liebte das Leben, die Natur, er hatte einen philosophischen Zugang zur Welt, zum Sein. Er hat sich nicht erhängt!«, ereifert sie sich, dabei ist sie von ihrem Stuhl aufgesprungen und rennt wie ein Tiger im zu engen Käfig hin und her.

»Es sieht so aus, als habe ihn jemand erhängt«, äußere ich die Vermutung und lasse auch nicht aus, dass ein depperter Dorfpolizist mich für einen möglichen Täter hält.

»Ja, aber warum?« Das Telefon läutet wieder.

»Geht denn hier niemand an den Apparat?«, plärrt Helfried Brandt von hinten und eilt, die Hände in halbtransparenten Gummihandschuhen steckend, dabei von sich streckend und wedelnd, herbei. Seine Metzgerschürze ist bespritzt. Schnell greift die Engel zum Hörer und meldet sich. Der Bestatter macht auf dem Absatz kehrt und wendet sich seiner Profession zu, nehme ich an.

Während Felicitas telefoniert, offensichtlich mit einer Angehörigen eines soeben Verschiedenen, schaue ich mich bei meinem neuen Arbeitgeber ein wenig um und folge Brandt. Hast du nicht ihr heftiges Kopfschütteln bemerkt, als du durch die Tür nach hinten gingst, fragt der Rechtsverdreher. Nein, meine Neugier treibt mich den Geräuschen entgegen, die von der vor mir befindlichen massiven Holztür größtenteils zurückgehalten werden. Ich lausche angestrengt, dabei schwebt meine Hand über der Klinke. Erst klopfen, sagt mir der Anstand. Gläser klappern, Schritte schleifen, Metall stößt gegen Metall, dazwischen in sich nähernden und entfernenden Schallwellen ein Summen: ›Hänschen klein, ging allein …‹ Untermalt wird die Melodie von einem Geräusch, wie es Zahnärzte mit ihren Bohrern verursachen, wenn sie alte, spröde Amalgamfüllungen entfernen.

Meine Linke will die Klinke drücken, mein Anstand zwingt sie in Klopfposition, der Zeigefinger gekrümmt, die Hand im passenden Winkel, um ans Holz zu pochen. Der Bohrer verstummt. Hammer und Meißel scheinen tack-tack-klopfend zum Einsatz zu kommen.

»Himmel, tun Sie das nicht. Tun Sie sich das nicht an!« Die Engel zupft mich am Arm. Meine Güte, was hat sie mich erschreckt. Ich habe sie gar nicht kommen hören. Entgeistert starre ich sie an und frage mich im Stillen, warum man in schauerlicher Anspannung ist, wenn es um den Tod geht. Beklemmung hat mich erfasst. Wäre das hier eine Autowerkstatt, hätte ich einfach geklopft und wäre eingetreten, ohne zuvor meine Wahrnehmungsfähigkeit bis auf das Äußerste zu strapazieren, merkwürdige Erwartungshaltungen aufzubauen und unterbewusste Abgleiche mit

Hitchcock-Film-Szenen durchzuspielen. Schwebte meine Hand eben über einer Klinke oder vor einem Duschvorhang? Dieses diffuse Licht hier im engen Flur ist schuld. Macht einen ja ganz kirre, finde ich eine schnelle Erklärung.

»Ein Unfallopfer«, gibt die Engel mir als Erklärung, »übel zugerichtet, und er war noch so jung.« Ich hätte vielleicht von der Explosion in einem Metallbetrieb gehört. Das Opfer läge auf Brandts Tisch. Er sei ein Künstler, erläutert sie abwesend und führt mich durch den Flur in einen kleinen Innenhof nach draußen. Nach einem Bild des Toten würde er ihn wiederherstellen, soweit es ginge und soweit es die Verordnungen erlaubten, immer unter der Voraussetzung, so nah wie möglich am Original zu bleiben. Die Angehörigen sollen den Verstorbenen schließlich wiedererkennen. Doch, da er bei besonders schweren Fällen niemanden dabeihaben wolle, wisse sie nicht, wie er das mache, wenn der Tote zum Beispiel einen Schädeltrümmerbruch oder Gesichtsverbrennungen aufweise. Bestimmte Mängel übermalen, nähen, stopfen, herrichten eben, das könne sie auch, aber darüber hinaus habe sie wenig Erfahrung. Mal sei es dem Chef gelungen, einem Brandopfer die verschmurgelte Nase wiederherzustellen. Da war vorher nichts mehr, kein Knorpel, kein Fetzchen. Herrschaftswissen, sozusagen, das hüte er wie ein Pater das Beichtgeheimnis. Brandt sei dabei, seine Kenntnisse in der Thanatologie zu erweitern. Modern Embalming.

Sie scheint sich in Geplapper zu flüchten. Die Sicherheit der Routine. Ich beobachte sie und meine zu spüren, wie es in anderen Teilen ihres Gehirns arbeitet. Der Teil, der mit den Erinnerungen an Richy verbunden ist und der Teil, der nicht wahrhaben will, was sie soeben erfahren hat. Koordiniert wird das zweifelnde und schmerzhafte Hin und Her zwischen den Synapsen durch den präfrontalen Kortex, der ihr Selbstwirksamkeitskonzept aufrecht erhält. Noch.

»Ich glaube, er sollte Arzt werden, wie sein Vater, oder ein berühmter Musiker, seine Mutter war eine gefragte Flötistin, doch er hat es nicht gepackt«, beendet sie das Gespräch über ihren Chef. Sie tritt durch eine kleine Tür, die in ein größeres Tor eingelassen ist. Ich folge. Wie ein Lemming flammt blitzartig ein ungewollter Gedanke in mir auf, bevor er von einer Wolke dunkler Vorahnung verdrängt wird. Da wird was auf mich zukommen. Im Artikel über die Funktionen des Gehirns in einer Zeitschrift, die ich in der Tanke las, stand, dass bei hohen Erregungszuständen das Frontalhirn ausfalle und die Kindheitsmuster griffen, die sich vor dem Kortex entwickelt hätten. Wann wird sie die Nerven verlieren?

27

»Das Sarglager«, sagt sie monoton und fügt fast murmelnd an:

»Was wollte ich denn jetzt hier?« Sie sinkt auf einen knallroten Designersarg, der durch stromlinienförmige Flanken auffällt. Modell Lebensfluss, entnehme ich einem Lieferschein. Der Engel fängt leise zu weinen an. Ihre Atmung ist kurz und flach. Hatte ich schon durchscheinen lassen, dass ich in derlei Situationen eher unbeholfen bin? Hämmern, Bohren, Fräsen, Verputzen, klemmende Toilettenspülungen reparieren, alles kein Problem, aber Tränen trocknen?

Zum Glück ist sie nicht hysterisch. Sie sitzt nur da auf dem glänzend lackierten Sargdeckel, die Ellbogen auf die Knie gestützt, das Gesicht in den Händen und weint. Ich setze mich still neben sie. Ruhige Präsenz zeigen hat mir schon einmal in einer ähnlichen Situation geholfen. Sie schnieft verhalten. Ich sollte für solche Fälle immer ein Taschentuch parat haben. Vielleicht sogar ein mit meiner Telefonnummer besticktes. Doch nicht mal ein Tankstellenkrepppapier drückt sich in meiner Hosentasche herum. Ich sehe mich im Lager um und entdecke auf einem Regal eine Art weißen Lappen. Vielleicht tut der es. Bei näherer Betrachtung entpuppt sich der Lappen als ein Handschuh. Egal, ich werde ihn ihr anbieten. Ohne hinzuschauen ergreift sie das Ding und tupft sich die Flüssigkeiten aus dem Gesicht.

»Ein Trägerhandschuh – hoffentlich war er noch nicht benutzt«, sagt sie und versucht sich im Lächeln.

»Tschuldigung«, kommt es ein wenig stockend zwischen der Nasenputzaktion hervor, »bin normalerweise keine Heulsuse. Ginge ja auch gar nicht hier. Ich lebe ja vom Tod. Grotesk? Nein. Es muss …«

Ihr Versuch, sich durch die übergeordnete Betrachtung ihres Jobs zu fangen, wird durch ein irres Kichern aus einem hinteren Winkel des Sarglagers unterbrochen. Wir halten beide die Luft an. Dann springt Felicitas auf, huscht zu einer Tür zwischen zwei Regalen, öffnet sie mit einem Ruck und brüllt relativ laut:

»Verschwinde, du sollst dich doch hier nicht mehr blicken lassen!« Als ich hinter sie trete und sehe, was sie sieht, wird klar, warum sie so gebrüllt hat. In dem Raum, in dem es irgendwie chemisch riecht und der mit allerlei Kanistern überfüllt ist, steht ein dürres Kerlchen mit punkigen, dünnen, blonden Haaren und zu großen Klamotten, dazu hat er Knöpfe in den Ohren. Der Typ ist mit einem MP3-Player verkabelt. Wie blöd ist das denn, raunt Kalle, wenn ich irgendwo wäre, wo ich nicht hin darf, hätte ich die Lauscher doch mächtig auf Empfang. Der Kerl scheint der Aufforderung zu verschwinden nicht sofort nachkommen zu wollen, denn er kichert immer noch, nimmt lässig die Stöpsel aus dem Kopf und begrüßt Felicitas:

»Mein Engel! Ich geh ja schon, hatte nur was vergessen.«

»Du hast hier nichts verloren, also hast du auch nichts vergessen. Gib mir den Schlüssel und was du sonst hier abstauben wolltest«, entgegnet sie.

Er hebt beide Hände über seine Stachelfrisur.

»Ich hab nichts.«

Was hat er denn da für ein Ding um den Hals, will Kalle wissen und deutet auf einen Kettenanhänger. Ein Koksröhrchen. Der Kerl sieht mir mehr nach der billigeren Variante des Drogenkonsums aus. Klebstoff. Wer weiß, was hier in den Behältern ist.

Los, Heiner, du kennst doch die Prozedur, wenn du einen in der Tanke beim Klauen erwischst, werde aktiv.

»Leere deine Taschen aus!«, sage ich bestimmt.

»Was 'n das für einer?«, gluckst der Kerl und grinst immer noch.

Ich überrage ihn um Haupteslänge und baue mich vor ihm auf. Manchmal wirkt das, zumindest bei Kindern und Jugendlichen, die Koffeindrinks geklaut haben. Scheinbar hält Felicitas Engel meine Methode nicht für ausreichend, denn sie beginnt, die zahlreichen Taschen in der Jacke des Ertappten zu durchsuchen. Ich beschränke mich aufs gefährlich Gucken. Marie hat mir den bösen Blick verbrieft, vor dem man Angst bekommen könnte, wenn man mich nicht kennt. Er kennt mich nicht und hält tatsächlich still. Es klimpert und Felicitas hat, was sie sucht. An einem Totenkopfschlüsselanhänger, wie originell, bemerkt der Advokat ironisch, baumelt der Schlüssel, der ihm Zutritt zum Sarglager verschafft hat.

»Wie viele noch?«, raunzt Engel ihn an und schiebt den Grinser in Richtung Ausgang, was mir Gelegenheit gibt, mich in dem Raum umzusehen. Kanister mit Desinfektionsmitteln, Spraydosen, Werkzeuge, Watte, Politur, Nägel, Schrauben, Feilen, ein Feuerlöscher. Der Regalinhalt erinnert mich an den einer Pimp-Garage. Futur-Television: Pimp my dead body.

28

Das war doch eben eine sehr merkwürdige Szenerie. Der Handlungsablauf erscheint mir jetzt beinahe automatisiert. Ob die zwei das schon häufiger durchgespielt haben?

Putzkram, Handschuhe, Kissen und Decken mit Spitze. Daneben ein Lötkoffer. Was der Kerl hier wohl gesucht hat? Ich schnuppere an einer Flasche ohne Etikett, ganz vorsichtig.

»Das ist destilliertes Wasser – manchmal bügle ich was auf.«

»Wenn es nicht was zu löten gibt?«, frage ich, da ich mich über die breit gefächerte Zusammensetzung des Bestatterequipments à la Hobbythek wundere.

»Särge, die ins Ausland überführt werden, werden verlötet«, informiert sie mich.

Damit unterwegs keiner umsteigt, denke ich.

Von draußen hören wir einen Kavalierstart, begleitet vom Ertönen einer Hupe. Exakt der Klang, den ich bereits auf dem Friedhof vernommen habe. Underberg.

»Das ist ein Idiot. Statt sich hier zu schleichen, provoziert er. Lange wird sich Brandt nicht mehr von einer Anzeige gegen ihn abbringen lassen.« Am Ende ihres Verständnisses, schüttelt Felicitas ihren Kopf.

»Früher hatte ich Mitleid mit dem Kerl. Jetzt nervt er. Wenn Brandt rauskriegt, dass er wieder hier war, bekomme ich den Ärger.«

Wie aufs Stichwort kommt unser Chef hereingerannt.

»Engel, wenn Sie meinen, Sie könnten den Jungen beschützen, dann muss ich Ihnen sagen: Nein. Jetzt ist es genug. Sie haben es nicht im Griff! Tut mir leid. Quatsch, was rede ich da? Tut es nicht! Hausfriedensbruch, Einbruch, Diebstahl. Es reicht! Pah«, er redet sich in Rage, »Ihre Idee, die Schlösser auszutauschen, Blödsinn! Kostet nur mein Geld. Sollen sich andere drum kümmern. Der hat sicher noch mehr auf dem Kerbholz, da bin ich ganz sicher. Sie haben Ihre Kräfte überschätzt. Sie können nicht jedermanns Engel sein. Machen Sie mir eine Verbindung mit der Polizei!«, kommandiert er in halber Drehung beim Hinausgehen, hält inne, führt die letzte Bewegung wieder retour, scheint mich jetzt erst wahrzunehmen und fährt im gleichen Ton, wie vor dem letzten Atemzug, fort:

»Was machen Sie denn hier? Heute brauche ich Sie nicht. Keine Arbeitszeit. Engel wird Sie anrufen. Guten Tag …«, Drehung zum Ausgang, halber Schritt und seufzend:

»… lieber Himmel.« Vorhang fällt, Ende des Aktes.

Wie zwei begossene Pudel stehen wir da, wobei ich mir zuerst das Wasser aus dem krausen Fell schüttle:

»Was läuft denn hier für ein Film? Sonntagmorgen auf dem Friedhof habe ich mich schon über die Lebhaftigkeit des Ortes zu der frühen Stunde gewundert. Der Junge von eben war auch da und sprach mit Hanf.«

»Hanf soll bloß aufpassen«, sagt sie nur, wobei sie irgendwas anderes zu überlegen scheint.

»So ähnlich hat Brandt sich auch ausgedrückt«, erwähne ich ungehört.

In der kurzen Zwischenzeit muss in der Engel ein Plan gereift sein, denn entschlossen strafft sie sich, bittet mich, den Raum zu verlassen und weist mich an, ja, so könnte man es nennen, denn sie fragt nicht, sie bestimmt also, dass ich sie zur Polizei fahren soll. Dann müsse sie Brandt keine telefonische Verbindung machen, sie könne dessen Wunsch zur Anzeige persönlich vorbringen und vor allen Dingen brauche sie Klarheit über Richy. Wenn er es wäre, wolle sie ihn haben, Punkt. Sie sagte wirklich Punkt. Ihr Gedankengang ist damit abgeschlossen und natürlich werde ich sie fahren. Die Frau überrascht mich. Ich muss ja nicht zur Polizei reingehen. Mit der Staatsmacht habe ich derzeit genug erlebt.

Das sage ich ihr auch, genau so. Aber nichts da, sagt sie mir, während wir zurück nach vorne ins Institut gehen. Sie wolle mich dabei haben. Ich könne wichtige Angaben zu Richy machen und ebenso zum Vorfall mit Abi. Höre ich Trotz in ihrer Stimme? Auf dem Gebiet stoischen Widerstandes kenne ich mich aus. Da halte ich gegen.

»Nein, ich werde draußen warten. Alles, was ich über Richy weiß, habe ich in Burbach gesagt. Ich komme nicht mit rein, Punkt.« Treffer, versenkt. Sie sagt nichts mehr dazu, während sie den Anrufbeantworter abhört, sich Notizen macht und Brandt eine Nachricht hinterlässt: Bin bei der Polizei. Feierabend.

Wenn ich sie fahren werde, heißt das, sie steigt in mein Auto, was sie aber nur kann, wenn ich meinen Hausunrat beiseite räume. Noch rüstet sich Felicitas zum Aufbruch. Wenn sie ähnlich lange dafür braucht wie meine Ex, könnte ich das Auto durch eine Super-Deluxe-Handwäsche jagen und obendrein die Felgen per Zungenspitze putzen lassen. Sollte sie aber schneller sein, bleibt weit weniger Zeit. Sie hat schon ihre Tasche gerafft. Jetzt muss ich mich beeilen und stürze aus der Tür. Ruckzuck Kofferraum auf, bah, ist der schon voll. Gummistiefel, Friesennerz, die sperrige Dachabdeckung, darunter Warndreieck und Erste-Hilfe, alte, feuchte Laufschuhe, ui, die hätte ich längst wegwerfen sollen, alles schiebe ich zusammen, was mir einige Kubikzentimeter Luft für meine paar Einkäufe, eine Klamottentüte und etliches Leergut verschafft. Der schwere Army-Parka bleibt auf der Rückbank. Noch schnell den Beifahrersitz von

Mundharmonika, Laub und Krümeln befreien, ich höre sie schon durch die Tür kommen, zum Ausschlagen der Fußmatte fehlt die Zeit. Mir wäre nach einem Handtuch, ich glaube, ich schwitze.

29

»Ihrer?«, fragt sie und deutet auf meinen Wagen.

»Sicher«, entgegne ich knapp.

»Brandt hat was von einem skurrilen Leichenwagen erzählt.«

»Der gehört einem Freund.«

»In Pink«, sie lässt sich auf dem Beifahrersitz nieder und schlägt einen Tick zu heftig die Tür zu. Ein bisschen mehr Gefühl hätte ich schon erwartet.

Als ich neben ihr hinterm Lenkrad sitze, meine Tür leise schließend, fühle ich mich von ihr taxiert und ich meine, sie einen Sekundenbruchteil lang grinsen gesehen zu haben. In ihrem Kopf werden sich die Worte Freund und Pink zusammengesetzt haben. Auch egal. Irgendwie fühle ich mich angenervt. Ob es am stockenden Nachmittagsverkehr liegt oder an der Tatsache, dass ich eine Frau zur Polizei kutschiere, die gleichermaßen faszinierend wie verwirrend auf mich wirkt, ja, und auch ein wenig abschreckend. Abschreckend in der Hinsicht, dass jeder Versuch meinerseits, bei ihr zu landen, in einem peinlichen Desaster enden würde, stelle ich mir vor. Eine Frau wie sie wird sicher ständig mit den originellsten Sprüchen und Einladungen konfrontiert. Mir würden im Moment nur Plattheiten einfallen, da ihre Wirkung auf mich das Blut aus meinem Gehirn in die untere Abteilung transportiert.

Heiner, ich habe ja noch keinen Führerschein, aber da vorne bremsen alle, weist mich mein kleiner Detektiv darauf hin, dass ich nur noch eine Lattenlänge Raum habe, einen Auffahrunfall zu vermeiden. Lass das mit den Frauen, rate ich mir. Für Unfallschäden in Libido-Angelegenheiten kommt niemand auf, man zahlt nur drauf.

»Fahren Sie nie?«, frage ich in ihre grüblerische Anspannung, die mir zum Greifen nah erscheint.

»Nein«, kommt es knapp aus ihrem Mund, dabei richtet sich ihr Blick nach unten auf die schmutzige Fußmatte.

»Erzählen Sie mir von dem komischen Vogel, Abi, oder wie haben Sie ihn genannt?«

»Hm, Abi, auch so eine andersartige Existenz. Ich verstehe nicht, wie manche Menschen so leben können.« Wofür ›so‹ stehen könnte, erschließt sich mir aus ihren Schilderungen, doch auf wen sich ihr ›auch‹ bezieht – da fragst du noch, scherzt der Advokat spröde.

Abi, geboren als Lars Sommer vor 29 Jahren, hieße Abi, weil er so gut wie alles, außer bisher seinem

Leben, abgebrochen habe. Abgebrochenes Physik-, Chemie-, Biologie-, Geschichts-, Musik-auf-Lehramt-Studium, abgebrochene Ausbildung zum Zahntechniker und Bestatter.

»Sommer heißt er also«, sinniere ich mehr, als dass ich es zu ihr sage.

»Exakt. Als Brandt ihn innerhalb der Probezeit im Herbst entlassen hatte, sagte er: Ich hätte es mir denken können. Nur ein kurzer Sommer. Erinnern Sie mich dran, Engel, nie wieder Jahreszeiten. – Dabei war er talentiert, er hatte ein Händchen für die Toten. Ja, man kann es zärtlich nennen, wie er mit ihnen umging.« Sie muss meinen verwunderten Gesichtsausdruck mitbekommen haben.

»Nein, nicht, was Sie jetzt vielleicht denken …«

»Was denk ich denn?«

»Ich denke, dass Sie hier parken könnten.«

30

Nachdem der Wagen ordnungsgemäß vor dem Polizeigebäude steht, zögert sie einen kurzen Augenblick beim Lösen des Anschnallgurtes. Sie wird versuchen, dich zu überreden mit hineinzugehen, sagt mir meine Erfahrung mit dieser Art der bedachten weiblichen Verlangsamung.

»Nein«, sage ich in die angespannte Atmosphäre, »ich komme nicht mit rein.«

Klack, der Gurt ist ab, sie seufzt ganz leise und steigt aus. Bevor sie die Tür zuknallen kann, beuge ich mich zur Beifahrerseite herüber, um meiner Vermutung nachzugehen, dass Abi und sie das Rauswerfen aus dem Lager schon mehrfach hinter sich gebracht haben. Sie zählt es an den Fingern ab und zeigt mir fünf. Dann klappt sie die Hand wie zum Abschiedsgruß ein und geht. Ich schließe die Tür mit Gefühl und knuffe die sich lösen wollende Innenverkleidung wieder an ihren Platz.

Hoffentlich dauert es nicht so lange. Im Warten bin ich zwar einigermaßen geübt, aber dennoch fehlt mir die nötige Gelassenheit, Leerläufe als willkommene Gelegenheiten zu betrachten, mich selbst kontemplativ ins Universum zu versenken und mich als Teil des Ganzen zu betrachten, was dazu beiträgt, gewisse und nicht auf den flüchtigen Blick ersichtliche Gleichgewichtsverhältnisse bewahren zu helfen. So hat Marie sich gerne ausgedrückt, wenn ich nicht einsehen wollte, warum ihr spirituelles Rumsitzen besser für uns sei, als wenn sie mir in der Zeit etwas zum Essen präparierte. Sie war nämlich offensichtlich dazu in der Lage, meinen laut knurrenden Magen zu ignorieren, um die hauchzarten Wellen aus dem Kosmos zu empfangen, die ihr flüsterten: alles ist gut und schwingt mit dir in der endlosen Harmonie des Werdens und Vergehens. Mir verging dann der Appetit und ich trank mir ein Fläschchen Bier, nickte dem Moderator der Sportschau zu wie einem alten Kumpel und erwischte mich tatsächlich ein einziges Mal dabei, wie ich mit dem Publikum gemeinsam klatschte, um lediglich einen Dressurreiter zu begrüßen, dessen Namen ich nicht mal kannte. Oh, Mann, alte Wunden. Fast wie aus Gewohnheit schalte ich den CD-Player an. Aber die Jungs von Iron Maiden spielen an meiner Stimmung vorbei. Radio. Bin gespannt, ob ich hier einen hörenswerten Sender reinkriege. Ich habe so ein schlechtes Empfangsteil. Es sucht und stoppt auf einem Kanal, dem ich normalerweise nie Gehör schenken würde, doch die warme weibliche Stimme lässt mich in der Bewegung, auf Weitersuchen zu drücken, innehalten. Es will beinahe so etwas wie Clubatmosphäre in meinem kleinen Wagen aufkommen. ›I'm so lonesome I could cry‹, singt sie und dem Kerl, der ihr das Gefühl eingebracht hat, möchte man eine verpassen. ›I'm so lonesome‹, trifft auch irgendwie auf mich zu. Jetzt werd nicht melancholisch, fordert der Advokat kühl, wobei er sein Jackett zuknöpft, mit einer undifferenzierten Bewegung einen nicht vorhandenen Fussel vom Revers entfernt und sich gerade aufrichtet. So alleine, wie der Typ neulich an der Tanke, der sich zu Ferienbeginn immer in die Staus stellt, um wenigstens ein Mal einer Gruppe anzugehören, so schlimm ist es mit mir noch lange nicht. Ja, ja, überleg lieber, wie es um die Leute um dich herum bestellt ist, rüffelt der Anwalt. ›As I wonder where you are, I'm so lonesome I could cry.‹ Als nächstes 'ne Jazz-Nummer, auch nicht schlecht. Jetzt ist es soweit, Altrocker Heiner ist reif für Jazz. Und aus.

Vielleicht sollte ich doch noch ein bisschen Harp üben, denke ich mir und verwerfe es sogleich.

Protokoll der Ungereimtheiten, diktiert der Advokat in meine innere Kladde. Wer ist die Frau auf dem Foto? (Was willst du mit den Zähnen in der Tasche?) Welchen besonderen Sozialisationsprozessen muss man ausgesetzt gewesen sein oder muss man einen an der Waffel haben, um im Bestattergewerbe zu arbeiten? Ist Felicitas Engel verheiratet? Letzte Frage streichen. Irrelevant. Wer hat ein Interesse, den Alten zu ermorden? Und warum? Wer ist dieser Abi und was hat er mit Hanf zu tun? Denk ich an Hanf, denk ich an den Schädel. Wer tötete die Waldbewohner? Unterstreichung der Kernfragen/Schlüsselwörter. Immer wieder Knochen!

31

Ich fische das Foto der Frau aus meiner Tasche. Hat sie nun etwas mit der Orthelly-Truppe zu tun oder nicht? Ihr Gesicht ist in der Lage, alles und nichts zu erzählen und zu versprechen. Ebenmäßige Züge, ein Mund zum Küssen, die Augen schauen durch einen hindurch. Sie lächelt, aber nur andeutungsweise.

Der Wagen wackelt und mit einem Schwung sitzt Felicitas Engel wieder neben mir.

»Das ist Lilli. Woher haben Sie das Foto?«

Ich erkläre ihr, dass ich es gefunden habe und es Richys Brieftasche entstammt. Sie greift nach dem Bild und betrachtet es eingehend.

»Lilli Fischbach.«

»Also nicht die Artistin«, murmle ich eine erste Antwort in den Fragenkatalog von eben.

»Was wissen Sie über die Artistin?«, will Felicitas Engel wissen, und ich erzähle ihr, was ich in Betzdorf über die Orthelly-Truppe herausgefunden habe und erwähne, dass eine Lola dieser Frau hier ähnlich sehe.

»Schwestern. Lilli ist aus der ersten Ehe und Lola entstammt einer Beziehung zu einer Schlangenfrau aus der Mongolei. Richy war sehr verliebt in Lilli und sie auch in ihn, aber ihrer beider Leben hatte kaum Parallelen. Die Liebe blieb unausgelebt.« ›I'm so lonesome I could cry.‹

Richy war Engels Bericht zufolge hin und wieder in der gleichen Show wie die Orthellys. Kennen gelernt hatten sie sich in Siegen. Als die Orthellys nach Amerika gingen, hätten sich ihre Wege erstmals getrennt. Sogar in Las Vegas sei die Truppe aufgetreten. Bei einem dieser Engagements in einem Nachtclub sei Lilli vom Trapez gestürzt und habe sich schwere Rückenverletzungen zugezogen. Dann habe Lola ihren Part übernommen, nur auf dem Trapez, nicht in Richys Herz. Lilli sei gebrochen nach Deutschland zurückgekehrt. Zu dem Zeitpunkt wäre Richy in Ungarn gewesen und habe dort gearbeitet.

»Er hat sich nie verziehen, dass er in dieser für Lilli schweren Zeit nicht bei ihr gewesen ist«, seufzt Felicitas. Ein anderer habe diese Rolle übernommen, Bäckermeister Fischbach. Den habe Lilli dann geheiratet und wenn sie nicht alles täusche, müsste sie noch immer über der Backstube in Gosenbach leben.

»Sollen wir hinfahren?«, fragt Felicitas.

»Wozu? Vielleicht hat sie mit der alten Zeit abgeschlossen?«, antworte ich, der ich mich scheue, schlechte Nachrichten zu überbringen und mich natürlich frage, ob uns eine längst vergangene Liebesgeschichte bei der Lösung des Problems, wer Richy auf dem Gewissen hat, weiterhilft. Die sicherlich schon über siebzigjährige Frau wird ihn nicht aufgeknüpft haben.

»Ich habe das Gefühl, dass ich es Richy schulde«, kommt die Antwort, »außerdem liegt es in der gleichen Richtung, ist nur ein Stückchen weiter. Ich wohne auf dem Fischbacherberg und würde mich freuen …«

»Überredet, aber nur wenn wir die Siezerei lassen«, beschließe ich das weitere Vorgehen.

»Gut, Heiner, dann kann ich dir unterwegs erzählen, was ich bei der Polizei herausgefunden habe.« Während ich mich in den feierabendlichen Verkehr einwebe, berichtet Felicitas mir, dass keiner Anspruch auf den Leichnam Reginalds gestellt habe und sie benachrichtigt werde, sofern sich nicht Anverwandte fänden, die für die Bestattung aufkommen würden. Da Richy ihres Wissens keine lebenden Blutsverwandten habe, würde sich sicher niemand dafür interessieren. Ich frage mich, warum sie die Kosten für eine Beerdigung tragen will und ob sie es kann. Brandt würde ihr sicher ein günstiges Angebot machen, davon gehe sie jetzt aus, denn sonst könne sie sich das nicht leisten. In den Särgen läge nicht nur ein glänzender Stoff, sondern auch eine große Gewinnspanne. Eine anonyme Urnenbeisetzung oder vielleicht eine Ruhestätte am Fuße eines Baumes im Friedensforst, das würde sie später entscheiden. Die Aussicht darauf, ihrem alten Freund einen letzten Gefallen tun zu können, scheint eine befriedende Wirkung auf Felicitas zu haben. Ihr Nervenkostüm ist halbwegs wiederhergestellt. Sie spricht in einem ruhigen Ton, auch als sie fortfährt zu berichten, was sie auf dem Flur der Polizei erfahren hat.

Als sie darauf gewartet habe, Helfried Brandts Bitte nachzukommen, habe sie einen Cousin zweiten Grades getroffen. Der wiederum habe in die Familie des Otto Jung eingeheiratet. Gleichzeitig sei er als Sozialarbeiter der Stadt als Vormund des Fräulein Hedwig bestellt. Nebenbei, ihr Zustand habe sich stabilisiert, doch bestünde die Dame darauf, Anzeige gegen unbekannt zu erstatten, da ihr Otto gestohlen worden sei. An der Stelle interessiert mich, was sie mit den Jungs zu tun hat, da mir die weiße Nelke einfällt, die später an seinem Grab gelegen hat und der Sorte glich, die im Sternenstaubfenster liegen. Reiner Zufall, wie sie sagt. Sie habe sich aus keinem bestimmten Grund an dem Grab aufgehalten an jenem Morgen.

»Fräulein Hedwig war die Schwägerin des Paul Otto Jung. Der soll ein Glückspilz gewesen sein, sagen die Leute, weil sie dachten, der Otto habe zwei Frauen mit einer Heirat bekommen. Die Verwandten, die die Familie näher kannten, kamen zu einem anderen Ergebnis. Ein Pechvogel sei er gewesen, mit seinem Sinn für das Besondere. Eine Bäuerin vom Dorf wäre ihm nicht untergekommen. Es musste schon diese Eine sein, auch wenn er ihre Schwester dafür mit in Kauf nehmen musste. Schöne Frauen, aber anstrengend. Hedwigs Schwester, eine verschwenderische Lebedame, das Fräulein, so mein Cousin, asketisch und stockfromm«, erzählt sie mir, während wir den Heidenberg hinauffahren.

32

Als wir vor der vermuteten Adresse der Lilli Fischbach ankommen, sehen wir im ersten Stock des Hauses eine alte Dame hinter dem Fenster sitzen. Beinahe regungslos, nicht mal die Gardine rührt sich.

Die Szene ist mehr ein Bild und wirkt wie eines der Frauen-Porträts, wie sie Renoir gesehen und festgehalten hat.

»Das muss sie sein«, sagt Felicitas und dass ich jetzt fahren könne, sie ließe sich später abholen oder nähme den Bus, es sei ja nicht meine Geschichte. Hier widerspreche ich. Schließlich würde ich des Mordes verdächtigt und die Angelegenheit ginge mich sehr wohl etwas an. Sie mag sich auf keine Diskussion einlassen, knallt die Wagentür zu, überquert mit zwei ausladenden Schritten den Gehsteig und betätigt einen Klingelknopf. Ich kontrolliere die Unversehrtheit meines Wagens. Glücklicherweise steht er etwas schräg hangabwärts und die Türverkleidung bleibt an ihrem Bestimmungsort.

Eine stattliche Frau öffnet die Tür des nicht minder stattlichen Hauses. Sie füllt fast den Rahmen aus, trägt gelbe Gummihandschuhe und einen Putzlumpen in der linken Hand. Darüber hinaus trägt sie einen gewaltigen Busen und spricht mit russischem Akzent. Frau Fischbach sei oben. Wir gehen durch ein sehr gepflegtes Treppenhaus, das den Charme der Siebzigerjahre versprüht. Zitronenfrische überlagert den Geruch seit langem leer stehender, ungeheizter Räume. Eine schwere Eichentür steht einen Spalt breit offen. Das Messingschild mit schwungvoller Schrift darauf verrät: Privat.

Unserem Klopfen folgt ein vornehm klingendes: Ja, bitte. Die Wohnung ist geprägt von wenigen dunklen Schränken und schweren Orientteppichen. Hier war mal viel Geld, bemerkt der Advokat beim Blick in die offenen Zimmer. Am Ende der Diele sehen wir die alte Dame vor dem Fenster sitzen, immer noch hinausschauend. Erst als wir quasi vor ihr stehen und uns vorstellen, blickt sie zu uns auf. Ihre Augen erinnern mich an einen hauchdünn zugefrorenen See, unter dessen Eis das Grün noch zu erahnen ist.

»Besuch, wie schön«, sagt sie, »aber setzen Sie sich doch. Entschuldigen Sie, aber ich kann Sie im Moment nicht einordnen. Sagen Sie, woher kennen wir uns? Entschuldigen Sie!« Jetzt steht sie auf, geht kerzengerade zur Tür und ruft:

»Natalia, bitte Tee für unsere Gäste!« Was immer Natalia auch entgegnet hat, ist nicht zu hören. Lediglich das Ins-Schloss-Fallen der Haustür bemerken wir.

An den cremefarbenen Wänden hängen überall Zirkusfotos. Dieses Zimmer weicht stark von den restlichen Räumen ab. Es hat fast keine europäischen Möbel. Im Raum verteilt sich ein Sammelsurium von Kunst und Kitsch, aufgelesen auf mehreren Kontinenten. Afrikanische Masken, eine Wasserpfeife, Blechschilder amerikanischer Biermarken, ein Fransenkleid mit Federboa auf einer alten Schneiderpuppe, eine fein geschnitzte spanische Wand aus dunklem Holz und die kolonialen Korbsessel, auf denen wir sitzen.

»Tut mir leid, das mit dem Tee«, entschuldigt sich die alte Dame, als sie uns gegenüber wieder Platz nimmt und uns zunächst ein wenig fragend ansieht, um dann an einem mit Spitze bestickten Taschentuch zu zupfen.

Felicitas stellt uns vor, nennt den Grund unseres Kommens, wobei sie sehr einfühlsam ist und den Tod Reginald Schusters verschweigt. Beim Namen des alten Clowns huscht ein verklärtes und gleichzeitig trauriges Lächeln über ihr faltiges Gesicht, das, wie wir auf dem Foto gesehen haben, einmal sehr schön gewesen sein muss. Wir zeigen ihr das Bild aus Richys Brieftasche.

»Oh«, sagt sie verzückt, »das wurde vor ein paar Jahren in Berlin aufgenommen, in der Zone, nach unserer ersten Begegnung.« Spontaner Blickwechsel von Felicitas und Heiner, gegenseitig, gleichzeitig, tief in die Augen und die Erkenntnis: Demenz.

Nach einer Tournee mit der tollkühnen und zauberhaften Artistin Lilli vom Bayerischen Wald über Birmingham bis nach Boston fallen wir einigermaßen geschlaucht in die Sportsitze meines Franzosen.

Wir müssten sie nun entschuldigen, sie müsse ihre Übungen machen. Schöne Grüße sollten wir Richy ausrichten, er solle sich beeilen, sie säße auf gepackten Koffern, wie so oft in ihrem Leben. Dabei blickte sie versonnen. Und hinter der spanischen Wand standen tatsächlich zwei große Reisekoffer mit schweren Beschlägen und dicken Ledergurten. Ja, wir würden es ihm sagen, versicherte Felicitas. »Er kommt, nicht wahr?«, hatte die alte Dame noch an der Tür gefragt und wir winkten knapp zum Abschied.

33

»Sie scheint alleine zu leben«, sagt Felicitas, während sie mit dem doppelt verdrehten Anschnallgurt ringt.

»Ich habe auch keine Bilder von Kindern oder Enkeln entdeckt. Neben ihren Artistenfotos gab es nur eines mit einem schwarzen Band. Schätze, dass es sich dabei um ihren Mann gehandelt hat«, bemerke ich und starte den Motor, den ich ein wenig bei Laune halten muss, darauf wartend, dass sie sich angegurtet hat. Unbedingt Werkstatt aufsuchen, notiere ich auf meine Liste der Dinge, die zu tun sind, sobald ich sie mir leisten kann.

Ich fahre ein raumgreifendes Wendemanöver, was nicht etwa daran liegt, dass ich es nicht besser kann, sondern daran, dass der Kleinwagen einen Wendekreis wie ein Tanker hat. Die Rückfahrt nach Siegen verläuft schweigend. Felicitas ist tief in Gedanken versunken und ihr Gesicht hat wieder diesen traurigen Ausdruck angenommen, wie in dem Moment, als sie auf dem Sarg niedersank. Ob ich das Radio einschalten sollte? In seltenen Momenten ist Stille schwer auszuhalten.

»Hast du überhaupt noch Zeit?«, fragt sie in meine Überlegung hinein.

»Ja, klar. Wo genau musst du denn hin? Fischbacherberg ist groß.«

»Du kannst beim Seniorenzentrum hochfahren, den Rest gehe ich zu Fuß.« Ich bestehe darauf, sie bis zur Tür zu bringen.

»Alte Schule?«, fragt sie mit dem Anflug eines Lächelns.

Außer knappen Anweisungen, wann ich wo abbiegen muss, kommen keine weiteren Worte aus ihrem Mund. Im hintersten Winkel, am Waldesrand, ist ein Wendehammer. Hier könne ich sie rauslassen. Sie wohne in dem letzten Haus in der Straße. Morgens kämen die Rehe in den Garten und knabberten die frischen Knospen ihrer im vorigen Jahr gesetzten Obstbäume an. Ob ich noch mit reinkommen möge, sie schulde mir einen Kaffee für die Fahrerei. Na, wenn das kein Angebot ist. Mein Herzschlag legt einen Takt zu, meine Hand greift schon Richtung Zündschlüssel. Da kommt ein Mann mit einem Wolfshund aus dem Wald. Er sieht aus wie Aragorn. Schwarze Lederklamotten, lässiger Parka, langes, lockiges Haar, einen Anflug von Dreitagebart. Wiegender, selbstbewusster Gang. Er hat sicher gerade das Rennen in einem Casting für eine ›Herr der Ringe‹-Verfilmung gemacht. Bei dem Thema muss ich an meine letzte Begegnung zwischen Mittelalter und Mittelerde denken.

»Oh, Franky ist schon zu Hause«, sagt Felicitas in einer Stimmlage, die ich bisher nicht aus ihrem Munde vernommen habe, »mein Freund«, ergänzt sie unnötigerweise, wobei ihrer ersten Begeisterung nun ein Hauch der Schwermut beigemischt ist, die uns bis gerade eben in meinem Auto gefangen gehalten hat.

»Also, was ist, Kaffee?« Meine Hand bleibt in der Schwebe, sucht sich einen Ausweg, der darin liegt, den ersten Gang einzulegen. Frauen und Frust gehören zusammen wie Männer und Motor, nur dass die letzte Begriffspaarung mit einer Form der Befriedigung einhergeht.

»Wie spät ist es?«, frage ich, um gleich darauf meine Aufmerksamkeit auf die schlecht lesbare Anzeige meiner Borduhr zu lenken.

»Oh! Ich muss los. Ganz vergessen, dass ich noch in die …« Den Rest meiner Rede hört Felicitas schon gar nicht mehr, da sie mit einem Satz aus dem Wagen ist und mir noch ein ›Vielen Dank‹ hinruft, bevor sie die Tür abermals unsachgemäß heftig schließt. Ob die mal Tennis gespielt hat, fragt sich Kalle und schaut mich kopfschüttelnd an. Verglichen mit dem Kerl, muss sie dich eher für einen dieser modrig-faltigen Uruk-Hai halten. No chance. Ja, ja, ja. Ist ja schon gut.

Ich krame in meiner CD-Sammlung, bloß nicht in den Rückspiegel sehen. Mehr oder weniger bewusst fische ich wahllos eine der älteren Sorte heraus. Eine Gebrannte ohne Aufschrift. Wie musste ich hier noch mal fahren, links oder rechts? Egal, irgendwie runter vom Berg. Rein mit dem Datenträger. U2, ›I have climbed highest mountain, I have run through the fields, Only to be with you – But I still haven't found what I'm looking for‹. Immer wieder Kreisverkehr. Ab auf die Bahn. Ab auf die Pritsche. Augen zu. Morgen ist ein neuer Tag. Mit Arbeit, jawohl. Arbeit, bei der man am Ende sieht, was man gemacht hat. Ordentliches Handwerk. Bevor ich mich auf die Pritsche haue, könnte ich mein Plattenlager aufsuchen. ›But I still haven't found what I'm looking for.‹

34

Dienstag

Neben meinen LPs fanden sich tatsächlich noch die alten Bukowski-Kurzgeschichten, wie beispielsweise die Stories vom verschütteten Leben. Entsprechend dem Schriftzug auf der Flasche des Covers hatte Giacomo das ›Hank‹-Schild vorgesehen.

Als ich an diesem sonnigen Dienstagmorgen nach einer etwas unruhigen Nacht, die Schulter schmerzte doch ziemlich und ließ mich nicht auf meiner bevorzugten Seite liegen, vor der Kneipe parke, sehe ich Giacomo auf der Veranda mit einem Cuttermesser Verpackungsmaterial traktieren. Es sieht so aus, als sei das Firmenschild nach seinem Entwurf gefertigt und soeben geliefert worden.

Ich schließe Marilyn ab. Rudi hatte mich heute Morgen um meinen Wagen gebeten, auch eine Begründung abgegeben, der ich jedoch nicht folgen konnte. Irgendwas mit, er könne da nicht mit dem

Leichenwagen hin und das andere Auto werde von Susanne gebraucht, es folgten einige weitere Unds, jedenfalls war mir das um 6 Uhr entschieden zu viel Text von einem, der sonst kaum etwas sagt. Fakt ist, ich kutschiere heute morbid. Giacomo stutzt nur kurz, als er unserer ansichtig wird.

»Morgen. Schulter okay?«, fragt er, worauf ich zurückgrüße und nicke.

»Kenne guten Lackierer, wirklich gut und billig.«

»Werde ich weitergeben«, antworte ich knapp und will wissen, wo die Leitern zu finden sind.

Während wir das Schild auf Anhieb wunderbar zentriert angebracht haben, hat sich kein Harry auf der Baustelle sehen lassen. Ich bin schon davon ausgegangen, dass er gar nicht hier ist, als mich plötzlich ein Riesenkrach beinahe von der Aluleiter rutschen lässt. Aus dem Keller hämmert und krawallt es, wie ich es noch nie gehört habe. Ein infernalisches Trommelfeuer. Ob der Heizkessel explodieren wird? Sogar die Bretter der Veranda vibrieren.

»Wie alt ist der Gasbrenner unten?«, frage ich und Giacomo grinst.

»Harry spielt.«

»Was denn? Krieg der …«

Mit einem Mal ist der Hüne bei mir, schüttelt mich beinahe von der Leiter wie einen Apfel vom Baum, ich stürze die letzten beiden Stufen herunter und taumele, er brüllt:

»Was weißt du schon vom Krieg!« Dabei packt er mich am Kragen. Als er ›Krieg‹ schreit, setzt der

Krawall aus und das Wort hallt in die Verlassenheit einer vormittäglichen Durchgangsstraße vom Nichts ins Wiedernichts.

Krieg der Sterne, wollte ich sagen, halte aber die Klappe und löse mit einer Ruhe, die mich selbst überrascht, seine verkrampften Finger von meinem Kragen.

»Gar nichts weiß ich.« Auf jede Silbe lege ich eine Betonung, in meine Stimme die Überzeugung, dass das die absolute Wahrheit ist.

Der Blick meines Gegenübers scheint sich zu klären.

»Schlagzeug spielt er. Hat neue Verstärkeranlage. Kenne einen, der kommt an gute Anlagen …«

»Gut und billig«, ergänze ich und die Lage entspannt sich.

Ohne Zwischenfälle und Ausfälle arbeiten wir Hand in Hand bis Mittag, den passenden Rhythmus dazu liefert Harry mit seinen Drums. Während er im Keller Jazz-Interpretationen der Phil-Collins-Band Genesis durchprobiert, improvisieren wir einen Stromkreislauf, der es zulässt, dass keine Sicherung durchknallt, wenn Kneipe und Toiletten gleichzeitig beleuchtet sind. Die kurzschlussverursachenden Steckdosen haben wir zugeklebt, Stromfresser abgeklemmt, Sparlampen installiert, auch ist es uns gelungen, einen Balken in der Wand zu finden, der eine Garderobenleiste trägt. Bevor wir uns der Keramikabteilung zuwenden, verschwindet Giacomo, er müsse noch was besorgen.

»Kurze Pause«, sagt Harry, der plötzlich hinter mir steht, während ich die Spülung des Urinals teste. Erst jetzt fällt mir auf, dass in den letzten Sekunden außer dem Plätschern meines Urins nichts die Stille störte. Meine Gehörschnecke scheint verlangsamt und irritiert. ›In the air tonight‹ hallt noch in meinem Kopf nach.

Nein, danke, lehne ich das Angebot ab, mit zur Imbissbude nach Herdorf zu fahren. Nein, danke, er brauche mir nichts mitzubringen.

Alle weg. Zeit für mich, die Knochen durchzustrecken und mich ein wenig umzuschauen, was hier alles noch eine handwerkende Hand benötigt. Ich teste die Wasserhähne, scheinen dicht, bis auf den an der Theke. Die Türen der Schränke schließen, bis auf zwei, sie brauchen neue Magnete. Der Kühlschrank braucht eine Grundreinigung. Uff, schnell wieder schließen. Der beißende Geruch treibt einem das Gewässer in die Augen. Kann mir gar nicht vorstellen, dass Harry tatsächlich eine Schankgenehmigung hat. Das Amt wird noch nicht da gewesen sein, denke ich mir. Wenn ich mich recht entsinne, gab es früher in der Kneipe zwei Kicker und einen Billardtisch. Im Raum, wo dieser gestanden hat, liegt jetzt ein dicker roter Teppich, die Wände sind weiß verputzt, oben unter der Decke ist eine Galerieleiste angebracht. In der Ecke stehen kleine Nierentischchen, an der hinteren Wand lehnen weiße Klappstühle. Hier werden wohl Lesungen und Ausstellungen stattfinden, wenn Harrys Konzept aufgeht.

Ob die alten Spieltische irgendwo eingelagert sind? Möglicherweise werde ich im Keller fündig. Wenn dort schon kein Kicker steht, dann lassen sich vielleicht Dichtungen finden. Eine Dichtung, geht es mir gerade durch den Kopf, kann Wasser zurückhalten oder Gedankenflüsse anregen. Jetzt wirst du aber komisch, meint Kalle und weist mich auf eine angelehnte Tür mit der handgeschriebenen Warnung ›Disturb and Die‹ hin. Der hingepinnte Zettel scheint älteren Datums. Ich weiß nicht genau, was mich veranlasst, diese Tür zu öffnen, aber als ich in dem Raum stehe, wünschte ich augenblicklich, ich wäre draußen geblieben. Just nach Eintreten springt mir eine Katze von irgendwo schräg oben kreischend ins Gesicht, verheddert sich mit ihren Krallen in meinen Haaren und bleibt hängen, versucht, mir ihre Zähne in den Nasenrücken zu schlagen, was ich zu verhindern weiß. Es gelingt mir, das nach Katzenpisse riechende Bündel aus dem Gesicht zu wischen, wobei sie auf meiner schmerzenden Schulter nach Halt sucht, was mein hektisches Zappeln verhindert. Ich buckle mich wie ein Wildpferd und kann sie abschütteln. Plärrend rennt das Vieh aus der Tür hinaus in den Kellerflur. Nach dem gewaltigen Schreck sehe ich mich nur noch hastig im Raum um, um sicherzugehen, dass hier nicht noch größere Ungeheuer lauern. Sieht aus wie ein wahrlich sehr privater Folterkeller. Ach du Schande, das will ich doch gar nicht wissen. Soll doch jeder, wie er mag, nur wissen muss ich es nicht. Der kurze Blick in die Stube hat mir schon gereicht, um eine Vorstellung von dem zu bekommen, wofür sie eingerichtet ist. Ein Skelett scheint aus der einen Kammerecke den Treibenden auf dem kargen Bett zuzulächeln. Was, zum Henker, will man in dem Zusammenhang bloß mit einer Katze?

Elle, Speiche, Schlüsselbein. Dieses Gebein-Modell hat sie noch alle, auf den ersten, schnellen Blick jedenfalls. Nichts wie raus hier. Einerseits fühle ich mich ein wenig unwohl und gleichzeitig belustigt. Nä, nä, nä, Sachen gibt's, nein, Kalle, hier wird niemand gefangen gehalten, hier gibt es nichts zu tun für einen Kinderdetektiv. Du meinst, wir sollten die Katze wieder einfangen? Nein, danke, die kann mir jetzt so was von gestohlen bleiben.

Die Lust darauf, den Kicker zu finden, an dem wir früher mit schweißnassen Händen über viele Stunden ganze Turniere ausgetragen haben, ist mir vergällt, ich habe hier unten nichts zu suchen. Na gut, den einen Raum noch, sage ich mir und öffne die nächste Tür, und tatsächlich finden sich hinter ihr die Reliquien jugendlichen Spaßes. Kicker wie auch Billardtisch scheinen mir unter einer dicken Schicht Staub darauf zu warten, wieder gebraucht zu werden.

Von draußen höre ich ein Auto heranfahren und daher beschließe ich, mich schnell wieder nach oben zu begeben. Komisch, dass ich mich jetzt wie ertappt fühle, wobei ich doch gar nichts zu verbergen habe.

Dabei fällt mir ein, dass meine Privatsphäre gerade spurensicherungstechnisch bearbeitet wird. Der Gedanke verursacht mir Magengrummeln. Im spiegelnden Schrankglas hinter der Theke erkenne ich einen zerzausten Typen. Die Katze hat meine Frisur durcheinandergebracht. Schnell richte ich mir den Zopf. Auf dem Kopf herrscht wieder Ordnung, in den Eingeweiden gurgelt es hörbar.

Giacomo ist mit einem Lieferwagen gekommen und hält mir eine Tüte Lakritz hin. Schnecken.

»Danke«, sage ich und nehme mir eine. Auf der Pritsche des Wagens, der augenscheinlich einem Dachdecker gehört, finden sich diverse Rohre, Bretter, Säcke mit Sand, Zement, Putz und drei Spülkästen. Daneben ist ein Beutel mit Kleinkram abzuladen. Ein Blick hinein bestätigt die Vermutung: Schrauben, Dübel, Nägel, Dichtungen. Gut und billig, formuliert meine jüngste Erinnerung dazu. Hoffentlich nicht geklaut, unkt böswillig der Advokat.

Ich mache mich daran, den Wasserhahn zu reparieren, da hallt wie ein Donner Harrys Stimme durch den Raum:

»Wer hat Hektor rausgelassen?«

Giacomo kommt aus dem Keller hochgelaufen und sagt:

»Tür war offen. Habe noch nicht repariert. Soll er erst die …?«

»Nein, soll er nicht«, sagt Harry jetzt gezwungen und um einige Phon leiser.

Meinen fragenden Blick interpretiert Giacomo richtig. Während er sich aus der Kiste neben mir einen Hobel greift und einige Unterlegscheiben angelt, raunt er:

»Seine Katze«, es folgt eine kleine Pause mit einem schmalen Grinsen:

»Kenne ich gutes Rezept.«

Nachdem Kellertüren, Schranktüren und Wasserhähne wieder anstandslos funktionieren, knöpfen Giacomo und ich uns die Wasserkästen der Damentoiletten vor. Die Teile hat sich seit dem Einbau, vielleicht sind die noch original aus dem Empire, installiert vor 80 Jahren, kein Aas mehr angeguckt. Das ist wahrlich nichts für Leute mit einem schwachen Magen, mehr ein Fest für Bakteriologen. Wir entscheiden uns für die Vorschlaghammermethode, denn die Kästen sind eine fossile Verbindung mit dem Mauerwerk eingegangen. Kennen Sie das, wenn Sie mal eben eine Kleinigkeit erledigen wollen, einen überschaubaren Job, dann zieht bisweilen eine Panne die nächste nach sich und Sie verfluchen den Moment, in dem Sie entschieden haben, die Kleinigkeit anzugehen. Nach fünfzehn Minuten sind die Spülkästen raus, aber mit ihnen auch ein Gutteil der Wand. Ebenso treten leckgeschlagene Bleirohre aus dem Mauerwerk hervor. Schweißnass und angeekelt stehen wir vor der Bescherung, blicken uns an und ich hoffe drauf, dass Giacomo irgendwen kennt, der das gut und billig erledigen kann. Geräuschvoll schnaubt sich mein Kollege den staubigen Rotz aus der Nase und wischt sich die Hand an der Hose ab.

»Brauch ich Mischmaschine«, ist alles, was er zu dem Dilemma zu sagen hat, daraufhin verlässt er das Damenklo.

Mein interner Buchhalter rechnet hoch, dass hier noch ein wenig mehr Arbeit und Lohn für mich drin sind als die angepeilten zwölf Stunden, während ich den Schutt in Säcke schippe. Doch für heute ist Schluss, erfahre ich einige Minuten später. Giacomo scheint sich mit Harry, von dem am Nachmittag rein gar nichts zu hören oder zu sehen gewesen war, besprochen zu haben. Er drückt mir zwei Zwanziger in die Hand und sagt, ich solle morgen gegen 4 Uhr wiederkommen.

35

Schmutzig, hungrig und geschafft falle ich hinters Lenkrad des Leichenwagens. Der Sitz ist weich und durchgesessen. Ich versinke quasi in Marilyns Schoß. Auf dem Weg zu einer heißen Dusche, einer sättigenden Mahlzeit und einem einsamen Bett versuche ich noch einige Töne auf der Harp, aber ich pfeife auf dem letzten Loch. Wenn da mal nicht noch Asbest mit in der Wand war oder anderer giftiger Feinstaub, hustet der kleine Öko in mir.

Zwischen Burbach und Kalteiche empfängt mein Radio die Regionalnachrichten. Eine kuriose Meldung lässt mich aufhorchen. Aus einer großen Siegener Klinik seien Abfälle der Kategorie C verschwunden. Die als Sondermüll von einer Spezialfirma abzutransportierenden Boxen und Säcke hätten nach den ersten Ermittlungen keine menschlich organischen Abfälle beinhaltet, sondern lediglich Wäschesäcke, die sich gar nicht in den Behältern hätten befinden dürfen. Aufgefallen sei dies aufgrund eines Unfalls durch Nebel auf der Eremitage in den frühen Morgenstunden, in den der Fahrer einer Wäscherei verwickelt wurde, wobei sich dessen Transporter mehrfach überschlagen und sich seine Ladung in den Wald verteilt habe. Nach Zeugenaussagen habe ein Bäckerwagen, der aus der Klostereinfahrt gekommen sei, den nahenden Wäschereitransporter offensichtlich nicht gesehen, habe die Spur überquert und in Fahrtrichtung Gilsbach sei ihm der schnell herannahende Transporter seitlich hinten aufgefahren, was beide Fahrzeuge von der Fahrbahn abgebracht hätte. Neben Brot, Brötchen und Kuchen des Bäckers habe die Ladung des Wäschereitransporters nicht Krankenhauswäsche enthalten, sondern Abfälle der Kategorie B, wie Operationsbestecke, Mullbinden, Stuhlwindeln, Gipsverbände. Darunter eben auch infektiöse Abfallprodukte, die entsorgt und verbrannt werden müssten. Da sich im Wäschetransporter offensichtlich keine solche befand, sie aber auch nicht in der Klinik verblieben ist, habe man den Müll überprüft, der am gleichen Morgen einem Entsorgungsbetrieb übergeben wurde, der sich unter anderem auf Krankenhausabfälle der Kategorie C spezialisiert habe, worunter sich Abfälle befinden, die unter das Bundesseuchengesetz fallen, Körper- und Organteile, Versuchstiere und deren Exkremente sowie auch Müll aus mikrobiologischen Labors. Solche Materialien müssten verbrannt oder thermisch desinfiziert und anschließend auf einer Deponie gelagert werden. Unter entsprechenden Schutzmaßnahmen habe man im Entsorgungsbetrieb die blauen Tonnen geöffnet und dort auch die Wickelsäcke mit der Wäsche vorgefunden, die da ja nicht hingehörten. Daneben seien, wie auf einer Liste vermerkt, einige Abfälle der Kategorie C gefunden worden, aber etliche Teile hätten gefehlt.

Auf der Wasserscheide ist mein Radioempfang gestört und ich höre nur noch Fragmente des Berichts und reime mir die fehlenden Stücke zusammen.

Aus ermittlungstechnischen Gründen war von der Kriminalpolizei nicht zu erfahren, um welche fehlenden Körper- und Organteile es sich auf der Eremitage handeln könnte. Im Moment seien Hunde im Waldgebiet im Einsatz, die die komplette Ladung des Unglücksfahrzeuges aufspüren sollen, um auszuschließen, dass spielende Kinder eventuell doch auf menschliches Material oder infektiöse Spritzen und Infusionsnadeln stießen. Brote, Brötchen, entnommene Organe, was für eine krude Mischung liegt da jetzt gegenüber des Klosters auf dem Waldboden verstreut. Ob ein gefülltes Stück Streuselkuchen die Hunde nicht zu sehr ablenkt, fragt sich Kalle, wobei der Advokat der Ansicht ist, dass gut ausgebildete Suchhunde sich dadurch nicht verlocken ließen.

Elle, Speiche, Schlüsselbein, bilden die Knochensorten in meinem Kopf einen Reigen. Beide Fahrer hätten nur leichte Verletzungen erlitten, rauscht und knackt die Stimme des Moderators von Radio Siegen aus meinen Boxen. Weitere Informationen und Interviews mit Augenzeugen und dem Klinikleiter, der bis dato nicht zur Verfügung stand, werden für den Lauf der Sendung angekündigt. Mit dem vorläufigen Ende der Meldung gibt mein Empfang die Frequenz für einen hessischen Sender frei. Landesgrenzen durch die Luft.

36

Was brauche ich das Radio, wenn ich Rudi habe. Als ich zur Tankstelle komme, sehe ich ihn bereits, wie er mit dem Abladen des Wäscherei-Transporters beschäftigt ist. Ruckelnd rutscht der Sprinter von der Ladefläche, begleitet von Flüchen seitens Rudi, was verwunderlich ist, denn normalerweise ist er die Ruhe selbst. Beim Näherkommen erkenne ich, dass der demolierte Sprinter tiefe Kratzer und Lackspuren seitlich an der Beifahrerseite seines Abschleppers hinterlassen hat. Ich erspare mir die Frage, wie das passieren konnte.

»Scheiße, Mann, alles nur, weil ich mich so beeilen musste! Der Bäckerwagen sollte ja auch noch von der Straße. Wo warst du überhaupt? Wenn man dich mal braucht ...«, knurrt Rudi, ohne mich anzusehen, »da war die Hölle los, du glaubst gar nicht, wie viele Leute für ein Stück Bienenstich einen Unfall riskieren. Der Inhalt einer Bäckertheke lag, teilweise noch gut verpackt, auf der Straße verteilt, oh, Mann!«

»Großeinsatz also. Wart ihr beide unterwegs?«, frage ich.

»Schrauberklaus ist eingesprungen, musste aber wieder weg. Kannst den Bäckerwagen abladen«, sagt Rudi, um sich anschließend weiterer Selbstbeleidigungen auszusetzen, in Form von Wiederholungen wie:

»Nänänä, ich Dämel, wie kann man nur so blöd sein – in der Ruhe liegt die Kraft, nänänäää.«

Der Bäckerwagen ist so was von hinüber, beinahe in zwei Hälften, wie ein in der Mitte angeschnittenes Brot. Wie es aussieht, hat der Sprinter den Subaru noch seitlich erwischt. Schrauberklaus erwähnte mal, dass, wenn Fahrzeuge von der Seite einen ordentlichen Knuff bekämen, der Aufprallschutz auch nicht viel nütze, was sein Nachbar von der freiwilligen Feuerwehr bestätigen könnte. Die Unfallopfer müsse man meist rausschneiden, da könne ich mit meinem alten Peugeot ganz ohne Sicherheiten ganz beruhigt sein. Inwieweit mich das beruhigen könnte, habe ich mir dann so gedacht, dass ich nach einem

Crash sicher tot bin, wohingegen Neuwagenseitenaufprallschutzfahrer mit einem Querschnitt davonkämen.

Laut Radiobericht hätten die Fahrer dieser beiden Schrotttransporter noch mal Glück gehabt und seien nur leicht verletzt.

Nach gut zwanzig Minuten haben wir die Blechhaufen abgeladen und die Abschleppwagen stehen für ihre nächsten Einsätze bereit. Mich treibt die Neugier zum Wäscherei-Sprinter. Ob es hier noch was zu sehen gibt? Im Bäckerwagen fanden sich nur noch Krümel. Nicht mal die sind im Sprinter zu entdecken. Die Einsatzkräfte haben ganze Arbeit geleistet.

»Weg da«, schreit Rudi, der eilig aus Richtung der Toiletten herbeigelaufen kommt, »ist bestimmt infektiös – zumindest haben die Typen vom Aufräumkommando unter Schutzbedingungen daran gearbeitet. Dann haben sie alles desinfiziert, sagen sie.«

»Also, ist das Ding nun sicher oder nicht?«

»Ich trau denen nicht. Hab mir jetzt vielleicht die Pest oder die Cholera auf den Hof geholt.« Rudi scheint immer noch mächtig aufgebracht zu sein.

Ich beschließe, dem Sprinter fernzubleiben, zumindest solange Rudi in der Nähe ist. Susannes Ruf kommt wie bestellt:

»Ruudiiii, Telefon!«

Kaum ist er um die Ecke, höre ich es klingeln und vibrieren. Nicht das Tankstellentelefon, sondern es klingelt aus dem Sprinter heraus, die ersten Takte einer Melodie, wie sie Helfried Brandt gefallen könnte, keltische Flötentöne. Schnell schlüpfe ich durch die fehlende Hecktür und spüre die Geräuschquelle auf, die sich beim Beifahrersitz befindet. Zwischen Rückenlehne und Sitzfläche klemmt das Handy. Als hypochondrisch veranlagter Bedenkenträger wundere ich mich darüber, dass ich ohne Handschuhe danach greife und auf die Taste ›Ja‹ drücke.

»Hey, wo bist du?«, fragt mich eine angenehme weibliche Stimme.

»Entschuldigen Sie bitte, ich bin wahrscheinlich nicht der, den Sie sprechen wollen.«

»Wer ist denn da?«

»Tankstelle«, weiter komme ich nicht, die Dame hat aufgelegt. Ich fress 'nen Besen, wenn das nicht die Stimme von der Engel war, kündigt Kalle großspurig an. Dem Versuch, die Nummer nachzusehen, widersetzt sich das Handy durch einen PIN-Code. Wäre ja auch zu schön gewesen.

»Du warst doch wohl nicht in der Karre?«, schimpft Rudi, der, von mir unbemerkt, wieder auf den Hof gekommen ist.

»Hier«, sage ich, »hab ich in dem Wagen bimmeln hören«, und will ihm das Handy geben. Als würde ich ihm einen mit Uran angereicherten Brennstab hinhalten, so macht er einen Sprung nach hinten, wobei er mir sagt, er würde mir einen Plastikbeutel holen und ich solle das Teil dann da hineinlegen.

37

Nachdem das Ding sicher verpackt ist, beginnt Rudi zu erzählen, dass er so einen Auftrieb wie heute Morgen auf der Eremitage noch nie erlebt habe.

Wir sitzen in der kleinen Küche bei einer Tasse Mikrowellenmilchkaffee. Zwischen uns ein Teller mit Bienenstich, den Rudi mit einer schnellen Bewegung an die Kante schiebt. Der Appetit scheint ihm verdorben, mein Magen hingegen knurrt. Mit jedem weiteren Wort aus Rudis Mund vergeht aber auch mir die Lust auf Kuchen, der Hunger bleibt.

Brötchen, Brot und Bienenstich seien auf der B 54 und deren Graben verstreut worden, dazwischen blutige Mullbinden, bekackte Windeln, aber was für Teile, Rudi macht Anstalten, näher darauf einzugehen, doch ich winke ab. »Ich habe es verstanden, danke. Waren die Behälter denn nicht versiegelt?« »Sicher, einige waren ja auch noch zu, doch zwei hat der Aufprall aufplatzen lassen. Ich kann dir sagen … bei einem Gips kam es mir vor, als wäre der Arm noch drin. Dann lagen da noch so seltsame Beutel umher, Spritzen, Ampullen, ein Zeug, mittendrin der Bienenstich«, Rudi betrachtet den Teller an der Tischkante mit Abscheu.

»Hast du die Fahrer gesehen?«, frage ich, die Verwunderung noch im Kopf über die Anruferin von eben, die sehr gut Felicitas hätte sein können.

»Nee, als ich ankam, waren die schon im Krankenwagen. Bäckerkarls Hiltrud hat den Subaru selbst gefahren. Sie hat wohl nicht viel abgekriegt. Der Wäschereifahrer ist von auswärts, nehme ich an. Ich hörte, wie seine Personalien festgehalten wurden. Ein Pole. Eins war komisch«, hält Rudi inne und man kann beinahe hören, wie er den Film von heute Morgen zurückspult und die Szene in Zeitlupe zu betrachten scheint, die er jetzt als komisch definiert. Sein Blick klärt sich und es sieht so aus, als wolle er aufstehen und die Sache vergessen.

»Was?«

»Ach, wahrscheinlich nichts. Nur so ein Gefühl«, jetzt steht er auf, um seinen erkalteten Milchkaffe erneut den Mikrowellen auszusetzen.

»Ja?«, merke ich interessiert an.

»Mir kam es so vor, als hätte ein zweiter Mann im Wäschereiwagen gesessen.« Endlich hat er es heraus.

»Woran …«, weiter komme ich gar nicht, denn Rudi erklärt mir bereits, was ihn auf den Gedanken gebracht hat.

»Zwei Thermoskannen wurden sichergestellt, eine billige und so eine Luxuskanne, die sich selbst unter starkem Beschuss nicht verformt. Dann die angebrochene Stange steuerfreier Zigaretten, daneben habe ich aber auch Blättchen gefunden. Wenn du genau guckst, findest du sicherlich Tabakkrümel auf dem Beifahrersitz. Dein Handy passt da ganz gut in mein Bild«, Rudi nimmt einen Schluck aus seiner Tasse und verbrennt sich den Mund.

»Verdammt, die Tasse ist glühend heiß, der Kaffee kalt!«

»Was meint die Polizei?«

»Zur Kennzeichnungspflicht mikrowellenungeeigneter Behälter?«, knurrt Rudi. Ich verziehe das Gesicht.

»Ach, die. Was sollen die schon sagen. Die waren mit der Absperrung zugange und was meinst du wohl, wie viele Gaffer und Brotsammler sich da plötzlich einfanden. Unglaublich. Der Fahrer hat nichts von einem Kollegen erwähnt. Daher haben die auch nicht nach einem gefragt.«

Ich nicke und mein Blick fällt auf den Kuchen. »Bin sehr gespannt, was für Abfallteile der Kategorie C sich als fehlend herausstellen.«

»Teile?«, fragt Rudi und ich erzähle vom eben gehörten Radiobericht.

»Wer braucht denn so was? – Ist ja krank!«, fasst er auch meinen Gedanken in seine Worte.

Den Schluss unserer Unterhaltung hat Susanne, die gerade hereingekommen ist, um sich ein Stück Kuchen zu holen, mitgehört.

»Iss den man nicht«, warnt Rudi.

»Warum? Den hat Jupp geschenkt«, Susanne bleibt bei dem Vorhaben, sich Hefegebäck einfahren zu wollen.

»Und woher hat Jupp den Kuchen?«, fährt Rudi fort, seine Frau vom Essen abzuhalten.

»Aus Siegen, sagt er. Er hat seinen Cousin besucht. Dem haben sie gestern beide Beine amputiert und jetzt«, sie lacht ein wenig verächtlich, »kann er schon wieder rauchen, sagt Jupp.«

Rudi nimmt den Kuchen, auch das Stück aus Susannes Hand, das sich ganz knapp vor ihren Lippen befindet, und wirft alles in die große, rote Abfalltonne für Restmüll.

»Hör mal auf deinen Mann«, murrt er und lässt seine Frau mit offenem Mund und einem Fragezeichen im Gesicht stehen.

»Kuchen und Kackwindeln lagen vorm Kloster sehr dicht beieinander«, erkläre ich ihr knapp. Mehr als ein Aber bringt Susanne nicht mehr hervor, sie rennt Richtung Toilette.

Als sie blass wiederkommt, biete ich ihr einen Tee an, doch sie will lieber einen Schnaps. Nach dem dritten Kurzen bittet sie mich, uns doch einige Brote zu schmieren, was ich sehr gerne tue, denn mir hängt der Magen in den Kniekehlen.

»Weißt du, Heiner, ich habe nie zuvor gewusst, dass du so ein super Brotschmierer bist. Wie konntest du dieses Talent so lange vor mir verbergen?«, nuschelt Susanne zwischen den Bissen und weiteren Schlucken Obstbrand.

»Brote von anderen schmecken immer besser, weil man sie nicht selbst machen muss – so sehe ich das.«

»Typisch Heiner, immer hübsch bescheiden. Trink noch einen«, meint sie kauend und schüttet mir ein Wasserglas voll, meine abwehrende Geste ignorierend.

»Auf das Leben!« Ich bin zu höflich, ihrem Trinkspruch nicht Folge zu leisten und mit ihr anzustoßen und einen ordentlichen Schluck des hochprozentigen Zeugs (Slibowitz, doppelt gebrannt) hinunterzukippen. Es wärmt angenehm und macht mich noch bettschwerer.

Susanne allerdings auch. Sie kippt gegen meine verletzte Schulter. Doch dank Alkohol merke ich keinen echten Schmerz, lediglich ein dumpfes Ziehen.

»Sag mal, warum bist du eigentlich alleine? Ich würde dich sofort nehmen – ups«, bemerkt sie und richtet sich wieder auf, als ihr ihre Schräglage bewusst wird, »ich glaube, ich geh jetzt ins Bett. – Tschuldigung«, fügt sie an und ich überlege kurz, wofür sie sich entschuldigt. Es galt wohl mehr ihr selbst.

»Sagt man neuerdings Entschuldigung statt Gute Nacht?«, frage ich mit einem Lächeln. Sie grinst ein wenig schief zurück und verschwindet. Ich räume das kleine Gelage zusammen, anschließend werde ich duschen und ins Bett gehen. Über so vieles wollte ich noch nachdenken, doch irgendwie weiß ich nicht mehr worüber.

Der Anruf, du Dämel, schimpft der Advokat. Morgen ist auch noch ein Tag, gähnt Kalle. Der Beutel mit dem sichergestellten Handy liegt neben der Kaffeemaschine. Ob ich ihn an mich nehmen sollte? Wenn er morgen noch da liegt, dann, beschließe ich, der zu keiner Entscheidung mehr fähig ist heute. Über eine halbe Flasche aus der Hinterhofproduktion Susannes jugoslawischen Onkels haben wir gebitscht, das gibt sicher Kopfschmerzen, nein, wahrscheinlich Gastritis oder beides. Am besten, ich werfe mir gleich schon eine Aspirin ein und spüle die mit in Wasser gelösten magensaftberuhigenden Tropfen herunter.

38

Mittwoch

Ich habe geschlafen wie ein Toter. Umso unsanfter kommt mir der mich weckende Radau vor. Kaffeemaschinengeklapper. Ansonsten ein gern gehörtes Geräusch, doch im Moment empfinde ich es als störend. Ich werfe einen zaghaften Blick auf meine Uhr. Schon zehn! Das gibt es doch nicht. Mir ist, als hätte ich irgendwas Wichtiges verschlafen.

»Seit wann hast du ein Handy?«, kommt Susanne einen Bruchteil nach ihrem Anklopfen ins Zimmer gerauscht.

»Huch«, sagt sie entschuldigend, »du liegst ja noch.« Dabei wirft sie mir den Klingelbeutel auf die Bettdecke. Auf dem Display des Handys in der Gefriertüte ist ein Name zu erkennen: Uriel. Schnell drücke ich auf Annehmen, in der Hoffnung, die Dame von gestern ist wieder dran.

»Ja«, murmle ich verschlafen.

»Wo bist du denn? Ich habe mir Sorgen gemacht«, höre ich. Auweia, was sage ich bloß, ich kann so schlecht lügen.

»Alles in Ordnung«, nuschle ich. Gleichzeitig ist aus dem Hintergrund eine Ladenglocke zu vernehmen. Dann raschelt es an meinem Ohr und ich höre die Frau zögerlich sagen:

»Wie, du hier? Und wer ist dann da …?« Zack, aufgelegt.

Wenn das nicht eben das Geläut aus dem Sternenstaub war, fress ich zu dem Besen auch gleich noch Handfeger und Kehrschaufel, bemerkt Kalle putzmunter.

Erst gegen 4 Uhr soll ich heute im ›Hank‹ sein, was bedeutet, dass ich jetzt Zeit hätte, um meine Arbeitskraft Brandt anzubieten. Ich kann mich ja dumm stellen, nichts einfacher als das, und vergessen haben, dass Kollegin Engel mich anrufen wollte, wenn ich gebraucht werde.

In Windeseile ziehe ich mich an, wobei mich das Gebiss in der Hosentasche abermals in die Leiste zwickt. Gut geräuspert wähle ich die Nummer des Institutes, in Erwartung, dass Felicitas den Hörer abnimmt. Tut sie aber nicht.

»Sternenstaub. Brandt. Was dürfen wir für Sie tun?«, schnurrt es freundlich aus dem Hörer.

»Himmel hier. Genau das wollte ich Sie auch gerade fragen. Können Sie mich heute bis circa 3 Uhr gebrauchen?«

»Gut, dass Sie anrufen, kleinen Moment bitte.« Es ist zu erahnen, dass Brandt mit dem Hörer in der Hand herumläuft, dabei summt er eine mir unbekannte Melodie, unterbrochen von Engel-Rufen.

»Ah, da sind Sie ja«, sagt er, meint aber sicherlich nicht mich. »Na, was sehe ich denn da, Sie wissen doch, keine Privatbesuche von Lebenden, haha. Haben Sie schon gehört, ob Hanf aufgetaucht ist?«, fragt er Felicitas und ergänzt:

»Himmel ist in der Leitung.« Von ferne höre ich sie sagen, dass Hanf wohl heute noch nicht erschienen ist.

»Haben Sie es?«, fragt Brandt jetzt laut und deutlich mich.

»Ja, dann«, setze ich an.

»Dann kommen Sie zum Friedhof, wir treffen uns dort. Glück im Unglück«, sagt er fröhlich. Aufgelegt.

»Und?«, will Susanne wissen.

»Und?«, frage ich zurück.

»Mir geht es gut«, antwortet sie mit einem Lächeln und gießt mir einen Kaffee ein.

»Mir auch. Danke. Fahre gleich zum Friedhof und anschließend zur Kneipe.«

»Gute Reihenfolge«, meint Susanne und dass ich mein Auto wiederhaben kann. Rudi hätte es gewaschen und betankt, da er ja mit seiner Erbtante nicht dreckig und trocken hätte fahren wollen. Zum Notar, das sagt sie bedeutungsschwer. Ich nicke und ziehe die Augenbrauen in die Höhe. Mich beschäftigt mehr, was oder wer Uriel ist. Klingt irgendwie mystisch. Meine esoterische Ex wüsste dazu bestimmt eine Geschichte.

»Sagt dir Uriel etwas?«, frage ich Susanne, die dabei ist, neuen Kaffee aufzugießen.

»Meerjungfrau. Nein, die hieß Ariel. Lass mich nachdenken«, sie zählt die Löffel Pulver ab. »Zwo, drei, vier – ich glaube, der vierte Erzengel heißt Uriel. – Guck nicht so, hatte mal einen jüdischen Brieffreund, der Hebräisch studierte. Michael, Gabriel und Raphael, der vierte namens Uriel steht für irgendwas mit Licht oder Flammen – fünf, sechs, sieben –, ich guck mal im Internet – ja, sieben Engel sollen es gewesen sein, die um den Herrgott versammelt waren«, sinniert Susanne, drückt halbanwesend den Knopf der Kaffeemaschine, trifft ihn erst beim zweiten Mal richtig und folgt mechanisch dem ›Kundschaft‹-Ruf ihres Mannes. Es scheint, als hätte die Frage nach Uriel ihre Erinnerung belebt und Interesse geweckt, denn sie bekam so einen gewissen verklärten Blick, als ihr der Brieffreund einfiel.

Irgendwie passt der Name Uriel ins Bild. In welches Bild genau, das wird sich zeigen. Engel, Himmel, Brandt. Wer nennt sich denn nach einem Erzengel? Unvollständige Frage, meint der Advokat. Wer benennt jemanden nach einem Erzengel? Der Besitzer des Handys hat den Namen vergeben, möglicherweise, weil sich die Person selbst so nennt oder aber, weil er sie so nennt. Richtig. Falls ich Felicitas heute sehe, werde ich sie mit dem Namen konfrontieren und sehen, wie sie reagiert. Mittlerweile bin ich mir so sicher wie Kalle, dass es Felicitas war, die das Handy im Beutel angewählt hat. Vielleicht lässt sich Brandt über die Person aushorchen, die eben noch bei ihr gewesen ist.

Das Handy werde ich erst mal behalten.

39

Es ist zum Verzweifeln. Das Bending an sich will ja schon gelingen, doch der richtige Ton will sich nicht einstellen. Wie ›Spiel mir das Lied vom Tod‹ klingt das alles nicht, was ich auf der Fahrt zum Friedhof der Mundharmonika entlockt habe. Grottig. Ich bin wohl noch nicht so weit.

Neben der Kapelle sehe ich Brandts Rad an der Wand lehnen. Ich durchschreite die Einsegnungshalle, doch von ihm selbst ist hier keine Spur. Man könnte ja mal rufen, aber irgendwie hemmt die Atmosphäre meine Stimmbänder und ich gehe leise wieder hinaus. Möglicherweise treibt sich mein Chef zwischen Hanfs Verschlag und den Grünschnittcontainern herum. Aus der Richtung höre ich es nämlich rumoren. Als ich vor der Schuppentür stehe, fliegt diese mir beinahe ins Gesicht. Vor mir steht ein wutschnaubender Helfried Brandt, dessen Kopf eine für einen Menschen ungesund rote Farbe angenommen hat. Er erinnert an ein reifes Radieschen. Die weißen Haare bilden die Wurzeln. Es scheint beinahe so, als habe er mich gar nicht wahrgenommen, denn er flucht vor sich hin, wettert über einen Schweinestall und dass das Konsequenzen habe, so nicht, murmelt er, als ich mich ihm mit einem freundlichen ›Hallo‹ in den Weg stelle.

»Gucken Sie sich das mal an! Gut, dass ich einen Zeugen habe. Kommen Sie, kommen Sie!«, packt er mich am Arm und zieht mich in den dämmrigen Schuppen. Meine Augen brauchen eine Weile, bis sie sich an die Lichtverhältnisse gewöhnt haben. Auf der Werkbank ist die Decke zu erkennen, die ich für die Bergung der alten Dame herbeigeholt hatte.

»Was sagen Sie dazu, als vernünftiger Mensch?«, will Brandt wissen und schiebt mich zum Tisch. Jetzt erkenne ich, was sich bis zur Entdeckung darin befunden haben wird: Knochen. Auch der Schädel liegt daneben.

»Nun ja, es ist ein Friedhof«, versuche ich mich in einer emotionslosen Deutung dessen, was sich hier offenbart, »vielleicht hat er die …«

»Zufällig gefunden! Pah«, entrüstet sich Brandt, »das ist nicht so einfach möglich und wenn, dann hätte er das melden müssen. So geht es nicht, hier wird die Friedhofsordnung verletzt und zwar grob!«, wettert er weiter und auch, dass das ja lange nicht alles sei, ich solle mal genauer hinsehen. Helfried nimmt sich einen Knochen, womöglich ein Oberschenkel und knallt ihn mir vor die Brust. Jetzt muss ich das Ding auch noch in die Hand nehmen und erkenne, dass der Knochen bearbeitet wurde. Es sieht aus, als habe jemand ein Muster dort hineingeschnitzt. Rillen und Vertiefungen, Ansätze von Bohrlöchern zeigen sich im Halbschatten. Ein kleines, sehr filigranes, leicht gebogenes Ding erregt meine Aufmerksamkeit. Ist das vielleicht ein Schlüsselbein? Beide Enden des schmalen Röhrenknochens sind aufgesägt und in gleichmäßigen Abständen sind Löcher gebohrt, drei Stück. Der Knochen ähnelt in gewisser Weise einer krummen Piccoloflöte. Brandt betrachtet derweil eine kleine, runde Feile und greift sich an den Hals. Die Kette mit dem Schlüssel zum alten Holzschränkchen ist noch da. Er murmelt etwas von Werkzeug. Während er die Feile an sich nimmt, lasse ich den Knochen in meiner Tasche verschwinden.

»Und sehen Sie sich erst den Schädel an! Was glauben Sie wohl, was das ist?« Bei genauerer Betrachtung scheint der Totenkopf als eine Art Aschenbecher Verwendung gefunden zu haben. Die Augenhöhlen weisen kleine Ausbuchtungen auf, die man zur Ablage von Zigaretten verwenden könnte. Fragt sich, wo der Erbauer die Auffangvorrichtung für die Asche konstruiert hat. Ich nehme das Teil an mich und untersuche es von unten. Dort ist mittels Scharnieren eine kleine Platte angeschraubt, die sich zum Entleeren herunterklappen lässt. Der Klappmechanismus ist mit einem Metallstift, der sich durch den Unterkiefer bohrt, zu betätigen. Als Blechschlosser bin ich beeindruckt, kann aber einen anerkennenden Pfiff durch die Zähne zurückhalten.

»Abartig«, sage ich stattdessen.

»Genau«, pflichtet Brandt mir bei, »hochgradig abartig. Ich will nicht wissen, wozu die anderen Gebeine gut sein sollen. Auch will ich nicht wissen, wem sie einst gehörten. Das ist schändlich! – Das ist nicht allein das Werk von Hanf, ganz sicher nicht. Haben Sie Sommer kennen gelernt? Ach, ja, natürlich, Sie waren ja dabei«, wütet Brandt weiter, mir den Schädel entreißend.

»Ist vielleicht nur Eigenbedarf«, versuche ich den Ball flacher zu halten.

Jetzt schnappt Brandt hörbar nach Luft, entfernt ein grünes Tuch, wie es bei Beerdigungen um die Grube herum verwendet wird, von einem Regal neben dem Werktisch und mein Blick fällt in zwanzig leere Augenhöhlen. Aus zehn Schädeln starrt es zurück.

»Eigenbedarf, so, so«, entkräftet Brandt das Argument, während ich in Sprachlosigkeit verharre und sich mir die Frage aufdrängt, was als nächstes kommt.

»Ich will nicht wissen, was hier noch so alles vor sich gegangen ist im letzten halben Jahr. Das wissen Sie noch gar nicht. Beim Umbetten sind Knochen verschwunden. Sieht ganz so aus, als hätten wir sie gerade gefunden, zumindest einen Teil davon. Raus jetzt hier, ich muss das zur Anzeige bringen.«

Kaum dass Brandt den Satz beendet hat, fällt die Schuppentür zu, durch die spärlich das Licht hineinfiel. Wir stehen im Dustern. Lediglich durch die Fugen der Verbretterung und einige Astlöcher sehen wir den Staub tanzen. In einer wütenden Attacke, die ich dem feingliedrigen Bestatter gar nicht zugetraut hätte, rennt dieser gegen das Holz. Vermittelte die Tür bislang einen fragilen und morschen Eindruck, belehrt sie uns jetzt eines Besseren. Sie scheppert ein wenig, doch gibt nicht nach. Mit schmerzverzerrtem Gesicht muss Brandt aufgeben. Mit Wut ist die Tür nicht zu bezwingen, vielleicht mit List. Während Brandt flucht, suche ich nach einem geeigneten

Werkzeug, die Tür aus den Angeln zu befördern. Ein Geißfuß wäre klasse. Brandts Hilferufe werden vom Getöse einer Baumaschine übertönt. Der Abgasgeruch eines Baggers oder einer Raupe erfüllt schnell das Innere des Schuppens. Ach du Kacke, schreit Kalle, Heiner, so tu doch was! Panisch suche und wühle ich mich durch alle Ecken des Verschlages. Was meine Hände zu fassen kriegen, ist absolut nicht geeignet, eine Tür auszuhebeln. Holzstiele, Geräteköpfe, Schubkarrenräder, da, das fühlt sich wie Metall an, scheiße, viel zu leicht, es ist nur ein Aluminiumstiel. Brandt fängt schon mit Wimmern an und auf dem Boden kauernd, buddelt er wie ein Welpe unterhalb der Tür herum. Jetzt endlich finde ich einen Spaten, mit dem Teil müsste es möglich sein, die Tür hochzudrücken, denn sie geht nach außen auf, wie ich noch vor fünf Minuten feststellen musste, als sie mir beinahe vor den Kopf flog. Ich schiebe Brandt ein Stück zur Seite und ramme den Spaten unter dic Tür, gut, dass Helfried da ein wenig gegraben hat. Außer dass sich der Holzstiel merklich krümmt, rührt sich kaum etwas. Verdammt. Draußen knacken bereits die ersten Äste um uns herum. Ich kann mich erinnern, dass der Verschlag hinter einer Menge Gesträuch liegt.

»Ich weiß gar nichts darüber, dass das Ding abgerissen werden soll. Welcher Armleuchter hat mir das nicht gesagt!«, brüllt Brandt. Dass sich das möglicherweise nicht um einen geplanten offiziellen Abriss handelt, spreche ich im Moment lieber nicht an. Was verliert man oft am schnellsten aus dem Blick, frage ich mich hingegen. Das, was über einem liegt, weiß ich aus der Ausbildung, während der ein T-Träger mich beinahe erschlagen hätte, da sich die Verankerung eines Drahtseils vom Deckenkran gelöst hatte. Das Dach. Vielleicht können wir über das Dach entkommen. Die Hütte wackelt bereits bedrohlich. Mir scheint, als habe sich die Baumaschine bis zur Wand, an der die Werkbank steht, vorgearbeitet. Ich erklimme eine Leiter, die gegenüber steht, und stemme mich mit dem Oberkörper, der gesunden Seite, gegen eine Dachlatte, die tatsächlich nachgibt. Ein Haufen Dreck fliegt mir um die Ohren, als die Nägel sich berstend vom Gebälk trennen.

»Hier herüber!«, rufe ich Brandt zu, während ich mich an die nächste Latte mache, da der Durchlass noch zu schmal ist. Der Lärm des Baufahrzeuges übertönt mich beinahe. Der Schuppen erbebt erheblich unter dem Aufprall der Abrissgewalt. Erste Bretter ragen ins Innere und von meiner Position aus kann ich durch den Staub verschwommen wahrnehmen, was da draußen am Werke ist. Ein stattlicher gelber Bagger, dessen Schaufel sich erhebt, um auf das Dach niederzugehen. Schnell strecke ich meinen Kopf aus dem Schuppen und brülle so laut ich kann:

»Haaaaalt!«

Das Dach hat eine leichte Sattelform und so kann mich der Baggerfahrer nicht mal sehen. Gehört hat er mich offensichtlich auch nicht, denn die Schaufel saust in dem Augenblick auf das Dach. Es ist nur zu spüren, nicht zu erkennen. Ruckzuck ziehe ich meinen Kopf wieder ein, da ich nicht riskieren will, ihn einzuklemmen. Im Schuppen selbst ist es kaum heller durch das Loch im Dach geworden. Eigentlich müsste das marode Teil wie ein Kartenhaus zusammenfallen, doch die Seite, auf der wir uns befinden, ist noch halbwegs intakt. Es gelingt mir, eine weitere Latte herauszustoßen. Feuchtes Moos landet auf meinem Kopf. Jetzt ist die Öffnung groß genug, dass wir hinausschlüpfen können. Ich bin schon oben und reiche Brandt die Hand, der wie ein Eichhörnchen die Leiter hinaufgewieselt kommt. Der Bagger greift zeitgleich wieder an. Da der Schuppen an die Grünschnittcontainer grenzt und es nur einen Meter weit und zwei Meter tief zu springen gilt, ist es notwendig, dass ich meine Abneigung, irgendwo herunterzuspringen, schnellstmöglich ablege. Bleibt zu hoffen, dass im Container keine spitzen Grabumrandungen unter den ersichtlichen Tannenzweigen liegen. Die nächste Erschütterung überredet mich zum Sprung. Brandt folgt mir mit nur einem Sekundenbruchteil Abstand.

40

Ach du Kacke, ruft Kalle wieder. Tannenzweige zerkratzen mir die Waden, immerhin durchbohrt mich kein Pflock von unten.

Keuchend hocken wir im Container. Wäre das hier jetzt ein Film, käme gleich ein Müllwagen und würde uns aufladen. Hinter uns hören wir es krachen. Der Bagger scheint sein Werk vollbracht zu haben. Als Helfried Brandt aufspringen will, halte ich ihn zurück.

»Was, wenn der Abriss keine geplante Aktion war?«

»Sie meinen …« Ich nicke. »Ja, dann erst recht«, springt er wieder auf. Da wir ziemlich tief im Container sitzen, können wir soeben über den Rand schauen. Helfried wird meine Hilfe brauchen, wenn er hier rauskommen will.

»Langsam. Erst mal gucken, wer den Bagger fährt. Sie glauben doch wohl nicht, dass derjenige, der uns willentlich im Schuppen einsperrt, Halt davor macht, uns mit der Schaufel eins überzubraten, wenn er merkt, dass wir den Anschlag überlebt haben!«

»Sicher, aber«, Brandt fällt in sich zusammen, »wer würde denn so etwas tun? Nein, ich glaube das nicht. Ich will das nicht glauben.«

»Ich auch nicht, trotzdem. Wenn es ein Versehen war, wird sich das klären«, sage ich mit einer Entschlossenheit, die Wirkung zeigt. Brandt bleibt neben mir in einem ausgedienten Kranz sitzen: Im Gedenken, Deine Sangesbrüder MGV Concordia.

Das Getöse des Baggers schwellt auf und ab. Man hört die Bretter knacken, ein lauter Krach lässt vermuten, dass das Dach komplett zum Einsturz gebracht worden ist. Die Sicht auf den Baggerfahrer dürfte nur noch vom Dreck behindert werden, dessen Schwaden auch auf uns niederrieseln.

Um einen besseren Überblick zu erhalten, müsste einer von uns seine Nase etwas weiter über den Containerrand strecken.

»Räuberleiter«, sage ich und halte Helfried meinen Steigbügel hin. Als er mit seinen Radschuhen hineintritt, Jesses, tut das weh, versinken wir ein kleines Stück im verblühten Unglück Angehöriger der Friedhofsgemeinschaft. Vorsichtig schiebt sich Brandt über die Containerkante. Mir brechen gleich die Finger entzwei. Wenn man nicht auf den Schmerz achtet, soll es auszuhalten sein. Reine Kopfsache, sagte der grausame Handballtrainer aus meiner Jugendzeit immer, wenn er uns an die fünfzig Liegestütze auf den Fäusten machen ließ. Im Kies, wenn es nach ihm gegangen wäre, doch in der Halle gab es keinen.

»Ich kann nichts erkennen«, sagt Brandt und dass ich ihn ein wenig höher heben soll, dann käme er vielleicht auch hier heraus. Besser, ich versuche das, als dass er auf die Idee kommt, mit den Radeisen auf meine Schulter zu steigen. Gleichzeitig hoffe ich, dass er mich nicht für einen Fahrstuhl hält und seine eigenen Arme dazu benutzt, um sich über die Kante zu stemmen. Fehlanzeige.

»Schon besser!«, ruft er und dann:

»Das gibt's doch nicht! Jürgen! Was zur Hölle tust du da?« Was zur Hölle tut Helfried da, meckert Kalle und ich kann nicht mehr. Mehr oder weniger unsanft lasse ich meinen Chef fallen. Meine Handflächen ziert ein halbrunder, hufeisenförmiger Abdruck.

»Wer, verdammt, ist Jürgen?«, fluche ich in Anbetracht des Schmerzes, der nur langsam nachlässt.

»Der ist vom Bauhof. Ich weiß gar nicht, was der hier treibt. Ich muss da wieder hoch.« In Erwartung meiner Hilfe hebt Helfried das Bein.

»Nein, tut mir leid, ich kann grad nicht«, sage ich und knete meine Hände derart, dass Brandt sehen kann, welchen bleibenden Eindruck seine Schuhe bei mir hinterlassen haben.

»Oh«, sagt er nur.

»Jetzt können Sie nichts mehr zur Anzeige bringen. Alle Beweise platt«, bemerke ich, wobei mir das Ding in meiner Hose einfällt. Psst, zischt der Advokat konspirativ, wer weiß, wozu uns dein Taschenknochen noch nützlich sein kann.

»Aber Sie sind mein Zeuge. Ich werde nicht eher ruhen, bis die Sache aufgeklärt ist.«

»Wir sollten auch abwarten, was Jürgen zu sagen hat.« Meine Waden fangen an zu jucken. Irgendwas von dem absterbenden Grünzeug scheint eine allergische Reaktion bei mir auszulösen.

»Jürgen Stiller heißt er, der wird kaum was zu sagen haben«, vermutet Brandt mit einem ironischen knappen Lacher. Zum Glück heißt er nicht Tauber, denke ich und hoffe, dass er unsere Rufe hören wird, sobald der Höllenlärm seiner rund zwanzig Tonnen Abrissgewalt nachlässt.

Gleich müsste Mittag sein. Da machen Bauhofmitarbeiter pünktlich Pause.

Eine Kirchturmuhr hat den zwölften Schlag noch nicht getan, da erstirbt der Sechs-Zylinder-Deutz-Motor. Brandt brüllt augenblicklich los, und nach dem zweiten Jürgen-Ruf erscheint ein unrasiertes Gesicht über der Containerkante. Was wir denn da machten, siegerländert es aus dem Mund, in dem eine frisch angezündete Kippe wippt. Ich sehe echte Verwunderung in den Augen des circa fünfzigjährigen Baggerführers.

»Hilf uns mal hier raus!«, befiehlt Brandt und Jürgen kratzt sich am Hinterkopf. Bis eben habe er ja noch Zugriff auf eine Leiter gehabt, aber die sei wohl jetzt platt, meint es aus einem Rauchschwall heraus. Ganz helle ist der aber auch nicht, versucht sich Kalle an einer ersten Einschätzung. Wir sollten warten, er habe ein Idee.

Jürgen wirft hörbar den Bagger wieder an und binnen Kurzem ragt dessen Unheil bringende Schaufel zu uns in den Container. Wir klettern drauf. Brandt ohne zu zögern, nun gut, er scheint der Ansicht, dass von Jürgen keine Gefahr ausgeht. Es ruckelt und nach einer kurzen Zeit in der Schwebe haben wir wieder festen Boden unter den Füßen.

»Du hättest uns um ein Haar umgebracht!«, wettert Brandt los und Jürgen guckt verdutzt.

»Ihr komischen Kerle, früher sagte man danke, wenn einem jemand geholfen hat«, mault er und will gehen.

Entweder ist an dem Typ ein guter Schauspieler verloren gegangen oder der hat wirklich keine Ahnung, dass wir in der Bretterbude waren, stellt der Advokat fest. Hanfs Verschlag ist nur noch ein Haufen Schutt.

»Entschuldigen Sie«, lenke ich ein, »aber wir waren bis eben noch in der Hütte, die Sie abgerissen haben.«

»Wie jetzt?«, fragt er und kratzt sich wieder am Hinterkopf. Helfried Brandt lässt es sich nicht nehmen, Jürgen von der Todesgefahr zu berichten, in der wir eben noch gesteckt haben. Jürgen Stiller wird unterdessen immer stiller. Ich habe ihn genau beobachtet. Seine Gesichtsfarbe hat sich von rosig über rötlich bis blass gewandelt. Direkt auf seine Schuld angesprochen, wird sie sogar grünstichig, um den Mund herum ist Jürgen eher gelblich, was vielleicht auch an dem Kippenstummel liegt, der ihm fast die Lippe versengt. Reval ohne Filter. Die nimmt er raus und steckt an deren Stelle eine neue, zündet sie an und sagt dann:

»Nä, damit habe ich nichts zu tun.« Der Bauamtsleiter hätte ihn angerufen und gesagt, er solle mal eben die Hütte abreißen, das böte sich an, da er sowieso die alten Gräber heute einfrieden soll. Wenn er nun schon einmal da sei, wäre das passend. Brandt stutzt daraufhin und hakt nach, ob es denn üblich sei, dass er, kleines Rädchen im Getriebe, vom Bauamtsleiter persönlich angerufen würde, woraufhin sich Stiller am Hinterkopf kratzt und zugibt, dass dies das erste Mal der Fall gewesen sei und er zuvor nie mit dem Bauamtsleiter gesprochen habe. Toll, resümiert Kalle. Gut zu wissen, zieht der Advokat seinen eigenen Schluss und meint, wenn er in seinem Garten einen Pool bauen wolle, würde er auch gleich den Jürgen anrufen und sagen, er solle mal eben ein acht mal vier Loch ausheben. Du hast gar keinen Garten, denkt Kalle.

»Na, prima, du, du, du«, stammelt Helfried Brandt und schimpft:

»Ist man denn hier nur von Idioten umgeben?« Stiller schüttelt verständnislos mit dem Kopf und murrt, wie gut es sei, dass man den, er nickt in Richtung des sich entfernenden Bestatters, nur auf die Toten losließe.

»Haben Sie die Tür zur Hütte verriegelt?«, will ich noch wissen.

»Nä«, sagt Jürgen einsilbig und gesehen habe er auch niemanden, erfahre ich auf weitere Nachfrage. Meine letzte Idee rufe ich ins Kreuz des Baggerfahrers, der rauchend und mit großen Schritten seiner Mittagspause entgegenstrebt.

»Und gehört?«

»Eh?«, murrt es.

»Haben Sie jemanden oder etwas gehört, bevor Sie loslegten?«, formuliere ich eine ganze Frage.

Jürgen bleibt stehen, kratzt sich am Hinterkopf, wobei ich jetzt sehen kann, welche Technik er dabei anwendet. Er reibt sich die Kopfhaut mit den Knöcheln. Ist vielleicht schonender bei einer solchen Angewohnheit. Er dreht sich andeutungsweise ein wenig herum und um die Kippe verlassen Details seinen Mund:

»Calibra, 89'er Modell, 2 Liter, 16 V, mit schlecht eingestelltem Motor, viel zu hochtourig.«

Das Gespräch ist nun definitiv zu Ende, denn Jürgen geht mit großen Schritten und unter Zulegen eines weiteren Ganges vom Friedhof.

Helfried höre ich aus der Einsegnungshalle heraus fluchen. Er schreit in sein Handy und scheint mit einem Beamten im Clinch zu liegen. Sofort wolle er den

Bauamtsleiter sprechen, ganz egal, ob er ihn aus der Pause holen müsse. Helfried hat sich jetzt mit dem Mobiltelefon dem Haufen Schutt genähert und plärrt etwas von einem Unding und das, dabei weist er auf die Trümmer, müsse er sich selbst einmal ansehen, statt dort in der Behörde auf seinem zulagengepolsterten Hintern zu hocken. Wütend stopft Brandt das Telefon wieder in seine Tasche, er hat seine Zielperson offensichtlich nicht erreicht.

»Hoffentlich räumen die das alles noch weg. Wir haben morgen die Beisetzung eines Rektors a. D. und ehemaligen Mitglieds des Stadtrates, ha, der genau zu der Zeit im Amt war, als die Friedhofserweiterung durchgesetzt wurde. Wie sieht denn das aus!«, ereifert er sich weiter. »Kommen Sie, wir haben genug Zeit vertan, jetzt müssen Sie umso schneller arbeiten!«, weist er mich an.

Ich muss die am Morgen angelieferten Kübelpflanzen allesamt aus einer Garage herausholen und sie in der Einsegnungshalle aufstellen. Man könnte meinen, dem Boss eines Pflanzenimperiums würde die letzte Ehre erwiesen.

»Mein Werkzeug! Alles weg!«, höre ich Helfried weiter toben. Ich spähe in den Raum mit der Küchenzeile. An der Stelle, wo das alte Schränkchen stand, ist nichts weiter zu sehen als ein Dreckrand auf den Fliesen.

»Was war denn drin?«, frage ich.

»Oh, nein«, seufzt er nur, ohne mir eine Antwort zu geben, stattdessen blafft er:

»Geht niemanden etwas an!«

»Haben Sie schon in den Trümmern gesucht?«, merke ich an und verschwinde. Warum ich das jetzt gesagt hätte, will Kalle wissen, doch ich weiß es selbst nicht so genau, war mehr so eine Idee, da ich mich an Helfrieds Handbewegung zum Hals erinnere und die Feile, die er dort entdeckte. Mag sein, dass ich mit meiner Frage seine eigene Vermutung traf. Brandt rennt wie angestochen hinaus. Das Unglaubliche scheint sich für ihn zur Tatsache zu formieren und das macht ihn so wütend, dass das dunkle Rot seiner Kopfhaut durch die Haare schimmert.

Nachdem ich den letzten schweren Blumenkübel in der Halle abgestellt habe, lasse ich mich vorsichtig rückwärts auf das Gesäß fallen und strecke den Rücken durch. Plötzlich kitzelt mich von hinten etwas im Genick. Ich drehe mich vorsichtig um und schaue in die Augen eines Riesenhundes. So einer von der Sorte, wie ihn Felicitas' Freund neben sich führte. Wenn es nicht gar derselbe ist.

»Azazel, ach, hier bist du, komm, bei Fuß!«, ruft eine weibliche Stimme, die Stimme, die ich sicherlich auch schon am Handy hatte. Das mit dem ungewöhnlichen Namen angesprochene Tier lässt von der Beschnupperung meiner Person ab, trottet Richtung Seiteneingang, geht in einem Halbkreis um Felicitas Engel herum, setzt sich auf die Hinterbeine und blickt sie erwartungsvoll an. Felicitas greift in die Tasche ihrer Jacke und gibt ihm eine Belohnung.

Uriel, Azazel – da scheint jemand ein Konzept zu haben.

»Hallo, Heiner, was machst du auf dem Boden? Kommst du nicht mehr hoch?«, fragt sie mich im Herannahen, wobei ihr der Hund folgt. Sie versteht meinen Blick auf das Tier falsch, denn sie erklärt mir, dass der Wolfshund zwar gefährlich aussehe, aber im Grunde ein ganz Lieber sei. Ich bin währenddessen schnell aufgesprungen, von wegen ›nicht mehr hochkommen‹.

»Irgendwie siehst du abgerissen aus. Was ist passiert?« Aha, sie hat Brandt also noch nicht gesprochen. Ich erzähle ihr in knappen, zurückhaltenden Worten, dass uns die alte Hütte überm Kopf grob fahrlässig demontiert wurde, nachdem wir auf einen Haufen Knochen gestoßen sind, die da nicht hingehörten. Sie schaut bestürzt. Azazel leckt mir inzwischen an den Knöcheln herum, wobei mir auffällt, dass mir die Beine immer noch jucken. Jetzt hat das Tier Witterung von meinem Taschenknochen aufgenommen, pflanzt sich vor mich und beginnt das Anschlagen.

»Deiner?«, rufe ich über das Gekläff hinweg und in ihre Gedanken hinein.

»Azazel! Aus!«, der Hund verstummt.

»Frankys«, antwortet sie, nachdem der Schall des letzten Gebells in der Halle erstorben ist. Der halbe Wolf begutachtet jetzt den Bereich, der seit etlichen Jahren nur mir vorbehalten ist.

»Und du darfst ihn zur Arbeit mitbringen?« Ich drehe mich seitlich weg.

»Habe ihn ja eben erst übernommen, ausnahmsweise – wo ist Brandt eigentlich? Ich bin extra in meiner Pause hier heraufgegangen, um ihn an den Termin gleich zu erinnern.« Ich sage ihr, dass ich annehme, dass er in den Trümmern nach den Überresten seines gestohlenen Schränkchens sucht. Felicitas guckt irritiert.

»Den heiligen Schrein, sozusagen?« Ich zucke mit den Schultern und will von ihr wissen, was drin ist oder war. Das wisse niemand so genau, sagt sie. Alle, die hier arbeiten, hätten nur spekuliert.

»Fährt einer von denen einen Calibra?«, schieße ich ins Blaue. Sie schüttelt mit dem Kopf und wendet sich zum Gehen.

»Sommer hat so einen Mantaverschnitt. Calibra heißt der? Aber Lars arbeitet nicht mehr hier, wie du weißt, und er hat so etwas wie Hausverbot«, ergänzt sie.

In meinem Gehirn bildet sich eine neue Verknüpfung: Sommer, Underberghupe, Calibra, Hanf, krumme Dinger, Knochen. Eine weitere Verbindung lautet: Engel, Uriel, Azazel, Franky, Wäscherei, krumme Dinger, Knochen. Synapsengewürfel? Zufall? Kommen auf einem Friedhof die unterschiedlichsten Motive zusammen, die sich in einem Fetisch widerspiegeln? Fetisch, na, das geht vielleicht doch zu weit, meint der Advokat. Heute Abend muss ich unbedingt herausfinden, was es mit diesen Namen auf sich hat.

Jetzt ist es Zeit fürs ›Hank‹, ich muss los, fällt mir mein nächster Job ein. Von drei Stunden habe ich effektiv wohl nur die Hälfte gearbeitet, aber das wird Brandt mir nicht abziehen können, denke ich und stelle mein System auf Alarm, denn das würde ich mir nicht gefallen lassen.

Draußen sehe ich Brandt wie manisch im Schutt wühlen. Er hebt Bretter an, lässt sie wieder fallen, wirft undefinierbare Fetzen umher, er tobt.

»Wie ein Racheengel«, sage ich in die Szenerie, während ich neben Felicitas stehe und wir uns das Treiben eine Weile angesehen haben. Ich spüre fast ihren fragenden Blick. Er treibt mir den Puls in die Höhe. Setz noch einen drauf, rät Kalle.

»Fehlen nur noch Licht und Flammen, die um Brandt herumwirbeln«, versuche ich mich in Andeutung auf den Erzengel Uriel.

Felicitas sagt immer noch nichts. Ihr Gesicht ist eine stumme Maske.

»Drei Stunden war ich heute hier im Einsatz, sagst du ihm das? Ich muss jetzt los.« Ich wende mich ihr frontal zu, und während sich ihr Blick in meine Augen bohrt, gleitet ihre Hand in die Tasche. Azazel macht erwartungsfroh Platz, doch in ihrer Hand ist kein Leckerchen, sondern ein Handy. Sie drückt zwei, drei Tasten und in meiner Hose klingelt es.

»Du? Wie kommst du an das Teil?«, fragt sie.

»Heute Abend, um neun im …«, jetzt hänge ich, wo zum Teufel könnte ich mich mit ihr verabreden, ich war schon ewig nicht mehr aus.

»Im ›Eulenspiegel‹«, hilft sie nach. Ich nicke und gehe. Ihren Blick spüre ich in meinem Nacken. Es läuft mir kalt den Rücken hinunter, was nicht mal so unangenehm ist. Die Nerven.

41

Keine Ahnung, wie ich auf den Parkplatz der Kneipe gekommen bin, doch pünktlich schließe ich die Wagentür ab und steige die Treppenstufen hinauf, rüttle an der Tür, die so verschlossen ist wie ein fachmännisch versiegelter Sarg. Außer dem beständigen Rauschen in meinem Kopf, dem Gesang der Vögel um mich herum, dem Geschrei eines Kleinkindes aus weiter Ferne ist nichts zu vernehmen. Kein Handwerkerlärm sickert aus dem ›Hank‹. Keiner da. Das gibt es doch nicht! Lassen mich hier anrücken und sind nicht da. Ich werde einen Gang ums Haus machen, vielleicht ist irgendwo eine Kellertür offen oder jemand ist hinten und kann mich nicht hören. Als ich durch den Schutt rechts herum hinter das Gebäude gehe, springt die Kellerkatze mir zur Seite. Sie schnurrt mich an. Sie sieht verstört aus, was an ihren großen runden Augen liegen mag. Kurz stelle ich mir vor, wie es wäre, wenn man in ihren Augen sehen könnte, was sie gesehen hat. Pet-TV, findet der Werbekaufmann die passende Bezeichnung für eine abstruse Idee.

Auch hinter dem Haus ist nichts und niemand zu sehen. Als ich wieder zur Vordertür komme, höre ich einen Ruf:

»He, Sie, was machen Sie da?« Ich gucke mich um und erkenne ein Gesicht, runzlig wie eine Dörrpflaume, dessen Augen mich aus einem kleinen Dachfenster des Nachbarhauses anstarren. Ich erkläre dem Mann, dass ich eine Verabredung mit den Leuten des ›Hank‹ habe.

»Ach, dann sind Sie der Handwerker. Warten Sie.« Der Mann schließt das Fenster und macht sich auf den Weg zur Tür. Wenn er mir jetzt nur zu sagen hat, dass keiner da ist, dann hätte er das auch gleich tun können. In mir staut sich Ungeduld, während ich ein rhythmisches Schlack-Tock vernehme, das sich eine Holztreppe herunterarbeitet. Die Katze weicht mir nicht mehr von der Seite. Sie muss sehr verzweifelt sein, würde Marie jetzt sticheln.

Endlich, der ältere Herr, der genau so aussieht, wie man sich ältere Herren im Dorf vorstellt, kommt mit Schlappen und Krückstock auf mich zu.

»Zwei künstliche Hüften«, sagt er in einem Ton, dem weitere technische Details wie glanzverzinkt und doppelt kugelgelagert folgen müssten.

»Oh«, sage ich. Der hat bestimmt auch eine Metallplatte im Kopf oder wenigstens einige Schrauben durch die Gebeine, mutmaßt Kalle.

»Das war der Franzos«, erzählt er weiter und will gerade ansetzen, mir die Umstände näher zu erläutern, kann sich dann doch beherrschen und sagt:

»Die sind weg, soll ich ausrichten.«

»Danke für die Information«, antworte ich eilig, hebe die Hand zum Gruß und will gehen.

»Aber, wo Sie schon mal da sind – ich möchte Ihnen was zeigen. Mein Dach …«

»Tut mir leid, aber ich bin kein Dachdecker.«

»Ah, dachte nur …«

Jetzt kriege ich auch noch ein dämliches Gefühl, weil ich den alten Mann so abgespeist habe.

Erst in Neunkirchen bemerke ich die Katze auf dem Rücksitz. Sie liegt eingerollt da. Das ist ungewöhnlich, denn die Katzen, die ich kenne, hassen das Autofahren.

42

Bis heute Abend ist noch eine Menge Zeit. Nachdem ich Katzenfutter gekauft und das Tier Rudi und Susanne vorgestellt habe, muss ich herausfinden, was es mit dem Erzengel und Azazel auf sich hat. Hoffentlich habe ich den Hundenamen richtig verstanden. Susanne hatte noch keine Gelegenheit, sich um die Geschichte Uriels zu kümmern, erfahre ich. Natürlich wollten die beiden wissen, warum ich ein wenig verwüstet aussehe, doch der feierabendliche Tankstellenbetrieb lässt kein ruhiges Gespräch zu und ich muss sie auf später vertrösten. Die Computerrecherche muss auch warten, denn die Wahrnehmung im körperlichen Ruhezustand lenkt meine Aufmerksamkeit auf das Jucken meiner Beine. Erst duschen! Eincremen, rät Susanne und wirft mir eine Tube Melkfett aufs Bett.

»Das ist doch für Euter!«, rufe ich ihr nach.

»Eben drum wird es deinen Beinen auch helfen, was für Zitzen gut ist, kann Waden nicht schaden«, kontert sie.

Ist ja widerlich weibisch, ekelt sich Kalle, das wirst du doch nicht nehmen. In der Not muss ein Mann auch schon mal ungewöhnliche Entscheidungen treffen, rechtfertige ich mich vor dem Bengel. Waschen, abtrocknen, eincremen und es wirkt.

43

Auf einer Heiligenseite im Internet lese ich, dass Uriel aus dem Hebräischen übersetzt etwas wie ›Das Feuer Gottes‹ heißt. Das Lichtwesen werde oft mit einem Schwert abgebildet, sein Zeichen sei ein zuckender Blitz. Weiter heißt es im Text, dass er der Erzengel der Prophezeiung und Offenbarung sei und den Menschen göttliche Geheimnisse preisgäbe. Wer auf der Suche nach seinem inneren Licht sei, solle sich also an Uriel, der Kraft geben könne, wenden. Na, das wird mir jetzt zu esoterisch. Uriel wäre jedenfalls ein Arbeitnehmer nach modernsten Anforderungen. Ein Allroundtalent, erfahre ich bei der weiteren Recherche, denn ihm werden von unterschiedlichen Seiten diverse Fähigkeiten zugeschrieben. Neben Gabriel, Michael und Raphael sei er einer der Seraphim, die ständig Gott umgäben. Das steht eindeutig für Teamfähigkeit und Loyalität zum Arbeitgeber. Er bestrafe die Ungerechtigkeit unter den Menschen, sei der Vorsteher der Hölle. Ein konsequenter, unbestechlicher Mitarbeiter, der auch vor schwierigen Aufgaben nicht kapituliert. Die Äthiopier hatten ihn wohl auch schon unter Vertrag. Laut deren Enochbuch, vermutetes Entstehungsdatum um die 200 vor Christus, bewahrt Uriel die geistige Ordnung im Weltall, und er hat eine sogenannte Schlüsselposition, da er den Abgrund verschließt, in dem die gefallenen Engel sind. Jetzt würde mich interessieren, warum die Engel gefallen sind. Aha, da, die Frauen. Die Engel haben sich mit den Weibern eingelassen und munter Kinder gezeugt, die dann zu Riesen wurden. Das bringt mich jetzt nicht weiter. Den Eingang zum Paradies soll er auch mal bewacht haben, na, wo habe ich das denn jetzt gelesen ... weggeklickt. Personalverantwortung hat er auch, denn er sei einer der heiligen Engel, die über das Engel-Heer gesetzt seien. Trotzdem scheint irgendetwas vorgefallen zu sein, da der vierte Erzengel in der Bibel nur noch im vierten Buch Esra Erwähnung findet und zwar in den alttestamentarischen Apokryphen der slawischen und äthiopischen Orthodoxen.

Aha, keine Arbeitserlaubnis in der westlichen Welt. Warum nur? Die Antwort auf die Frage finde ich auf einer anderen Seite. Werde mich mit der Einleitung begnügen, zu viel Text. Das Buch Enoch passte nicht mehr ins Glaubensgebilde, da der Schreiber dort die Abstrafung der Engel beschreibt. Das werde ich mir mal bookmarken und später zu Gemüte führen. Zurück zu Uriel. Zu gerne wüsste ich, wie er aussieht, welche Beigaben er hat. Sozusagen das Passbild zur Bewerbung.

Ein Fresko, das in einer Kirche in Palermo 1516 bei Renovierungsarbeiten gefunden wurde, zeigt sieben Erzengel, die den Thron Gottes umschwirren, die Namen seien nicht mehr zu lesen, aber man könne sie zuordnen. Hörensagen, schaltet sich mein Advokat ein. Sieben, das war auch die Zahl, die Susanne nannte, als sie sich an ihren Brieffreund erinnerte.

Michael mit dem Satan unter den Füßen, der Siegreiche also. Gabriel trüge eine Laterne und einen Spiegel, er sei der Bote. Raphael, der Medicus, habe ein Salbgefäß in der einen und Tobias an der anderen Hand. Uriel sei der mit dem Schwert und der Flamme unter seinem linken Fuß, er sei ein starker Gefährte. Dann kommt Jehudiel, er sei ein Vergelter und trage Krone und Geißel. Barachiel sei der mit den Rosen im Gewand und der Helfer. Sealthiel sei der Fürbitter, erkennbar an den gefalteten Händen und dem gesenkten Haupt. Da hat sich Gott ein tatkräftiges Team zusammengestellt. Einen Kämpfer, einen Arzt, einen Vermittler, einen Freund, einen Bestrafenden, einen Samariter und einen, der für die ganze Abteilung ein gutes Wort einlegt.

Was sagt dir das jetzt, will Kalle wissen. Ich schnaufe, überlege und komme zu dem Schluss: gar nichts, da es nur ein Puzzleteil ist. Nur eines. Picke ich mir jetzt eine Kompetenz des Erzengels Uriel raus, dann wäre doch die des Gefährten ganz interessant für Felicitas' Freund Franky. Man müsste jetzt wissen, welchen Namen er sich gibt, um die Beziehung auszuloten. Das Handy hat aber nun leider einen PIN-Code und ich komme damit nicht weiter. Vielleicht heute Abend, tröste ich mich. Aber welche Erkenntnisse erhoffst du dir, fragt der Advokat nicht ohne Berechtigung. Sammeln wir die Fakten in einer zeitlichen Abfolge: alte Knochen werden zweckentfremdet, im Forst werden Tiere getötet und ihnen werden frische Knochen entnommen, dann geht es so weit, dass ein alter Mann getötet wird und ihm Elle, Speiche, Schlüsselbein entfernt werden. Dann klaut womöglich Franky, der Felicitas vor rund einem halben Jahr begegnet ist, also zum ungefähren Zeitpunkt der Friedhofsknochengeschichte, Raucherbeine. Da hat doch jemand einen Plan. Einspruch, es muss sich hier nicht um ein und denselben Täter handeln, nörgelt der Advokat. Sicher, trotzdem, beharre ich, glaube ich nicht, dass es sich hier um harmlose Zufälle handelt. Das Ganze steuert auf etwas zu. Vielleicht, will sich der Advokat lustig machen, ist Azazel so eine Bestie, die sich nachts an die Gebeine macht. Der Hund von Baskerville lässt grüßen.

Gutes Stichwort. Das Tier hatte sich eben so auffällig benommen, als es den Knochen in meiner Hose roch. Na, vielleicht war noch frisches Fleisch dran, stichelt der Advokat. Ich gebe den Hundenamen in die Suchmaske. Aha, auch aus dem Hebräischen. Azazel ist laut Auskunft der Sündenbock, tritt auch in Bockgestalt auf, ein Wüstendämon, Bannerträger der Höllenarmee. Auch ein ordentliches Jobprofil, je nachdem, was es für einen Auftrag zu vergeben gilt. Aufgrund der Tatsache, dass er Geheimnisse an die Menschen ausgeplaudert habe, sollte Raphael ihn bestrafen, ihn in eine Grube in der Wüste legen, mit spitzen Steinen und viel Finsternis. Wie jetzt, fragt Kalle, warum sollte nicht Jehudiel ihn geißeln, der war doch für die Vergeltung zuständig? Nun ja, kommt eben immer ganz auf das entsprechende Buch an, in dem die Geschichte geschrieben steht. Vielleicht geht es bei den himmlischen und höllischen Heerscharen genauso drunter und drüber wie in jeder Firma. Manchmal muss eben der ran, der um 20 Uhr noch am Platz sitzt. Wie dem auch sei, Kalle, Azazel ist an allem Schuld, steht hier, er hat die Erde verdorben, weil er den Menschen beigebracht habe, wie man Waffen verwendet, Schmuck, Schminke und Spiegel herstellt oder einsetzt.

Gut, dass ich endlich weiß, wer Schuld hat.

Jetzt haben wir also einen Kerl, der was Mystisches an sich hat, Franky, der die Wesen in seiner Umgebung mit biblischen Namen versieht. Sein Hund ist des Teufels, seine Freundin das Lichtwesen. Irgendwie eine komische Vorstellung, dass Felicitas Engel mit dem Teufel an der Leine in einem Beerdigungsinstitut ihren Aufgaben nachgeht. Sehe das jüngste Gericht so vor mir ... Uriel mit ihren schönen Beinen sitzt erhaben hinter ihrem Schreibtisch. Das Höllentier zuckt unter ihrem Blick demütig zusammen und ist ihr treu ergeben. Ihre Stimme ist tief und ruhig:

»Was von dem, was ich über dich weiß, bereust du? Überlege die Antwort genau. Sie wird entscheidend sein.« Wie Morgentau würde sich diese Frage feuchtkalt um mein Herz legen und ich käme in Bedrängnis. Jetzt wirst du verschroben, meint der Advokat, während ich den Computer runterfahre.

Mit spitzen Fingern berge ich den Knochen mit den Flötenlöchern aus meiner Tasche, bin erstaunt, dass er nicht zerbrochen ist, und betrachte ihn im Licht eingehend. Mensch oder Tier? Frisches Fleisch klebt keines daran. Weiß und glatt fühlt er sich an. Er ist zudem S-förmig gebogen. An beiden Enden ist er schräg abgeschnitten, wobei eine Seite einen größeren Durchmesser aufweist. Er ist kürzer als meine Hand und stellenweise fingerdick. An der dünnsten Stelle ist ein kleiner Riss zu erkennen. Vielleicht war das Schlüsselbein mal gebrochen. Nachdem ich mir meines abgetastet habe, das länger ist, bin ich mir fast sicher, dass es sich bei dem Stück um ein Schlüsselbein handelt. Es sieht so aus, als habe der Knochenschnitzer versucht, an einem Ende ein Mundstück zu formen. Nein, ich werde da jetzt nicht reinblasen, um zu hören, ob es gelungen ist. Zudem kenne ich mich nicht mit Flöten aus. Ich verstaue das Teil sicher in einer Socke. Das Internet gibt meiner Einschätzung recht. Bei dem bearbeiteten Knochen handelt es sich um ein menschliches Schlüsselbein.

44

Eine Lücke tut sich auf und ich parke in der Nähe des ›Eulenspiegels‹. Fünf vor neun.

Gerade als ich die Kneipentür öffne, spüre ich hinter mir einen Menschen auftauchen. Ich halte die Tür auf und schaue über die Schulter. Felicitas. Ganz schön pünktlich die Frau und ganz schön gutaussehend, naturschön. Obwohl ihre etwas müde wirkenden Augen Kummer in sich und dunkle Ringe darunter tragen, strahlt Felicitas Energie aus. Heiner, halblang, mahnt Kalle, die hat einen Freund. Schon klar, Junge, ab ins Bett, bringe ich ihn zum Schweigen.

Wir gehen ohne ein Wort zu einem Tisch auf der kleinen Empore. Seit ich das letzte Mal vor etlichen Jahren hier war, scheint sich nicht viel verändert zu haben. Ich frage, was sie trinken möchte und bestelle für uns beide je einen Milchkaffee. Ich spüre ihre Anspannung. Sie möchte wissen, woher ich das Handy ihres Freundes habe, weiß aber nicht so recht, in welcher Form sie mich angehen soll.

»Nu red schon«, entscheidet sie sich für die unfreundliche Variante.

Der Kaffee wird gebracht.

»Da bin ich schnell fertig«, sage ich und tu entspannt. Das Handy hätte ich aus einem Wäschereilieferwagen, mit dem Krankenhausmüll entwendet worden wäre. Sie habe das bestimmt im Radio verfolgt.

»Scheiße, also doch«, murmelt sie, kippt eine Unmenge Zucker in ihren Kaffee und rührt die Brühe, als wäre es das Letzte, was sie auf dieser Welt zu tun hätte.

»Nu red schon«, fordere ich mein Recht auf Erhellung.

»Ach, eigentlich geht dich das alles gar nichts an. Gib mir das Handy und gut ist«, mauert sie sich ein.

»Nein«, beharre ich.

»Was soll das?« Jetzt wird sie böse.

»Ich denke, dass es mich was angeht. Die verschwundenen Knochen um mich herum, der Mordverdacht, der seitens der Polizei auf mir lastet. Ich denke, wir haben einige lose Fäden in der Hand und wenn wir sie verknüpfen, kommen wir der Sache schon näher. Ich spüre, wenn etwas faul ist.«

»Ach!«, giftet sie.

»Ja«, unterstreiche ich meine Worte.

Mann, ist die zäh. Sie rührt und schweigt. Neue Strategie, schlägt der Advokat vor, sprich über etwas anderes. Übers Wetter vielleicht? Sehr unpassend, gebe ich mir selbst die Antwort. Nein, Dämel, über die Beerdigung des Clowns.

»Ist Richy schon freigegeben?«, frage ich und sie nickt.

»Wird wohl eine anonyme Bestattung. Brandt war heute nicht mehr ansprechbar, geschweige denn, dass ich ihn hätte zu einem Gefallen bewegen können. Völlig außer sich war er. Die Polizei hat er auch noch gerufen. Du sollst eine Aussage machen«, sagt sie, dabei passt ihre ruhige und langsame Art zu sprechen nicht zu ihren verkrampften Fingern, die den Löffel umklammern, der das Rühren erschöpft aufgegeben hat.

»Dann weißt du ja, worauf wir in dem Schuppen gestoßen sind«, erwidere ich und, »irgendeinen Verdacht, wer da mit den Knochen klappert?«

Sie schüttelt den Kopf, doch das tut sie nicht sehr überzeugend.

»Hat dein Freund was damit zu schaffen?«, reize ich sie.

»Nein! Nein«, kommt die Negierung wie aus der Pistole geschossen aus ihrem Mund, »denke, dass Sommer der Ideengeber war und Hanf der Handwerker.«

Ideengeber wofür, frage ich mich und:

»Wo ist Hanf eigentlich?«

Irgendetwas an ihrem Gesichtsausdruck hat sich geändert, sodass ich die Hoffnung habe, dass sie mich ins Vertrauen zieht, zumindest ein Stückchen. Sie holt Atem.

»Bei uns. Franky und Hanf kennen sich aus Uni-Tagen. Was sie verbindet, ist mir noch nicht ganz klar und das macht mir ein gemischtes Gefühl, weil sie mich nicht dabeihaben wollen, wenn sie zusammen am Computer hängen. Hanf und Computer – das passt doch überhaupt nicht. Franky ja, der verbringt Nächte an dem Teil. Sagt, er müsse arbeiten. Einmal habe ich einen Blick auf einen Stapel Ausdrucke geworfen, da ging es um mittelalterlichen Instrumentenbau. Der ist beinahe ausgeflippt, als ich ihn darauf ansprach. Da war er mir richtig unheimlich.« Plötzlich stoppt sie in ihrem Redefluss, trinkt hastig von dem süßen, jetzt sicher kalten Milchkaffee und schweigt ein Weilchen.

»Ach, egal«, will sie das Gesagte relativieren.

»Hört Brandt nicht Musik in der Richtung?« Sie nickt.

»Wir haben zu wenig Fakten und sollten mal im Internet suchen, was es alles auf dem historischen Gebiet zu kaufen gibt«, schlage ich vor.

»Habe ich schon gemacht«, seufzt sie und schaut an die Decke, »viel habe ich nicht herausgefunden. Es gibt da einige Formationen, die spielen auf selbstgebauten Instrumenten aus Horn, Knochen oder Leder, oft spielen sie auf Mittelalterfesten. Ich hatte auch Kontakt zu ihnen aufgenommen und gefragt, ob und wie und aus welchen Knochen man zum Beispiel Flöten baut – aber da haben die dichtgemacht und kein Wort mehr geschrieben. Na ja, und deren CDs waren mir zu teuer, da habe ich auch nicht weiter nachgehakt.«

Ich werde das Indiz für die Knochenflötentheorie unerwähnt lassen, schließe ich mich dem Rat meines Anwalts an.

Beim Stichwort Mittelalter muss ich an meinen letzten Job denken. Als das Spectaculum wie geplant über die Bühne ging, waren dort auch Spielleute, die den skurrilsten Klangkörpern Melodien entlockten. Diese Musikanten kamen aus Süddeutschland, erinnere ich mich. Einer der vier, oder waren es fünf, war nicht nur flink auf der Flöte, sondern mit dem Mundwerk allgemein. Wie ein Notensalat sprudelte Detailwissen aus ihm heraus, wobei ich mir das meiste nicht merken konnte. Doch eines fällt mir jetzt wieder ein: Auf der Schwäbischen Alb fand man 1990 in den Geißenklösterle-Höhlen – der Name der Örtlichkeit war gut zu merken, denn der Erzähler trug einen Ziegenbart – die ältesten Flöten der Welt. Ihr Alter wurde auf 35.000 Jahre bestimmt und die Flöten gaben Auskunft über die Musik der Eiszeit. Wie es mir gerade in den Kopf kommt, erzähle ich Felicitas davon und ich äußere die Vermutung, dass es doch vielleicht sein könnte, dass man eventuell bestimmte Flöten fälschen wolle oder anderweitig damit lukrative Geschäfte treiben wolle.

Während sie fragt, aus welchen Knochen die Geißenklösterle-Flöten entstanden sind, sage ich auch schon die Antwort:

»Schwanenspeichen.«

»Okkultismus«, vermute ich und bin selbst nicht ganz davon überzeugt.

»Franky? Nee«, sagt sie, »ich denke da noch in eine andere Richtung.«

»Ebay. Künstlerselbstvermarktung?«

»Nee. Ich bin noch nicht ganz schlüssig«, lässt sie ihren Verdacht unvollendet.

»Hat Franky denn nun in dem Wäschereiwagen gesessen?«, will ich wissen.

Sie zuckt mit den Schultern und sagt, er habe ihr erzählt, dass er frei habe. Natürlich wundere es sie daher sehr, wie ich an das Handy kommen konnte.

Das erinnert mich an die Namen Uriel und Azazel und es erinnert mich daran, was ihr zu Beginn unserer Unterhaltung herausgerutscht zu sein scheint. ›Scheiße, also doch‹, zitiert der Advokat, nachdem er die passende Stelle in seinem Protokoll gefunden hat. Ich spreche sie darauf an.

»Belogen hat er mich. Ist eben wieder eine Enttäuschung«, weicht sie aus.

»Und du bleibst dabei, dass er mit dem Knochenschwund nichts zu tun hat?«, bohre ich nach. Jetzt sagt sie gar nichts mehr. Süßer sturer Bock.

»Azazel – Bannerträger der Höllenarmee und Uriel, die Lichtgestalt. Wie heißen die anderen Heerscharen? Wie nennt sich Franky?«

»Geht dich nun wirklich überhaupt nichts an …«, sagt sie noch barscher als eben. Aha, diagnostiziert der Advokat, ein wunder Punkt, also weiterbohren. Allerdings, wenn das jetzt in so eine sexuelle Rollenspielkiste geht, geht mich das wirklich nichts an, fällt mir plötzlich die Möglichkeit ein, als mein Blick auf ein Veranstaltungsmagazin fällt, auf dessen Titel ein hungriger Nosferatu einer prallen Schönheit leidenschaftlich in den Hals beißt.

In ihrer Aufruhr wirft Felicitas energisch ihre Haare zurück. Sie hat einen entzückenden Hals mit einem herzförmigen kleinen Leberfleck links.

»Es fehlen sechs«, stelle ich fest und frage:

»Hast du die PIN von dem Handy?«

»Nein. – Sechs was?«, will sie wissen.

»Es sollen sieben Engel gewesen sein, die um Gott herumflatterten.«

»Ah, so, ja ...«, driftet sie mit ihren Gedanken in einen Winkel ihres Innersten.

Eine Band muss unterdessen ihr Equipment aufgebaut haben, was mir völlig entgangen ist. Plötzlich schrammelt sie los: Hells Bells.

An eine Weiterführung der Unterhaltung ist nicht zu denken und ich spüre, wie erleichtert Felicitas darüber ist. Sie will weg. Doch ich habe das Gefühl, dass ich sie nicht so einfach gehen lassen kann. Mich trifft ihr kurzer Blick und ich meine, in ihren Augen so etwas wie Verzweiflung wahrzunehmen. Der Moment währt nicht lange, denn sie schaut sich suchend um. Gleich wird sie aufstehen und gehen, wenn mir nichts einfällt, um sie zu halten. Sie nickt ansatzweise und zieht den Reißverschluss ihrer Jacke bis zum Kinn.

»Bitte warte«, sage ich zu ihr gebeugt und fische eilig einige Münzen aus meinem Portemonnaie, um zu zahlen. Hoffentlich geht sie nicht, während ich mich durch die AC/DC-Fans bis zur Theke durcharbeite. Nachdem ich schließlich mein Geld losgeworden bin und zum Tisch zurückkomme, ist sie weg. Hinterher, ruft Kalle. Als ich endlich die Tür des ›Eulenspiegels‹ hinter mir schließe, sehe ich sie am unteren Treppenabsatz. Sie hat gewartet. Wunderbar. Mir wird einige Grad wärmer um die Körpermitte.

45

»Fährst du mich?«, fragt sie und ich nicke. Schweigend folgt sie mir zu meinem Wagen und lässt sich auf der Beifahrerseite nieder. Ich gebe ihr das Handy, das sie eben noch so dringend haben wollte. Sie starrt reglos auf das Teil in ihrer Hand, ganz so, als habe ich ihr einen sattglitschigen, trägen Blutegel dort hineingelegt. Als ich den Motor starte, lässt sie es in ihre Jackentasche gleiten und schnallt sich an, dabei berühren sich unsere Handrücken, da ich zum zweiten Mal versuche, den Rückwärtsgang einzulegen. Ihre Hand ist kalt. Intuitiv würde ich sie jetzt gerne in meine Hände nehmen und sie wärmen.

Oh, Heiner, pass auf! Als ich das letzte Mal so für eine Frau empfand, war ich anschließend mit ihr verheiratet. Was ein grober Fehler war, wie ich heute weiß.

»Du willst mir also nicht sagen, in welche Richtung deine Vermutungen laufen bezüglich der verschwundenen Knochen?« Meine Frage, die nicht rhetorisch gemeint war, bleibt unbeantwortet, obwohl ich beim Durchkurven der Straße in Richtung Achenbach das Gefühl hatte, dass ihr etwas unter den Nägeln brennt. Sie holte einmal schwer Luft und ich hoffte, sie würde ihr Schweigen brechen.

Es bleibt still zu meiner Rechten. In mir kocht es, keine Ahnung, warum. Biochemie, meint der Advokat nüchtern distanziert. Du stehst auf dieses Persönchen, das dort neben dir im Sportsitz kauert und einen leichten Duft nach Frühlingsblumen mit einer Pfirsichnote verströmt. Quatsch. Hoppla, jetzt hätte ich fast den Kreisel zu schnell genommen. Sacht bremse ich ab und der Wagen kriegt die Kurve. Sie schweigt immer noch. Kaum, dass ich im Wendehammer, einige Meter vor ihrer Tür, anhalte, will sie auch schon aus dem Auto hasten.

»Ich bringe dich noch zur Tür«, sage ich.

»Nicht nötig«, meint sie.

»Ich bestehe drauf«, gebe ich nicht auf und sie fügt sich. Vielleicht hat sie auch über die Tote gelesen, die man in der Nähe der Tiergartenstraße, also mitten in der Stadt, nackt, vergewaltigt und erwürgt gefunden hat. Den Täter sucht man noch.

Das Haus, in dem sie eine Einliegerwohnung gemietet hat, befindet sich als letztes auf der linken Seite und ist umgeben von Bäumen. Ein Waldweg führt daran vorbei und trennt die Zivilisation von der Wildnis des

Siegerländer Mischwaldes zur Rechten. Der Himmel darüber ist sternenklar. Von hier oben hat man einen guten Blick über Siegen. Wie ein leuchtendes Band zerschneidet der rege Verkehrsfluss auf der Hüttentalstraße die Stadt.

»Die Lampe ist kaputt«, rechtfertigt sie die Dunkelheit, in der wir eine Treppe mit schmalen Stufen heruntergehen, sie sicher, ich tastend. Trotzdem laufe ich quasi auf, da sie plötzlich auf der letzten Stufe stehen bleibt, sich zu mir herumdreht und sich für die Begleitung bedankt. Aha, du sollst verschwinden, bemerkt Kalle messerscharf.

Ein dumpfes Geräusch dringt zu uns durch das angelehnte Kellerfenster, als wäre ein schwerer Baumwollsack mit Mehl aus einem Regal auf den harten Boden geplumpst. Niemand sagt ein Wort. Felicitas steht wie angewurzelt und hält die Luft an. Sie wird wissen, wie groß die Wahrscheinlichkeit ist, dass in ihrem Keller ein Sack Mehl aus dem Regal fällt. Sie scheint mir eine weitere Nuance blasser geworden zu sein, es sei denn, das eher kühle Sternenlicht gaukelte mir was vor.

Als nächstes hören wir, wie eine Tür geschlossen und verriegelt wird. Aus dem Keller dringt ansonsten kein Laut, aber ein Duft oder mehr Geruch entströmt ihm, es riecht ein wenig modrig, ich fühle mich an meine Achenbach-Oma erinnert. Chrysanthemen hatte sie vor ihrem Schlafzimmerfenster in einem Blumenkasten, als sie starb, alles roch danach, auch später noch. So bemerkenswert, dass ich mir nicht sicher war, ob der Duft den lila Blüten zuzuordnen war oder der transparent bläulich schimmernden Oma.

Wir rühren uns immer noch nicht vom Fleck.

»Ich lasse dich da jetzt nicht rein«, sagt es aus meinem Bauch heraus, »ich habe ein ganz ungutes Gefühl.«

»Ach was«, wiegelt sie ab, »das«, sie zeigt auf das Fenster, »das ist nicht unser Keller«, lügt sie, denn mir ist nicht entgangen, dass sie zusammengezuckt ist in dem Moment, als was auch immer zu Boden ging. Oder wer auch immer, ergänzt der Advokat.

Als die ersten Töne von Metallicas Song ›Some kind of monster‹ die Atmosphäre durchdringen, löst sich unsere Starre und wir gehen um die Hausecke in Richtung Eingang. Der Kerl, Franky, hat, das muss ich ihm zugestehen, einen guten Geschmack in punkto Musik und Frau und trotzdem kann ich ihn nicht ausstehen.

Felicitas kramt in ihrer Jacke und fischt ein Schlüsselbund heraus, an dem ein Engel hängt, der sich im Futter ihrer Tasche verheddert hat. Der Engel lässt den kaputten Stoff nicht los und Felicitas wird fahrig.

»Der Engel lässt dich auch nicht rein«, bemerke ich und beschließe, am Ball zu bleiben, während James Hetfield eröffnet: ›The monster lives‹.

»Du hast doch eine Ahnung, was hier gespielt wird, so in etwa, und die Ahnung gefällt dir nicht, das ist klar und deutlich zu sehen«, rede ich auf sie ein und Lars Ulrich schlägt dazu einen unruhigen Rhythmus, dessen schnelles Tempo sich in den oberen Tönen zu einem Summen vereint – oder ist es das Blut in meinen Adern, das mir durch die Schläfen rauscht?

»Gespielt wird ... du sagst es! Genau, warum habe ich nicht gleich daran gedacht«, tut sie so, als wäre es ihr tatsächlich gerade erst eingefallen.

»Ich dramatisiere bestimmt. Das ist alles sicher nur das Spiel. Alles nur für das Spiel und ich nehme es ernst«, jetzt lacht sie nervös. Irgendwas scheint sie sich jetzt in die Tasche gelogen zu haben, in eben diese Tasche, in deren Innenfutter sich der Schlüssel-Engel klammert und nicht daran denkt loszulassen. Felicitas versucht es mit Gewalt und zerreißt den letzten Zipfel der Naht, der sich bislang beharrlich widersetzt hat. Der Engel jedoch reißt vom Bund ab und fällt zu ihren Füßen. Der will auf keinen Fall mit rein.

»Was für ein Spiel?«, will ich es jetzt genau wissen.

›Ominous / I'm in us‹ – das Monster geht, das nächste Stück auf der ›St. Anger‹ müsste ›Dirty Window‹ heißen, wenn Franky die Original-CD abspielt. In dem kurzen Moment der Stille legt Felicitas kurz ihren Zeigefinger auf ihre Lippen und zieht sich von der Tür zurück. Ich folge. Wir gehen um die andere Hausecke und an der lehnt ein altes klappriges Rad, dessen Vorderlampe nachlässig aus der Halterung baumelt.

»Hanfs Rad. Dann ist er wohl noch hier«, sagt sie mehr zu sich.

›Am I who I think I am?‹, fragt Metallica und ich wiederhole:

»Was für ein Spiel?«

»Live-Rollenspiele. Kennst du die?« Kennen wäre zu viel gesagt, ich erlebte einen Teil davon auf der Freusburg während meines letzten Jobs.

»Ritterspiele und so was?«, vergewissere ich mich.

»So in der Art. Es gibt ein Thema, eine Story, ein Setting, ich weiß nicht, wie ich es genauer beschreiben soll. Jeder Spieler kennt zumindest den Anfang der Geschichte und seine Rolle, in der er Aufträge zu erledigen hat. Es spielen verschiedene Charaktere mit, die mit den unterschiedlichsten Fähigkeiten ausgestattet sind. Das Spiel an sich ist eher frei, es wird improvisiert, es gibt kein Textskript oder so was, aber einen Spielleiter, den Regisseur sozusagen. Und Franky ist so einer, der plant, koordiniert, und neuerdings schreibt er an einem eigenen Rollenspiel. – Deshalb«, betont sie und es scheint ihr etwas klar geworden zu sein, was mir entgangen ist.

»Weshalb?«

»Diese Geheimniskrämerei, die Recherchen im Internet, diese Hektik, denn es soll ja bald losgehen, am Tag des Thor, das Herumglucken mit Hanf, der ist ja ein guter Handwerker. Der hat bestimmt auch die Schädel als Requisiten für das neue Spiel gebaut. Es soll ja alles so authentisch wie möglich ausgestattet sein – und ich darf eben von alledem nichts wissen, denn mir hat er eine besondere Rolle zugedacht,

sagt er, und die könne ich nur befriedigend ausfüllen, wenn ich so wenig wie möglich von den Zusammenhängen erfahre.«
Für einen diesbezüglich völlig Unbeleckten redet sie ein abgedrehtes Zeug zusammen und das mit einer Euphorie, die mir befremdlich vorkommt. Ich wäre nicht so entspannt, wenn ich den gleichen Text gesprochen hätte. Da ist gar nichts in der Botschaft, was auf eine Entschärfung der Situation hindeuten könnte – aus meiner Sicht. Aus meiner auch, meint der Advokat, Kalle hingegen beschwichtigt: ein Spiel eben, nichts weiter. Sehr überzeugend klang das aber auch nicht aus dem Kindermund. Die Spieltheorie beruhigt mich in keiner Weise. Im Inneren der Wohnung wird den Hartmetallern der Saft abgedreht. Plötzlich ist es still und wir hören, wie die Tür aufgeht. Felicitas drückt mich um die Hausecke, entwindet sich meiner Hand, die sie nur halb am Arm erwischt hat und zurückhalten will.

Sie wirft ihrem Freund ein fröhliches ›Hallo‹ entgegen und ich höre, wie sie sich küssen. Ihh, kommentiert Kalle. Irgendwas scheinen sie sich zuzuflüstern und ich überlege, wie ich mich jetzt am geschmeidigsten hier aus der Ecke entfernen könnte. Ein Blick durch die Dunkelheit nach hinten sagt mir, dass das Grundstück zum Waldweg hin mit einer Garage abschließt. Rundherum ist es mit einem Drahtzaun umgeben. Der Weg hier weg führt also an der Haustür vorbei. Vorsichtig spähe ich um die Ecke. Der Lichtschein, der aus der Tür herausfällt, beleuchtet Felicitas, die ihren Engel aufhebt, und

Franky, der sich genau in meine Richtung bewegt. Als Freund schwarzer und blauer Kleidung husche ich so leise und schnell rückwärts nach hinten und kauere mich in den Winkel zwischen Haus und Garage. Stelle dir vor, du hättest einen Tarnmantel, schlägt Kalles kindliches Gemüt durch. Ich traue mich kaum zu atmen. Franky geht zielstrebig auf Hanfs Rad zu, entlehnt es der Wand und will es über den Rasen schieben. Als er merkt, dass das Velo widerwillig laut quietscht, hebt er es an und trägt es über das Grün bis zum Zaun, der den Wald vom Grundstück fernhält. Schemenhaft erkenne ich, dass Franky das Rad hoch über seinen Kopf hält und mit einem leisen Uff über den Draht in die Wildnis wirft. Beim Aufschlagen im Gehölz klappert es und ein Vogel flattert laut schimpfend davon. Franky begutachtet seine Tat, er merkt sich wohl die Stelle, um das Rad bei Tageslicht besser zu verstecken und tiefer im Wald zu entsorgen. Mir wird ganz anders. Vielleicht liegt Hanf da drinnen auf dem Kellerfußboden und Felicitas ist in großer Gefahr. Doch, wenn sie eine besondere Rolle im Stück spielen soll, dann wird sie hoffentlich noch nicht reif sein. Denk nach, Heiner, hat sie was zum Zeitpunkt gesagt, wann das Spiel laufen soll? Am Tag des Thor, zitiert der Advokat, der ziemlich lange gebraucht hat, um die Stelle rückblickend zu finden. In der Zwischenzeit ist Franky ins Haus zurückgekehrt. Ein Salamander huscht an mir vorüber. Der Wind lässt die Blätter rascheln, ansonsten ist es still um mich herum. Kein Laut dringt aus der Wohnung.

46

Thor, oder germanisch Donar, morgen ist Donars Tag. Eines ist sicher, ich werde hier übernachten müssen. Und dann, fragt Kalle, du bist ja nicht mal bewaffnet, was willst du ausrichten, wenn es hier tatsächlich um Mord und Totschlag geht, weil, jetzt äfft er Felicitas naiv nach, alles so authentisch wie möglich sein soll – besorg dir wenigstens einen Hammer. Mit dem Hammer, zitierte mein Fachlehrer aus der Blechschlosserschule, entschied Donar über Leben und Tod, und Junge – so ist es doch auch heute noch –, schlage mit ihm einen ordentlichen Zimmermannsnagel in den Dachstuhl deines Hauses und er wird dir das traute Heim fürs Leben bringen, schlage mit ihm auf deinen Fachlehrer ein und es wird ihm den sicheren Tod und dir lebenslänglich bringen, hahaha, lachte er dann immer über seinen eigenen Scherz, den jede Klasse bis zum letzten Lehrjahr so oft hören musste, wie ein Dreijähriger Schläge braucht, um einen 1,9 mal 83 Millimeter Flachkopf-Drahtstift zur Gänze in ein Stück Siegerländer Eiche zu treiben.

Schätze, es wird eine kalte Nacht werden. Die bereits über Wald und Wiesen hernieder gegangene Feuchtigkeit kriecht mir unangenehm durch die Textilien bis auf die Haut. Nach fünf Minuten beschließe ich, mir die Decke aus dem Auto zu holen. Als ich am ersten Fenster, es ist in Kippstellung, vorbeischleiche, höre ich Felicitas ein ›Gute Nacht‹ rufen. Dann lässt sie das Rollo herunter. Okay, ihr geht es gut. Sie wird in ihrem warmen, weichen Bett schlafen. Franky scheint noch nicht die nötige Ruhe gefunden zu haben, denn ein Fenster weiter sehe ich ihn durch die Gardinen herumhantieren. Er steht mit dem Rücken zu mir und beugt sich in einen Schrank. Beim Kramen verursacht er genug Lärm, dass ich die Gelegenheit nutze und mich schnell über den Splittweg bis zur Treppe bewege. Am mit Metallstreben vergitterten Kellerfenster angekommen, wird dieses von einer nackten Glühbirne erleuchtet. Ich höre, wie die Tür aufgeschlossen wird und erahne, dass er jetzt dort etwas zu tun gedenkt. Hinter sich schließt er wieder ab. Die Decke wird warten müssen. Vorsichtig kauere ich mich in einem sicheren Abstand auf die Treppe, so, dass ich rechts durch das schmale Fenster spähen kann. Die Scheibe ist schmutzig und die Sicht wird durch mehrere Spinnweben erschwert. Frankys Kopf kommt kurz ins Bild, bevor er abtaucht. Schweres Atmen begleitet sein Tun. Jetzt befindet er sich unmittelbar vor dem Fenster. Ich sehe seine Hände, wie sie eine Leiter von innen gegen die Fensterfläche stemmen. Er scheint sie zu verkanten. Nachdem er geprüft hat, ob sie sicher steht, befestigt er am linken wie am rechten Holm breite Bänder. Unwillkürlich muss ich an Folterinstrumente denken. Frankys Anstrengungen lassen die Scheibe beschlagen. Mit einem plötzlichen Stoß scheint er etwas, oder jemanden, wie der Advokat ergänzt, gegen die Leiter gestellt zu haben. Meine Neugier treibt mich die zwei Stufen hinab und näher zum Fenster, um besser sehen zu können. Ich stehe relativ dicht an der Hauswand und gucke in einem spitzen Winkel in den circa zwei Meter hohen Raum hinein. Das Fenster ist eine Handbreit über Augenhöhe und schließt fast mit der Kellerdecke ab. Ich höre den Spielleiter wenig spielerisch schnaufen und mit einem Knall landet eine Ferse am Holm der Leiter. Mir bleibt fast das Herz stehen. Zum Glück neige ich nicht zu schrillen Schreien. Mit schnellen Griffen hat Franky den leblosen Fuß mit dem breiten Band fixiert. Innerlich stelle ich mich auf das Festbinden des zweiten Fußes ein, und das lässt nicht lange auf sich warten. Es sind große Füße, größer als meine. Es werden vermutlich Hanfs sein.

Du musst die Polizei alarmieren, meint der Advokat. Nein, ich kann hier jetzt nicht weg, um ein Telefon zu suchen, ich muss bei Felicitas bleiben, beschließe ich trotzig – außerdem scheint meine Beine eine Art Lähmung befallen zu haben. Wie angewurzelt stehe ich an die Wand gepresst.

Im Keller schleift Franky etwas über den Boden. Die Geräuschkulisse wäre geeignet, um meine Position auf der Treppe wieder einzunehmen. Ungelenk stapfe ich zu den Stufen und lasse mich steif auf der dritten von ihnen nieder. Plötzlich ist es ganz still. Es steht zu befürchten, dass das Hämmern in meiner Brust über den gesamten Fischbacherberg zu hören ist. Aus dem Keller dringt kein Laut. Sehen kann ich auch kaum mehr etwas, das Fenster ist komplett beschlagen. Links von mir raschelt es unter den Büschen. Mit einem mächtigen Radau wälzt sich ein

Igelpärchen die kurze Böschung hinunter. Auf dem Splitt angekommen, geht der Akt mit lautem Geschrei weiter. Ach, du ahnst es nicht, bloß weg hier, ruft Kalle aus und ich springe auf, um mich schnellstmöglich zu entfernen, denn der Kellermetzger wird sicher gleich um die Ecke kommen, um zu sehen, wer seine Zeremonie stört. Ich stolpere mehr, als dass ich laufe, die schmalen, dunklen Stufen hinauf. Just als ich denke, es käme kein Tritt mehr, lande ich bäuchlings auf dem Pflaster, wobei sich mein Zopf in einem Rhododendron verfängt, was ein Aufstöhnen meinerseits nicht verhindert. Es grenzte an ein Wunder, wenn dieser ganze Trouble von Franky ungehört vonstatten gegangen wäre. Wie das so ist mit Wundern in der heutigen Zeit, sie geschehen selten, sehr selten und mir spürbar gar nicht. Kaum dass ich auf allen Vieren stehe, werde ich mit Wucht am Zopf gepackt und hochgezerrt. Zeitgleich fühle ich die Spitze einer Klinge in meiner Nierengegend.

»Klappe halten!«, zischelt ein heißer Atem in mein Ohr. Der Mann zu dem Atem hat Stress, das ist deutlich säuerlich zu riechen. Kalle, der zu viele Kung-Fu-Filme gesehen hat, überlegt sich ein tollkühnes Manöver, irgendwie herauswinden, meint er, und den Angreifer über die Schulter die Treppe hinunterwerfen. Allein die Frage: Wie? Das Messer in meinem Rücken beschneidet weitere Überlegungen in dieser Richtung.

Franky schubst mich vor sich her die Treppe herunter und ich strauchle. Da er meinen Zopf fest umklammert hält, stürzen wir nicht die letzten Stufen hinab. Die Klinge in meinem Rücken scheint sich bis auf meinen Pelz vorgearbeitet zu haben. Mir ist, als rinne Blut bis in die Ritze. Verdammte Scheiße, jammert Kalle, und der Advokat bemerkt mit seiner üblichen Arroganz, dass er gleich gesagt habe, ich solle die Polizei alarmieren. Franky öffnet die Haustür, wobei er kurz meinen Zopf loslassen muss. An Flucht ist trotzdem nicht zu denken. Er schiebt mich durch die Tür in einen spärlich erleuchteten Flur. Unser Hereinkommen bleibt nicht ungehört.

»Franky, alles klar?«, ruft Felicitas.

»Ja, Süße, ich bringe nur noch eben den Müll weg.« Das Wort ›Müll‹ drückt er heraus wie eine Schrottpresse den Blechwürfel, der einmal jemandes ganzer Stolz war.

Schnell bugsiert er mich durch eine kleine Diele, in der ein Salzkristall ein warmes Licht verbreitet, dann geht es durch einen zweiten kleinen Flur, der durch eine weitere Tür vom Rest der Wohnung getrennt ist. Jetzt stehen wir vor der Kellertür. Als auch diese hinter uns zufällt, erkenne ich, dass sie schallisoliert ist. Mein erster Blick fällt auf den nackten toten Hanf, der kopfüber an die Leiter geknüpft ist. Sein verfilzter Schopf steckt in einer lila Wanne, die voll ist von seinem eigenen Blut. Mir wird schlecht. Gepresst atme ich gegen die aufsteigende Übelkeit an, mein Kreislauf revoltiert, in meinen Händen fängt es zu kribbeln an. Wo kommen bloß all die Ameisen her, die sich meiner bemächtigen? Mit einem Schwung stößt Franky mich in die Ecke des Raumes. Unsanft knalle ich gegen die harten Rippen eines Heizkörpers und sacke davor zusammen. Als ich aufsehe, erkenne ich in seiner Hand ein blutiges Skalpell. Mit dem Teil wird er Hanfs Halsschlagader aufgeschlitzt und mir einen veritablen Ritz in den Rücken verpasst haben. Das Blut von dort arbeitet sich durch den Spalt zwischen meinen Pobacken und scheint dort zu gerinnen. Vielleicht geht mir aber auch nur der Arsch auf Grundeis. Ach, du ahnst es nicht, murmelt diesmal der Advokat und die drei Buchstaben HIV leuchten hinter seiner Stirn auf. Na, das ist jetzt meine geringste Sorge. Das Hocken in der kalten Ecke vertreibt die Ameisen aus meinen Ärmeln, das taube Gefühl in den Händen fällt von ihnen ab. Ich versuche mich im autogenen Atmen, doch selbst die miefigste Knabenumkleide der ältesten und sanierungsbedürftigsten Turnhalle eines kleinen Dörfchens kann mit dem hier aufsteigenden Ekelfaktor nicht mithalten. Wenn die verfügbaren drei Duftrezeptoren besetzt sind, könne man kein weiteres Aroma mehr aufnehmen. Ich rieche Tod und Schweiß und wenn gleich mein Mageninhalt hinzukommt, müsste sich die Nase geschlagen geben.

»Du musst Himmel sein! Willkommen! Was treibst du hier in der Hölle, du Idiot?« Mir ist klar, dass der Schlachter von mir keine Antwort erwartet. Er greift in den Haufen Wäsche, den er Hanf ausgezogen hat, fischt eine Wollsocke heraus und stopft sie mir in den Mund, dann zurrt er einen Gürtel um meinen Kopf fest. Gegenwehr ist zwecklos, da er im Besitz des Skalpells ist, das er während seines hektischen Hantierens nicht aus der Hand legt. Immerhin grenzt es an ein kleines Wunder, dass er mir nicht jetzt schon ein Auge ausgestochen hat. Mit Blitzbindern befestigt er meine Handgelenke sicher am Heizungsrohr. Die Ameisen formieren sich neu. Die Füße werden mit Klebeband zusammengebunden.

»Keinen Laut, denn das lohnt sich nicht, siehst du?« Dabei reißt er mir den Kopf hoch, sodass ich genau auf den blutleeren Hanf starren muss.

»Das Schicksal ist gnädig zu mir, weißt du? – Wenn das jetzt mit Barachiel nicht klappt, habe ich mit dir eine zweite Chance.«

Barachiel, der Helfer, fällt mir der Job des Erzengels ein und gleich darauf die Frage, wie viele von den Sieben schon ihr Ende durch Franky gefunden haben mögen. Kalter Schweiß sammelt sich in den Querfalten meiner Stirn. Der Geruch im Keller ist kaum zu ertragen – schlimmer als in der hintersten Ecke eines Schlachthofes, wo Kadaverreste und Innereien einen blaugrünen Schimmer ansetzen, während sie auf die Weiterverarbeitung zu Tiernahrung warten.

»Schau also hin, du neugieriges altes Weib!« Er springt mit dem Operationsbesteck auf, geht zu einem gegenüberliegenden Regal und stellt Musik an. Mystische Klänge, ebensolche, wie ich sie bereits bei Brandt gehört habe, wenn der sich an die Arbeit macht. Ob die zwei unter einer Decke stecken? Frag dich lieber, ob du das jemals herausfinden wirst, kommentiert der Advokat bissig. Kalle, guck lieber weg, das ist nichts für Kinder. Der Schweiß rinnt mir jetzt in die Augen und ich muss sie zukneifen. Aus schmalen Schlitzen beobachte ich, wie sich Franky vor dem Leichnam aufbaut, dabei das Skalpell unruhig in seiner Rechten bewegt. Er zappelt damit zwischen seinen Fingern umher wie ein Absolvent des VHS-Kurses ›Richtig essen mit Stäbchen‹ am Ende der Veranstaltung. Entweder, er ist in einer derartigen Erregung, oder er weiß nicht so genau, wie er anstellen soll, was er umsetzen will. Jetzt scheint er sich entschlossen zu haben. Mit vollkommen ruhiger Hand verpasst er Hanf einen langen Schnitt vom Knie abwärts, bis fast zur Leiste. Das gleiche wiederholt er mit dem anderen Bein. Der nächste Schnitt verläuft oberhalb der Scham, mit einem weiteren durchtrennt er die Brusthaut bis zum Hals. Als nächstes verpasst er den Armen bis zu den Ellenbogen einen langen Schnitt. Mit weiteren Schwüngen des Skalpells hat er Hanfs Torso rundherum ausgeschnitten, sodass …

Ich glaub, ich muss kotzen. Nein, ich glaube es nicht nur. Ich muss kotzen, was mit einer Wollsocke im Schlund definitiv unmöglich ist. Sollte es mir ergehen wie Jimmy Hendrix?

»Ich habe doch Klappe halten gesagt!«, schnauzt Franky mich an. Meine Würgegeräusche haben ihn aus dem Konzept gebracht. Sein Blick auf mich verrät, dass er ahnt, was da in mir vorgeht, vielmehr in mir aufsteigt. Er dreht erst die Musik lauter, löst dann den Gürtel und nimmt mir den Knebel aus dem Mund.

»Das könnte dir so passen, einfach abkratzen. Nein, so läuft das nicht. Ich bin der Spielleiter, ich sage, wann gestorben wird.«

Und ich kann es nicht mehr halten. In der Eile hatte Franky keinen geeigneten Auffangbehälter zur

Hand und greift wahllos einen der Eimer, die an der Wand aufgereiht stehen und drückt meinen Kopf hinein. Aus tränenden Augen erkenne ich schemenhaft abgetrennte Knochen, sogar schwarze Zehen sind dabei – oh, mein Gott, das werden die Reste des verschwundenen Raucherbeines sein, die jetzt von meinem Halbverdauten umspült werden. Ich kotze mir fast die Seele aus dem Leib. Als ich unterbreche, um den Kopf zu heben und Luft zu holen, presst Franky ihn weiter in den stinkenden Eimer. Ich wünsche mir Besinnungslosigkeit und lasse ganz locker. Vielleicht denkt er dann daran, loszulassen, da er ja nicht will, dass ich jetzt schon den Löffel abgebe. Er reißt mir den Kopf wieder hoch, schlägt mir mit der flachen Hand ins Gesicht, um zu sehen, ob ich mich noch rühre. Die Ohrfeige lässt mich den Mund verziehen.

»So ist es brav«, bemerkt er nur und scheppernd landet der Eimer neben mir.

Anschließend kriege ich den Socken wieder in den Mund, doch auf den Gürtel will er verzichten, falls es mich noch mal überkommt. An der Positionierung der Strickware scheint Franky einen Narren gefressen zu haben, denn rein theoretisch könnte er ohne Halterung darauf verzichten. Praktisch werde ich darüber jetzt keine Diskussion beginnen.

Was mich von meinem Mageninhalt getrennt hat, war das Enthäuten Hanfs. Mit sicheren Griffen hatte Franky ihm die Brusthaut auseinandergeklappt, um sie mit vorsichtigen Schnitten vom Muskelfleisch zu trennen, dort, wo sie sich nicht abziehen ließ. Vielleicht hatte er das schon früher an Kaninchen geübt.

Will nicht wissen, wie viele Rammler dafür draufgingen. Was hat dieser Verrückte bloß im Sinn?

Meine Nasenschleimhäute sind endlich so überreizt, dass ich den Gestank gar nicht mehr wahrnehme. Doch meine Ohren sind noch hyperempfänglich und die Geräusche, die das Häuten verursacht, lassen mich den Socken ausspucken, meinen Kopf in Richtung Eimer wenden und grüngallige Reste absondern.

»Mann, du nervst!«, werde ich angeraunzt. Franky hat endlich die Haut von Hanf runter und legt sie in einen Eimer Wasser, wäscht sie aus. Grummelt, schaut auf die Uhr, rennt wie ein Tiger hin und her, scheint etwas zu überlegen.

»Was meinst du, mit oder ohne Haare?«

Er wartet meine Antwort nicht ab.

»Keine Zeit für Aschebrei – also schaben, dann die Hirnsuppe drauf. Ja, so müsste es gehen. Barachiels Härchen werde ich schnell zu zupfen wissen.«

Mit einem Schabeisen schubbert er jetzt Hanfs Rücken. Das klingt grauenvoll und mir ist, als zöge man mir jedes Nackenhaar einzeln heraus, ganz langsam. »Das muss reichen«, sagt er nach circa einer Stunde, in der er zwei Mal draußen war. Er verlässt den Raum, nachdem er die Haut gründlich ausgewrungen hat und kommt mit einem dampfenden Topf wieder hinein. Urgh – das stinkt zum Gotterbarmen.

»Na, auch ein Löffelchen Hirnsuppe? Könnte dir nicht schaden, was?«, er nimmt ein wenig von dem Zeug in die Hand und will es in meine Richtung werfen. Ich ducke mich. Das Hirn bleibt, wo es ist.

»Hätte ich gewusst, dass du mir noch in die Hände fällst, hätte ich deines dazu genommen. Aber, wer weiß, was nicht ist, kann ja noch werden. – Der Zeitfaktor«, murmelt er vor sich hin, »der Zeitfaktor. Hmm.« Damit beginnt er, eine Melodie zu summen, ›Morning has broken‹, und mit Schmatzgeräuschen klatscht er die Masse auf die Haut und ich muss abermals kotzen. Der will dich verscheißern, meint Kalle, ganz sicher, vielleicht ist das gar kein Hirn in dem Topf da.

»Mann, du nervst jetzt aber echt«, kommt es aus seiner Richtung und es wird deutlich, dass er unter großer Anspannung steht, während er die Hirnmasse in die Haut massiert und immer wieder auf die Uhr guckt. Franky unterbricht unwillig seine Arbeit, geht zum Regal, von dem aus der Kassettenrekorder dudelt, öffnet ein kleines Erste-Hilfe-Schränkchen, mixt was zusammen, das er mit einer Pipette aufzieht und spritzt es mir in den Mund. K.o.-Tropfen, behauptet er. Ich bin erlöst, erst mal. Oder tot, für länger …

47

Donnerstag

Hatten Sie schon mal eine leichenstarre Maus im Mund? Ich auch nicht. Bis zu dem Moment, der mich gewahr werden lässt, nicht selbst tot zu sein. Das Pelztier in meinem Mund stellt sich als meine Zunge heraus. Der Kopf dröhnt, mir ist schlecht. Langsam öffne ich die Augen, nachdem ich beschlossen habe, wissen zu wollen, wo ich bin. Mein erster Blick fällt auf einen Socken. Ich erinnere mich. Hanfs Strumpf, den ich ausgespuckt habe. Ich unterdrücke den Drang mich zu räuspern, da ich nicht weiß, ob ich alleine bin, hier in diesem Keller. Meine Nase fühlt sich taub an, mein Kopf ist schwer wie ein Medizinball, meine Knochen sind noch da, denn jeder einzelne schmerzt. Schmerz zu empfinden bedeutet Leben. Das ist positiv. Die Hände sind immer noch am Heizungsrohr befestigt. Mein ganzer Körper fühlt sich feindlich an. Ich betrachte meine Gliedmaßen wie herumliegende Teile nach einem Autounfall und kann nur über den Schmerz einen Bezug zu ihnen herstellen, was bedeutet, die wehen, wunden und geschundenen Stellen noch deutlicher wahrzunehmen. Allmählich setzt die Erinnerung ein, mit jedem Schlag meines Herzens, mit jedem Pulsieren in den Schläfen pocht der Überlebenswille an meine Stirn und befiehlt, ich solle mich umsehen, mich rühren. Nachschauen, was aus Hanf geworden ist, gucken, ob ich alleine bin, mich orientieren. Wäre ich eine Marionette, bräuchte es stabile Drahtseile, ungefähr so viele, wie benötigt werden, um einen Zwölf-Personen-Lastenaufzug in den 49. Stock zu ziehen, um mich in Bewegung zu versetzen. Schwer hebe ich den Kopf an und schaue mich um. Es ist Tag. Ich bin alleine. Alleine mit einem Eimer, um den Fliegen summen. Schätze, dass Hanfs

Haut in Hirnmasse darin vor sich hindümpelt. Von den Überresten des Friedhofsgärtners ist nichts zu sehen. Die Blutwanne ist weg. Der Eimer, in den ich auf teerschwarze Zehen gekübelt habe, auch. Franky war fleißig. Die Erinnerungen ziehen vorbei, wie ein Film, den man gesehen, aber nicht verstanden hat, sie bilden eine parallele Welt ab, mit der man nichts zu schaffen hat. Ein Blick des kleinen Kindes durchs Schlüsselloch des elterlichen Schlafzimmers und die Frage: Was machen die da? Und die Antwort: Ist ja eklig. Schnell wieder ins Bett, das Kuscheltier an sich gedrückt, einschlafen und das Gesehene vergessen. Wäre ich ein Kleinkind. Dass ich das Erlebte nicht vergessen werde, dafür sorgt die Drohung des Spielleiters, der sich für Herr über Leben und Tod hält. Er würde sagen, wann gestorben wird. Bleibt zu hoffen, dass sein Plan mit Barachiel aufgegangen ist und er mit mir als zweite Chance nicht zu arbeiten braucht.

Was zur Hölle will er nur anfangen mit der Haut des Mannes? Mein Blick stellt sich nur langsam immer schärfer, nach und nach lassen die Pupillen Licht ins Dunkel meiner grauen Zellen, im gleichen Maße scheint sich der Kellerraum zu erhellen. Das dumpfe Dröhnen zwischen meinen Ohren wird von Vogelgezwitscher unterbrochen. Es ist Morgen. Donars Tag.

Jetzt rieche ich Chlorreiniger und sehe einen Holzreifen auf dem Boden unter dem Regal liegen. Ein Tamburin ohne Bespannung. Wie der Chlor durch meine Nase strömt, sickert die Erkenntnis in mein

Bewusstsein. Auf Hanfs Rücken soll getrommelt werden. Die Knochenflöte in meiner Tasche … bizarre Vorstellungen wollen sich in den Falten meines Stirnlappens einnisten. Womit will er die Trommeln schlagen? Mit Raucherbeinen? Der Unterschenkel als Stick. Ich wackle vorsichtig mit den Zehen, bewege meine unteren Extremitäten. Fühlt sich alles noch lebhaft an. Knöchelchen zu Rasseln. Becken zu Becken. Schädel zu Perkussion, wenn sie nicht zu Aschenbechern werden. Ich schüttle mir die Absurditäten aus dem Kopf, dabei wird mir schwindelig. Wenn der Magen nicht leer wäre, würde dessen Inhalt sich erheben. Ich betrachte meinen Körper unter einem ganz neuen Gesichtspunkt, dem der Zweitverwertung.

Alles solle so authentisch wie möglich sein, hallt ein Satz in mir nach und das Gefüge vom musikalischen Menschen erhält eine neue Bedeutung.

Mir fallen die alten Geschichten ein, die ich während meiner Umschulung vom Druckerei-Fachlehrer hörte, als es um das Buchbinden ging. Menschenhaut wurde hin und wieder verwandt, sie sei von einer wunderbaren Farbe und feineren Poren, wenn sie vom Dekolleté einer Frau stamme statt von Schwein oder Ziege. Bruchstückhaft fallen mir weitere Beispiele ein. Keine Ahnung, aus welchen Hirnschächtelchen sie purzeln. Eine Trommel mit Ohren dran, Türken, Sieben Sack voll Ohren, Französische Kolonialisten mit Tabaksbeuteln aus Frauenbrüsten. Was mir an Fragmenten tief unterhalb der Haarwurzeln herumfliegt, muss in einer der Matroschkas verborgen gelegen haben, aus gutem Grund. Dieses Russenpuppengefühl von vor einigen Tagen stellt sich in mir wieder ein. Doch diesmal ist klar, dass ich nicht derjenige bin, der sie auspackt, ich werde gepackt. Geparkt wohl eher, näselt der Advokat, um mich auf meine Lage hinzuweisen.

Ich muss pinkeln. Die Blitzbinder um meine Handgelenke haben sich bereits unangenehm tief ins Fleisch gegraben, wie rot-blaue Armbänder. Vorsichtig versuche ich, meine Hände zu bewegen und kann einen Schmerzlaut nicht unterdrücken. Kurz darauf höre ich den Splitt vor dem Kellerfenster knirschen und dann jemanden die Treppenstufen hinaufgehen. Ich wünsche, dass es Felicitas ist.

»Bis heute Mittag!«, höre ich sie rufen.

»Ich hole dich ab!«, höre ich ihn rufen.

Ihr wird auffallen müssen, dass mein Wagen noch oben im Wendehammer parkt, gesetzt den Fall, dass sie diesen Weg wählt und nicht durch den Wald zur Haltestelle in Achenbach geht.

Im Schloss der Kellertür bewegt sich was und kurz darauf steht Franky vor mir.

Er hat das Skalpell wieder im Anschlag und löst meine Fesseln.

»Geh dich mal frisch machen, du stinkst«, sagt er nur, zieht mich auf die Beine, die fast unter meinem Gewicht nachzugeben drohen. Ich stütze mich auf der Heizung ab. Scheiße, tun die Gelenke weh!

»Brauchst gar nicht fragen, was ich mit dir vorhabe. Wart's ab«, packt er mich wieder im Genick und schubst mich vor sich her durch den Flur, die

Diele bis ins Bad. Dort bezieht er vor der offenen Tür Posten.

Im Bad riecht es nach Felicitas. Sie hat geduscht und sich mit dem blumigen Duft besprengt. Alles wird gut, will mir mein olfaktorischer Sinn vorgaukeln.

Ich gehe auf die Toilette und lasse anschließend kaltes Wasser über meine Arme und Hände fließen, klatsche mir das kühle Nass ins Gesicht und fühle mich ein wenig besser.

»Ausziehen und ab unter die Dusche!«, befiehlt Franky. »Deine Klamotten stinken wie Aas – das geht so nicht, das passt nicht.«

»Ich fühle mich ganz wohl so«, probe ich den Widerstand.

Daraufhin fliegt die Tür des Badezimmers zu und von außen wird abgeschlossen. Leider gibt es kein Fenster hier. So ein Mist, knurrt Kalle, hättest ja vorher mal gucken können, wohin das Wehren führt. Ich nutze den unbeobachteten Moment, um nach Rasiermessern zu suchen. Leider vergebens. Doch finde ich eine kleine Feile und eine gebogene Nagelschere. Wo soll ich das Zeug verschwinden lassen, wenn Franky darauf besteht, dass ich mich von meiner Kleidung trenne? Die Feile könnte ich mir in die Haare stecken, irgendwie unter das Zopfband klemmen, die Schere vielleicht auch, beschließe ich und lasse die Gegenstände hinter einer Flasche Shampoo in der Duschwannenecke verschwinden. Als die Tür aufschwingt, steht da nicht mehr Franky mit einem Skalpell, nein, er hat aufgerüstet und in seiner Hand glänzt eine kleine elfenbeinfarbene Pistole mit einem kurzen silbernen Lauf.

»Überredet«, sage ich nur, entkleide mich und drehe den Duschhahn auf.

Ich werde den Moment in der Kabine unterm Wasserstrahl so lange auskosten, bis ich das Gefühl habe, dass sich ausreichend verbliebene Überlebenskräfte gesammelt haben, um so viel wie möglich vom Ende der Geschichte selbst beeinflussen zu können. Meine internen Berater ziehen in Erwägung, dass ich zu kämpfen oder gleich auszurasten beginne, und befürchten die Folgen. Hey, flüstert Kalle, der Kerl ist größer als du, hat sicher sehr gut geschlafen und gefrühstückt und hat eine Waffe. Der Advokat schaltet sich dazu und rät zur Mäßigung. Bloß keine Kurzschlusshandlungen. Wenn Franky sagt, so würdest du nicht passen, in welches Konzept auch immer, dann hat er mit dir noch einen Plan. Wäre doch zu gut, den zu kennen. Besonnenheit wäre geboten, sagt der Denker mit Kalkül. Der hat gut reden. Um seine Haut geht es erst in zweiter Linie. Kurz flammt das Gefühl von Panik in mir auf.

»Genug jetzt!«, werde ich angeherrscht. Franky ist zurück. Er wird meine Sachen entsorgt haben, mit all den Beweisen in der Hosentasche. Vielleicht liegen sie neben Hanfs Rad.

Er wirft mir ein Handtuch über die Duschtür. Jetzt kommt es darauf an, die Maniküre-Werkzeuge geschickt unterzubringen. Hoffentlich reißt er mich nicht wieder am Zopf. Im trockenen Haar ließen sich die Dinge besser verstecken. Ich muss das Risiko, dass sie entdeckt werden könnten, eingehen und fummle die Kleinigkeiten unter meine Matte, wickle unter stechenden Schmerzen der Handgelenke das Gummi darum und lasse ein Stoßgebet zum Himmel.

»Kleine Änderung im Spielplan – hier, zieh das an!«, befiehlt Franky und reicht mir ein Gewand. Ach, du heiliger Strohsack, entfährt es Kalle. Eine Art Mönchskutte hält er mir hin. Sie ist lila. Leicht violett, korrigiert der Advokat fürs Protokoll.

»Ha, genial! Diese kleine Änderung wird das Spiel perfekt machen, wenn ich es mir recht überlege. Ich Idiot! Warum bin ich nicht gleich selbst darauf gekommen? Manchmal braucht man einen kleinen Schubs von Fortuna.« Bei diesen Worten strahlt er, als habe ihn die Glücksgöttin in Person des Augustmädchens wahrhaftig geküsst. Beim Blick auf meine Blöße legt sich jedoch schnell wieder Schatten über sein Gesicht.

»Hast du die Gewandung immer noch nicht an? Meine Herrn, du brauchst ja länger als ein Weib«, spricht er seinen Monolog, während ich herausfinden musste, wo bei der Kutte vorn und hinten ist. Mit einer Art Kordel binde ich mir den Stoff um die Hüften zusammen. Ich komme mir vor wie einer der drei heiligen Könige im weihnachtlichen Krippenspiel der dritten Klasse, wobei mich die Jungs aus der gegnerischen Bande auslachen, da meine Verkleidung aus der alten, verschossenen Wohnzimmergardine besteht, die meine Mutter zu dem Zwecke in ein Kostüm verwandelt hat.

»Mit den Haaren müssen wir noch was machen. Gut, dass ich sie dir gelassen habe, aber so geht das nicht«, tritt Franky auf mich zu und will sich an meinem Kopf zu schaffen machen. Das Schellen der Klingel rettet mir den Zopf. Franky schließt mich erneut ein und ich nutze die Zeit, um Schere und Feile wieder aus den Haaren zu zupfen, sie in ein Beutelchen mit Wattepads, die an einem Haken an der Tür hängen, zu packen und den gesamten Beutel mit einer Haarklammer, die ich auf der Ablage eines Eckschränkchens erspäht habe, in den Falten des Gewandes zu befestigen. Der Beutel baumelt mir jetzt um die Hüften. Ich hoffe nur, dass die Haarnadel hält, das dünne Plastik des Beutels nicht ausreißt und ich im Notfall schnell die Waffen zücken kann.

Keine Sekunde zu spät bin ich mit meiner Ausstattung fertig. Als Franky wieder ins Bad kommt, sieht er mich, wie ich die letzten Tröpfchen aus mir herausschlage, wer weiß, wann ich das nächste Mal dazu kommen werde, und die Spülung betätige.

Mit einem entschlossenen Schritt tritt er seitlich hinter mich und mir wird sehr, sehr seltsam. Ein furchterregender Schauer läuft mir über die Haut. Ich werfe einen zaghaften Blick zu seinem Gürtel hinunter, die Waffe steckt griffbereit in seinem Hosenbund, seine Hand ist maximal fünf Zentimeter davon entfernt. Jetzt fingert er mir mit der anderen Hand an den Haaren herum. Kriegt das Gummi nicht ab und reißt.

»Ja, ja, ja, ja, ja, genau, so wird es was«, spricht er zu sich selbst, während er mir am Kopfschmuck wühlt und ihn in lockeren Strähnen über meine Schultern verteilt. Dabei tritt er hin und wieder ein Stück von mir zurück, betrachtet das Ergebnis seiner Strubbelei und murmelt. Heiner, flüstert Kalle, was ist mit dem Typ? Nichts, nichts, mein Junge, ein Friseur vielleicht, drücke ich mich um eine Erklärung, denn das mit der Homo- oder Bisexualität soll ihm seine Mutter erklären.

»Perfekt!«, staunt Franky, wobei er nicht mich meinen kann, sondern vielmehr seine Vorstellung von mir, nach erfolgter Maskerade.

»Hier«, knallt er mir einen Fön vor die Brust, »über Kopf trocknen, mit dieser Düse«, er reicht mir so einen runden Aufsatz mit gleichmäßig angeordneten Stäben, wobei ich nie wusste, wozu frau das braucht.

»Und hier«, kriege ich ein Fläschchen gereicht, »das nimmst du auch. Damit die ganze Sache Stand bekommt.« Festiger. Ich fass es nicht. Wo bin ich bloß hier hineingeraten?

›Rocky Horror Picture Show.‹

Franky setzt sich auf das Klo und legt die Waffe auf mich an.

»Damit du nicht zweifelst, wie ernst mir das ist, Freund!«

Benutze den Fön wie einen Wurfhammer, rät Kalle, und diese komische Düse soll er sich in den Arsch schieben. Kalle!

Die Waffe klickt. Frankys Finger ist am Abzug. Meine Angriffspläne auch. Sie ziehen ab und ich bücke mich, um mir die Haare über Kopf zu fönen. Dabei wende ich mein Gesäß der Badewanne zu, die sich gegenüber der Toilette befindet. Besser ist das.

Mit der heißen Luft wirbeln mir neue Gedanken durch den Kopf. An Donars Tag soll ES geschehen. Felicitas wird ihre besondere Rolle spielen und ich bin jetzt ein Teil vom Theater. Wie es klang, hat sich des Spielleiters Plan zum Guten gewendet, für ihn und für sein Spiel, daher wird er mich noch brauchen, halte ich wiederholend zur Beruhigung fest.

Es wird Gelegenheiten geben. Ja, muss es einfach. Ich muss ihn knacken, diesen Irren. Vielleicht bei seiner Eitelkeit. Denn eitel ist er, keine Frage, so wie er sich gebärdet – er führt sich auf wie ein, wie ein … überlege ich. Wie ein Gott, findet der Advokat einen treffenden Begriff und ich ergänze: oder wie ein Satan. Gottsatan in einem? Heiß, verdammt, habe den Fön zu lange über eine Stelle am Hinterkopf gehalten.

Flüchtig erhasche ich einen Blick auf mein Spiegelbild und erkenne mich kaum wieder. Kein Wunder, dass die alte Dame, Fräulein Hedwig, als sie meiner ansichtig wurde, vom Heiland gesprochen hat. Ich sehe aus wie auf einem der Kitsch-Ikonen. Wallendes grau-schwarzes Haar umgibt mein Gesicht.

»Wunderbar. Jetzt noch der Lockenstab«, befiehlt Franky und Kalle mault, dass er sich den zur Föndüse schieben könne. Mein entgeisterter Blick lässt Franky die Waffe erneut in Position bringen. Sie zielt genau auf meinen Sack.

Die Türklingel scheint mir eine zweite Pause zu gönnen, oder sollte ich sagen, einen zweiten Vorhang.

»Ach, egal«, entscheidet Franky, »die Details können wir später ausfeilen.«

Er packt mich, ruft in Richtung Tür, er käme gleich, und sperrt mich in den Keller. Mache ihn wütend, dann wird er Fehler begehen, sich verplappern oder was auch immer. Lass dir was einfallen, bevor er die Tür ins Schloss fallen lässt.

»Was soll das hier werden? Ein Krippenspiel? – Weihnachten ist doch längst vorüber!«, presse ich meine Wut über die Behandlung aus mir heraus. Er schubst mich in die Heizkörperecke, will eigentlich den Raum verlassen, überlegt es sich anders, macht auf dem Absatz kehrt, tritt ganz nah an mich heran …

»Du hast ja gar keine Ahnung. – Weihnachten! Pfff! Hättest du wenigstens Karfreitag gesagt. – Aber auch das trifft es nicht, du Dummkopf. Und genauso soll es bleiben.«

Er wirft mich nicht zu Boden, dabei könnte ich mir das Kostüm zerreißen, auch fesselt er mich nicht, meine Hände werden wohl noch gebraucht. Ich bekomme eine Fußkette, die ich mir selbst anlegen muss. Kalle kann gar nicht mehr hinsehen, so stark empfindet er die Demütigung. Ja, der kleine Held in mir würde jetzt auch lieber einen Jackie-Chan-Film drehen, doch mit dem kurzen Lauf einer Pistole zwischen den Hinterbacken kann man nicht wählerisch sein.

Als er den Raum verlassen hat, flüstert der Advokat: Hast du gemerkt, seine Anspannung macht ihn vergesslich. Er wäre beinahe rausgegangen, ohne dich zu fixieren.

Das morgendliche Licht, das durch das schmutzige Kellerfenster hereinstrahlt, reicht aus, um die Einzelheiten im Verließ genauer zu betrachten. Ich teste meine Reichweite mit Kette und gelange bis zu dem fliegenumschwirrten Eimer. Die Neugier besiegt den Ekel. Vorsichtig lupfe ich den provisorischen Deckel und schlucke. Hanfs Haut weicht noch immer in der Masse. Die Fliegen, die schnell genug waren, in den Brei zu hüpfen, bevor ich den Deckel angewidert fallen lasse, haben jetzt ein Problem. Die anderen versuchen unterdessen weiterhin, ihre Art zu erhalten. Versuche du das auch mal, rät der Advokat. Ja, ja.

Determinieren wir also die Aufgabenstellung des Überlebens in kleine Teileinheiten. Zeitlich, strategisch, kontrafaktisch? Am besten alles. Die nächsten Stunden des Überlebens scheinen gesichert, denn sonst hätte Franky mich nicht in diesen Fummel gezwungen. Es gilt herauszufinden, zu welchem Zweck. Welches Stück soll zur Aufführung gebracht werden? Womit wäre der Spielleiter in die Krise zu treiben, derart, dass er Fehler machen wird?

Das Gewand, das kühl meinen Körper umspielt, ist aus Satin. Ein Mönch bin ich also nicht. Die Haare zu Locken – der gesamte Engelskult. Welcher von den Erzengeln bin ich also? Barachiel ist tot. Denk nach, Heiner, was war sein Job? Er war der Helfer – Friedhofshelfer, das passt ja. Wie weit muss die Geschichte gereift sein, dass Franky bereits auf seinen Helfer verzichten kann?

Uriel – Felicitas, die Gefährtin, sie wird noch gebraucht. Michael war der Chef der himmlischen Schar. Der werde ich wohl nicht sein, ich wurde noch nie aus dem Stand rausbefördert. Dann gab es den Fürbitter und den Vergelter, den, der die Drecksarbeit erledigt. Das käme schon recht nah an meine bisherigen Arbeitsgelegenheiten.

Erst jetzt fällt mir auf, dass ich wie angewurzelt neben dem Eimer stehen geblieben bin. Aus der Starre heraus bemerke ich einen Karton in dem Regal, der gestern noch nicht da war.

Es wäre sicher von Vorteil zu wissen, was sich darin befindet. Mist, ich komme nicht daran. Die Kette ist zu kurz. Aus dem Karton ragt etwas Längliches heraus. Es ist in Papier gewickelt.

Plötzlich geht die Tür auf und ich mache einen Satz zur Seite. Zu meiner Überraschung erscheint nicht Franky im Rahmen, sondern Abi, Lars Sommer. Er ist nicht minder überrascht als ich und überspielt das mit lautstarkem schrillen Gegacker. Er lacht wie ein asiatischer Kampfhahn im Stimmbruch.

»Franky, was 'n das?«, ruft er in die Wohnung hinein. Ich vernehme so etwas wie, er solle die Klappe halten, den Eimer und den Karton bringen.

Na, das Machtgefüge wäre auch klar. Ob der Eimer dem spillerigen Kerlchen nicht zu schwer sein wird? Ich könnte ihn übertölpeln. Und dann, will der Advokat wissen. Dann kommt Franky herein und dem zimmere ich die Tür vor die Stirn, dass er schneller die Engelein singen hört als gewollt. Ein guter Plan, der gleich darauf durchkreuzt wird. Franky kommt bereits, holt sich selbst den Eimer, mault etwas vor sich hin und befiehlt Abi deutlich, den Karton endlich herbeizuschaffen.

Der greift sich das Paket, sein Kichern mühsam unterdrückend, wobei ihm das herausragende Teil herunterfällt. Das Papier löst sich noch im Flug und auf der Erde schlägt eine schwarze Geißel auf, eine dreischwänzige mit geflochtenem Ledergriff.

Abi hebt die Geißel auf, schwingt sie heyja-heyja-Laute ausstoßend, wie man sie aus uralten Zorro-Filmen kennt, durch die Luft und verlässt den Raum.

Ich muss an den verschrobenen Raum in der Kneipe denken. Es gibt Phasen im Leben, da häufen sich bestimmte Merkmale, als wollten sie einem etwas mitteilen. Das hier ist so ein Moment. SM, Rollenspiele, Knochen, Zweitverwertung, Engelskult, Jehudiel, der Vergelter, mit Krone und Geißel.

Matroschka legt ab und offenbart ihre dunkle Seite.

48

Wer bin ich? Ich knüpfe an meine Überlegungen von vorhin an, setze mich auf den Boden, lehne mich an die kalte, weiße Wand.

Ein Engel von höherem und anerkanntem Rang bin ich sicher nicht. Auch nicht Gabriel, nicht Raphael. Barachiel ist tot, Uriel spielt eine Hauptrolle, die von Felicitas verkörpert werden soll. Bleiben Sealthiel, der Fürbitter und Jehudiel, der Vergelter. All die Gedankenspielereien basieren auf der Annahme, dass es um die sieben Erzengel geht, vielmehr um die vier, von denen ich seit Kurzem Kenntnis habe.

Zu gerne wüsste ich den Plot der Story, die sich Franky ausgedacht hat. Manchmal verwenden Rollenspieler historisch markante Ereignisse, wie zum Beispiel die Französische Revolution, als Grundlage für ihre Zeitreisen, erinnert sich der Advokat an eine Internetseite, auf die ich vor einiger Zeit stieß, als ich mich mit der Überlegung befasste, mich als altertümlicher Briefschreiber auf Märkten und Festen zu verdingen. Einen Zulieferer für handgeschöpftes Papier hatte ich schon. Ein Klapptischchen hätten mir die lieben Bewohner der Behindertenwerkstatt gebaut, fehlte lediglich ein originalgetreues Outfit. Letzten Endes kam mir der regelmäßige Einsatz in der Tankstelle dazwischen. Selbstbehindernde Strategie, frei nach dem Spruch, sich lieber mit dem Spatz in der Hand zu begnügen. Ach, hätte ich das doch mal durchgezogen. Ich beschließe, es zu tun, wenn ich das hier überleben sollte, dann käme ich auch mal ein bisschen rum in der Welt. Deine Welt, lieber Heiner, stellt der Advokat in seiner unverwechselbaren Art fest, besteht derzeit aus einer Art Folterkeller, und dein Outfit lädt einen an einen schlechten Scherz denken. Warum kannst du so ruhig hier hocken bleiben, fragt

Kalle, und ich mutmaße, dass es an meinem schlechten Ernährungszustand liegt. Wasser- und Nährstoffmangel. Ein starker Kaffee wäre jetzt gut.

Als habe man es erhört, öffnet sich die Tür. Merke, sagt Kalle, sie war nicht verriegelt. Abi kommt herein und bringt mir eine Scheibe Weißbrot und eine Tasse Kaffee. Der Punk hat sich in der Zwischenzeit den Kamm geschoren und sieht auf dem Kopf aus wie ein darbender Bettelmönch. Passend zur neuen Nichtfrisur trägt er ein weißes Gewand um den Körper geschlungen. Was rollenuntypisch ist und wohl auch bleibt, ist seine kindische Art zu feixen. Mit übertriebener Gestik und der ehrfürchtigen Mimik eines verknöcherten Sonntagsschullaienpredigers lässt er ausladend das Holzbrettchen vor mir ab und sagt tief brummend:

»Ora et labora. Lasset uns beten, arbeiten können die anderen!« Er faltet die Hände und da ihm nichts Altertümliches oder weiteres Latein einfällt, murmelt er:

»Komm, Herr Jesus, sei du unser Gast und segne mit Gnaden, was du uns bescheret hast. Amen.« Dann lacht er.

»Verdammt!«, hallt es durch die offene Kellertür und Sealthiel, da bin ich mir jetzt ziemlich sicher, beeilt sich mit dem Abgang, schlägt die Tür zu. Merke, sagt Kalle, er hat sie nicht verriegelt. Nützt herzlich wenig, solange ich das Fußkettchen habe. Vor meinem inneren Auge kristallisiert sich eine Handlungsalternative. Wenn das nächste Mal einer der beiden hereinkommt, werde ich bereit sein. Die Person in meine Reichweite lotsen, die circa ein Meter und fünfzig lange Kette würgend zur Anwendung bringen. Person tretend von den Füßen holen, wenn sie am Boden liegt, die Kette um den Hals legen und zuziehen. Hoffe, Franky wird auf der Bühne erscheinen, der wird den Schlüssel zur Kette haben.

Für einen Sekundenbruchteil fühle ich mich nicht allein in dem Raum, mir wird kalt. Das wird an deinem dünnen Gewand liegen und an einer beginnenden Unterzuckerung. Mit dem Plan im Kopf, dem Willen in allen Muskeln und Sehnen, genügend Kraft für die Befreiungstat aufzubringen, beiße ich in das trockene Brot und spüle es mit dem Kaffee runter. Trotz der Süße schmeckt das Gebräu bitter. Scheiße, Heiner, das Trinken war ein Fehler, was heißt eigentlich Scheiße auf Latein, denke ich und sacke müde zur Seite.

49

Das Liegen und Erwachen in einem Kofferraum, wenn man kein Koffer ist, ist äußerst schmerzhaft. Mein erster Gedanke nach den letzten Gedanken, die sich wie durch Nebel abzeichnen. Hammerkopfweh begleitet die höchst unerquickliche Wahrnehmung der Druckstellen, die entstehen, wenn man sich eng geschnürt, seitlich abgelegt, auf einem harten, rüttelnden Untergrund befindet. Ich bin auf einer Fahrt und weiß nicht, wohin die Reise geht. Das ist in etwa auch das, was die Frauen in meinem Leben nicht müde wurden, mir vorzuwerfen. Ich sei ahnungslos. Okay, ganz ehrlich, nach langen Überlegungen bin ich dahinter gekommen, dass es die anderen ebenfalls sind. Sie tun nur so, als wüssten sie Bescheid, das gibt ihnen Sicherheit und bündelt ihre Angst, kettet sie fest in ein dunkles Stübchen ihrer selbst. Ihr einziges Bestreben scheint es zu sein, diese Angst nie von der Leine zu lassen. Ganz egal, ob es sich bei den Vermeidungsstrategen um den Marketingchef handelt, den ich während des Werbepraktikums kennen lernte, sein Angststübchen verströmte üble Gerüche, wenn er den Mund aufmachte, oder das Mädchen auf Bewährung, das sich in Blau hüllte, blauen Dunst verbreitete und sich in Gefahren stürzte auf der Suche nach dem Einen, der sie beschützen möge. Einsam war sie. Ja. Ich bin von allem etwas, gefesselter Körper, entfesselte Panik. Zumindest kurz davor. Nun dramatisier mal nicht, startet der Advokat einen halbherzigen Versuch, meinen Verstand einzuschalten, um ihn zu konstruktiven Denkprozessen anzuregen, die dann in eine befreiende Handlung münden – sollen. Ha, rein theoretisch. Erst mal atmen. Tief ein und aus. Das nächste Schlagloch werde ich nutzen, um meine Knochen in eine andere Lage zu bringen. Pardauz – der Wagen schaukelt, ich nutze die Energie und schmeiß mich auf den Rücken bei gleichzeitiger Lageveränderung in Richtung Nummernschild. Verdammich, tut das weh. Langsam sortieren sich meine Knochen neu und es fühlt sich wie gewohnt gut an, wenn der Schmerz nachlässt. Ich staune kurz darüber, wie bescheiden man wird, wenn die meisten Möglichkeiten einer selbstbestimmten Daseinsgestaltung schlicht wegfallen.

Ein Bremsvorgang wirft mich leicht nach links und dann wieder nach rechts, in die Ausgangsposition, die ich mir erarbeitet hatte. Einen Plan, ruft Kalle, du brauchst einen neuen Plan! Im Pläneschmieden sind wir geübt, alles weitere harrt der praktischen Umsetzung. Sobald die Kofferraumklappe aufgeht, streckst du die Beine durch und trittst den Typ in die Magengrube, der Schwung deiner Beine wird deinem Oberkörper helfen, sich über die relativ hohe Ladekante des Kofferraums zu befördern – ich seh' schon, Kalle ist wieder bei Jackie Chan. Meine Beine sind teilweise eingeschlafen, in meinem Kreuz arbeiten Bildhauer mit Hammer und Eisen das berühmte Deckengemälde Michelangelos plastisch heraus, auf welchem die Erschaffung Adams gezeigt wird, und mein Schädel hat die Konsistenz einer Tomate in der Mikrowelle kurz vorm Siedepunkt. Mit einem Wort: Leid!

Die Kofferraumklappe schwingt auf und ich, ich mache gar nichts, liege wie ein sauer eingelegter Rollmops im Glas da und betrachte den abendlich dämmrigen, wolkenlosen Himmel, der sich mit einem rötlichen Federstrich von der Erde distanziert.

Es muss etwa 9 Uhr sein. Mit einem kraftvollen Schwung werde ich herausgerissen, vom Spielleiter höchstselbst. Der war zunächst schwer zu erkennen, er hat sich die Haare tiefschwarz gefärbt und in glänzenden Locken wippen sie um seinen Kopf herum, nur ein wenig gebändigt durch eine rote Augenmaske. Sein Gewand ist ähnlich geschnitten wie meines, der Stoff scheint dicker zu sein, wie ich feststelle, als mein Kopf gegen seine Schulter prallt. Knallrot, nein, eher ein sattes, kraftvolles Rot. Die Farbe des Feuers und des Blutes, der Zerstörung und der Leidenschaft, der Macht, der Kaiser und Kardinäle, sinniert der Advokat.

»Sabber mich nicht an!«, schubst Franky mich gegen das Heck des Wagens. Meine eingeschlafenen Beine wollen schon nachgeben. Da eilt wie aus dem Nichts eine helfende Hand herbei. Sie gehört zu Abi, nein, Sealthiel.

»Bestatten«, jetzt versucht er, Brandts Seehundlachen zu imitieren, korrigiert sich:

»Gestatten, ich bin der Fürbitter«, näselt er, bemüht, seine Rolle zu finden.

»Schwachkopf!«, wird er angeblafft vom Gottteufel.

»Und du, wen mimst du?«, will ich wissen und taxiere ihn provokant von oben bis unten. Meine dicke Lippe riskiere ich nur, weil ich daran festhalte, davon auszugehen, dass Franky noch etwas mit mir vorhat.

»Ich mime nicht, ich *bin*. – Ab mit ihm!«, befiehlt er Abi.

»So? Ich muss ihm doch wenigstens die Verschnürung abnehmen – ich werde ihn nicht tragen, hihi, gefallener Engel, hihi«, kichert er. Der ist voll breit. Ich erinnere mich an das Koksröhrchen um seinen Hals. Seine Pupillen sind so groß wie die Knöpfe meines Armeeparkas. Der hat ein bisschen viel Gras geraucht, vermutet auch der Advokat.

»Oh, Mann, elendiger Kiffer, klar müssen die Fesseln herunter. Hast du deinen Charakter nicht studiert? – Schwachkopf!« Der, der *ist*, regt sich auf, was wiederum seiner Rolle nicht gerecht zu werden scheint, denn ich erahne mehr, als dass ich es sehe, dass er seinem Fürbitter zu gerne an die Gurgel springen würde. So stelle ich mir die Verzweiflung eines Theaterdirektors vor, dessen kleine Bühne kurz vor der Schließung steht, und diese eine Fantasie ist alles entscheidend und das Gros der Truppe ist betrunken, hat seinen Text vergessen, im Saal der Bürgermeister und der Leiter des Finanzausschusses sowie der Kulturdezernent.

Kaum hat mich die Vorstellung vom Theater verlassen und kaum bin ich die Schnüre los, vergegenwärtige ich mir, wo wir sind. Im Grunde ein fantastischer Ort. Mein Blick streift über Herkersdorf. Wir befinden uns am Ausgangspunkt des Kreuzweges, der zum Druidenstein führt. Gut, dass ich bei den Schulausflügen hierher immer zugehört habe, denn sie fielen genau in die Zeit, in der ich mich mit Vulkanen und Gestein beschäftigte, die Zeit, in der sich meine Klassenkameraden mit den Erhebungen auf der weiblichen Landkarte befassten.

In den Fünfzigerjahren gab es hier das ein oder andere Freilichtspiel. Diese Tradition soll wohl zur Stunde aufleben. Das Naturdenkmal, ein rund zwanzig Meter hoher Basaltkegel aus der Zeit des Jung-Tertiär, vor Jahrmillionen also, dient heute an Himmelfahrt als Ziel einer Prozession. Um die früheren Verwendungen der Kultstätte ranken sich etliche Sagen. Seinen Namen hat der Basaltkegel den keltischen Druiden zu verdanken, damals muss er noch um das Zweifache höher gewesen sein. Man brach im Dreißigjährigen Krieg die Spitze ab, um dem Feind die Ortung zu erschweren, man nutzte das Gestein zum Straßenbau, ein Blitz schlug ein und so schrumpfte das Denkmal. Apropos denk mal!

Denk nach, Heiner, worauf könnte dieser Geisteskranke hinauswollen? Kreuzweg, Kreuzigung – uiuiui – sehe mich schon am Kreuz hängen, jenes, das ganz oben auf dem Kegel angebracht ist. Nein, das passt nicht ganz zu dem Engelszauber und der Theorie, dass du Jehudiel, der Vergelter, sein sollst, wirft der Advokat ein – außerdem ist Franky in diesem roten Stoff. Es gibt da so ein Auferstehungsbild von Jesus, da ist er auch in Rot. Woher er das nun wieder weiß? Das Gehirn ist ein merkwürdiger Kasten. Denk ich wiederholt und werde den Kreuzweg hinaufgeschoben. Franky versäumt es zuvor nicht, mir seine Waffe nochmals zu zeigen.

»Ist ja wohl auch nicht ganz stilecht«, gebe ich Laut. Der, der *ist*, schnauft verächtlich, sagt aber nichts.

Frage mich, warum wir nicht gleich bis zum Druidenstein hochgefahren sind, statt jetzt in der beginnenden Dunkelheit durch den Wald zu stolpern, über schmale Pfade, Wurzelwerk und an den Brennnesseln längs. Die kitzeln einen an den nackten Knöcheln, wenn man zu weit von der Mitte des Weges abweicht. Die spartanische Apostelbereifung, eine dünne Ledersohle, die mit Riemen an meinen Füßen befestigt ist, lässt mich jeden Stein spüren.

Doch es wird noch besser kommen, meldet sich bereits die Sorte Galgenhumor, die sich aus der jahrelangen Lebenserfahrung eines geschiedenen, arbeitslosen Mittvierzigers nährt. Der Kreuzweg ist gesäumt von Altären, darin jeweils eine Darstellung des Weges Jesu bis zur Kreuzigung. Dreimal bricht Jesus unter der Kreuzeslast zusammen, vor exakt diesen Darstellungen soll ich mich selbst geißeln, während Abi, Verzeihung, Sealthiel, den Text auf der Tafel darunter liest und ein Fürbittegebet spricht. Letzteres geht ebenfalls gewaltig daneben, denn der bekiffte Engel kriegt das mit dem Beten nicht ohne dämliches Gegacker auf die Reihe. Ich bekomme die dreischwänzige Geißel und soll mich auspeitschen. Dabei stelle ich mich recht ungeschickt an, das muss ich nicht mal proben, und lasse das Ding irgendwo ins Nichts fallen, in die Nesseln wahrscheinlich. Man sieht es nicht, es ist zu dunkel.

Da Franky in dem Moment zu beschäftigt damit war, Abi eine Ohrfeige zu erteilen, hat er nicht mal die Richtung wahrgenommen, in die ich die Geißel warf.

»Stümper, Dilettanten, das macht ihr mit Absicht, ein bisschen Ernsthaftigkeit und Dramatik, wenn ich bitten darf!«, plärrt er durchs Unterholz. Ich glaube, dass er das Geißel-Intermezzo kurzfristig in sein Drehbuch geschrieben hat, denn die ganze Sache wirkte unrund. Ich bin nicht Jesus und habe auch kein Holzkreuz auf dem Buckel.

»Stümper!«, sagt er abermals und ich kann mich des Verdachtes nicht erwehren, dass er damit sich selbst meinen könnte.

Wenn der Gestörte keine Waffe in der Hand hielte, mit der er herumfuchtelte, könnte man, von außen betrachtet, die Szenerie urkomisch finden. Kalle beginnt zu singen, aus Hilflosigkeit, nehme ich an, mit verhaltener Stimme: ›Ein Männlein steht im Walde, ganz still und stumm, hat aus lauter Purpur ein Mäntlein um ...‹ Heiner, Heiner, dreh jetzt bloß nicht ab.

Ein sich lösender Schuss lässt uns alle verstummen. Im Nachhall geht das Klirren der Scheibe des Bildnisses der Station III, ›Jesus fällt zum ersten Mal unter dem Kreuze‹, ein wenig unter. Die Kugel durchschlug die rechte Hand des Soldaten, die den Speer zum Rücken des Gefallenen zeigen lässt. Ein gutes Zeichen, deutet der Advokat, dessen bodenständiges Rechtsempfinden sich auf dem Weg hinauf ins Reich der unerklärlichen Phänomene zu bewegen scheint.

Der Schock über den Schuss traf nicht nur die Erzengel, sondern auch den Auslöser, Franky. Der schaut ungläubig erst auf die Pistole in seiner Hand und dann auf das Einschussloch in der Hand des Soldaten. Das macht er drei Mal. Dann hat er endlich geschnallt, dass er es war. Er scheint selbst nicht nach seinem eigenen Plan zu funktionieren. Das wird ihn eine weitere Spur unberechenbarer machen. Wenn ich nur wüsste, welche Geschichte hier zur Aufführung gebracht werden soll.

»Die Zeit rennt uns davon! Änderung im Ablauf. Hurtig, den Berg hinauf!«, treibt der Regisseur uns an. Der Weg windet sich um etliche Kurven. Meine Gedanken ebenfalls. Es ist schwer, sie zu sammeln. Ein Seitenblick auf Abi zeigt mir, dass dieser erst jetzt zu begreifen scheint, auf welches Spiel er sich eingelassen hat. Er zittert leicht und stolpert häufig.

›Die Zeit rennt uns davon‹ – ist ein guter Ansatz für Überlegungen, um welche Art des freien Schauspiels und Epoche es gehen könnte. Ich sammle die Zeiten. Da haben wir die 25 Millionen Jahre, den Vulkanausbruch, das Magma, den Druidenstein. Um die Zeit wird es sich nicht drehen.

Die Kelten und ihre Opferstätte. Die Druiden, Gruppe der Priester, Philosophen, Politiker unter den Kelten, besiedelten das Siegerland ab circa 600 vor Christus. Kelten verhütteten Eisen, verraten die gefundenen Reste von Schmelzöfen. 200 vor unserer Zeitrechnung wurden sie von den Germanen von hier vertrieben. Stichhaltige Belege für Menschenopfer gibt es nicht, aber eine Sage von der ›Herke vom Druidenstein‹ erzählt die Geschichte der Druidin, die aufgrund ihres hohen Amtes allem Irdischen entsagen sollte. Sie verliebte sich jedoch, folgte dem Mann und musste dafür ihr Leben auf dem Opfertisch lassen.

›Herke vom Druidenstein‹ – Felicitas Engel? Aber warum dann ihr Name Uriel?

Mittlerweile haben wir die Station VIII erreicht: ›Jesus tröstet die weinenden Frauen‹. Von Ferne höre ich Stimmengewirr und Rhythmusinstrumente.

Unsere bodenlang wallende Kostümierung passt jedenfalls in die Druiden-Zeit, stelle ich mir vor, wobei die Druiden Weiß getragen haben sollen, nun, für Sealthiel trifft das zu. Für die Germanen soll der Ort ebenfalls Kultbedeutung gehabt haben, doch da habe ich im Unterricht gefehlt, Beinbruch nach Schwarzfahrt durchs Schuldwäldchen mit einem frisierten Mofa.

Station X: ›Jesus wird seiner Kleider beraubt‹.

Die ›Erzengel-Zeit‹. Entstehungsgeschichte des christlichen Abendlandes. Nicht ganz, fällt mir der Text aus dem Internet ein. Die Hinrichtung der Engel, die in dem Enochbuch, das es nicht in die Bibel geschafft hat, behandelt wird, spielt vor Christi Geburt. Wenn man es genau betrachtet und zeitlich abstecken will, beschäftigen uns die Engel bis heute. Der Kult der himmlischen Heerscharen überdauert die Zeiten.

Ich rieche Feuer, jetzt sehe ich es auch. Wir nähern uns der Wiesenfläche vor dem Druidenstein. Station XI: ›Jesus wird ans Kreuz geschlagen‹. Da liegt er nieder. Jesus auf dem Relief und Abi, der es diesmal nicht geschafft hat, aus seiner Strauchelei heraus einen Sturz zu vermeiden.

Irgendetwas muss in Franky beim Bergaufgehen über den Kreuzweg vorgegangen sein. Er flippt nicht aus, er schimpft seinen Fürbitter nicht einen Schwachkopf und er ballert nicht versehentlich herum.

Er ist eins mit sich, wer immer er auch ist. In einer tief-voluminösen Stimmlage, die ich bisher nicht von ihm gehört habe, gebietet er uns, stehen zu bleiben und zwar zentral vor dem Druidenstein, vor dem ein großes Feuer lodert. Um es herum haben sich rund ein Dutzend Menschen versammelt, die allesamt verstummen, als sie des Spielleiters ansichtig werden. Fällt dir was auf, fragt Kalle. Ja, alles Männer. Wo ist Felicitas? Fällt dir noch was auf, fragt Kalle. Ja, es sind genau zwölf Männer und alle in Weiß. Sealthiel und Jehudiel haben neben dem, der *ist*, eine Sonderrolle. Doch wo ist Felicitas?

Der Spielleiter hinter Abi und mir drückt uns auf die Schultern. Das Zeichen zum Niederknien, nehme ich an, denn die, ich nenne sie jetzt mal zwölf Jünger, tun es ebenfalls. Wie auf ein geheimes Kommando beginnen sie zu musizieren. Es erklingen Flöten, Trommeln, Saiteninstrumente – nie gehörte Klänge. Psychedelische Musik.

Mit einem Stoß in den Rücken werden wir aufgefordert, aufzustehen und zum Feuer zu gehen. Mit jedem Schritt in Richtung der Zwölf werden die Umrisse der Instrumente klarer. Auf Anhieb erkenne ich die Knochenflöten und auch die Schlagwerkzeuge, die aus längeren Knochen bestehen. Ein vollständiger Unterkiefer eines Totenkopfes gibt kastagnettenähnliches Klappern von sich. Ich will nicht wissen, wessen Sehnen durch das Zupfen eines Instrumentes, ähnlich einer indischen Sitar, in Schwingungen gebracht werden und einen gleichförmigen Klangteppich bilden. Eine Perkussion ist außen mit Bambi bespannt, seine weißen Flecken schimmern im Feuerschein. Wo ist Felicitas? Ich blicke in die Gesichter der Männer. Sie sind ernst, ein wenig entrückt. Würde mich nicht wundern, wenn hier Drogen im Spiel sind.

Plötzlich füllt ein glockenklarer, heller Gesang die Atmosphäre. Die weibliche Stimme schallt über das Szenario und klingt wie von Engeln getragen. Unsere Augen wandern an dem Druidenstein empor. Felicitas.

Sie steht dort ganz oben vor dem Kreuz und singt göttlich. Ich bin in der Musikrichtung nicht gerade bewandert, doch die Melodie lässt mich an das Ave Maria denken. Es ist wundervoll und gleichzeitig bizarr. Sie steht dort, breitet die Flügel aus, genau so wirkt es nämlich, denn sie trägt ein Kleid, dessen Ärmel weit geschnitten sind. Ihre Haltung und ihr Gesang sind von erhabener Schönheit. Sie ist sich ihrer Gefahr nicht bewusst. Für sie ist es das Spiel. Sie wird nicht wissen, wie viele Menschen und Tiere geopfert wurden, um ihre Interpretation zu untermalen. Komm da runter, möchte ich ihr zurufen. Der kurze Pistolenlauf in meinem Rücken bremst spontanen Aktionismus.

Wenn ich der bin, der ich glaube, in dem kranken Spiel zu sein, wird meine Aufgabe darin bestehen, vielleicht sogar gemeinsam mit ihr in die Tiefe gestürzt zu werden. Aber ich wäre nur der Vergelter und Uriel wäre mein Vorgesetzter, und er müsste mich, der ich einen Fehler gemacht haben muss, ins Totenreich überführen. Nicht ins Paradies, in den Abgrund. Soll Uriel mich richten? Ich ihn? Wir uns? Mir wird übel und meine Augen füllen sich mit Tränen. Der Rauch. Oder wurde sie umbesetzt und ist die Herke? Dann wäre sie das Opfer. Lass dir was einfallen, lass dir was einfallen, lass dir was einfallen … murmelt es wie ein Mantra in mir. Falscher Text. Mir wird was einfallen, mir wird was einfallen, mir wird was einfallen. Das lässt sich sehr gut in den gleichförmigen Rhythmus der Musik beten.

Der, der *ist*, schwingt einen Stab und Stille kehrt ein. Das Knistern der Flammen und das Rauschen des Windes in den Bäumen sind die einzigen Geräusche.

Sealthiel wird auf den Stein geschickt. Oh, Mann, der Stolpervogel, das geht nicht gut, raunt Kalle und kann gar nicht hinsehen, wie der spillerige Ex-Punk den Basalt erklimmt. Während er klettert, beginnen einige der Musikanten, die Trommler, einen Takt, der an Indianerfilme erinnert.

Seine prekäre Lage hat Abi ernüchtern lassen. Ohne Absturz gelangt er zu Felicitas. Als er bei ihr ist, verstummen die Trommeln und Sealthiel spricht mit gefalteten Händen eine Art Gebet, dessen Inhalt nicht zu verstehen ist. Im Schein des Mondes, der Sterne und des Feuers hebt sich Felicitas' Gesicht ein wenig bleich hervor. Ich erkenne weder Angst noch Unbehagen. Sie hält es immer noch für ein Spiel.

Franky, vollkommen in sich versunken, betrunken von seinem Spektakel, blickt zu den Darstellern auf dem Druidenstein auf, und ich nutze die Gelegenheit, mich geduckt aus dem Feuerschein zu stehlen. Die Sandalen werfe ich davon, umrunde eilig den Druidenstein und beginne meinen Aufstieg auf der Rückseite des Gesteins. Ich muss mich beeilen, da ich von hier aus nicht sehen kann, was geschieht. Durch den erneuten Einsatz der Trommeln robbe ich mich schneller vorwärts, ohne Rücksicht auf den Lärm herabfallender Steine, der meinen Weg begleitet. Ein schriller Schrei lässt mich meine Fußsohlen gänzlich vergessen und ich schiebe mich keuchend auf die Spitze des Steines.

Sealthiel hat Felicitas gefesselt und sie steht ganz nah am Abgrund.

Die Trommeln verstummen abermals. Der, der *ist*, richtet sein Wort an die Versammelten. Das hat er sich so nicht ins Drehbuch geschrieben, denn plötzlich plärrt er:

»Fasst ihn! Jehudiel! Fasst ihn!« Dabei zeigt er mit dem Stab auf mich.

»Sealthiel, halte sie fest!«, bekommt Abi einen Befehl.

Irritation entsteht unter den Teilnehmern. Noch scheint sich niemand zu bewegen, erst als ein Schuss aus der kleinen Pistole, abgegeben in die Luft, selbige zerreißt, kommt Aktion in die Truppe. Einige beginnen, den Druidenstein zu besteigen. Andere, wahrscheinlich die, die bemerkt haben, dass aus Spiel Ernst geworden ist, bleiben erst mal hocken. Ich sehe, dass sich drei von ihnen zu entfernen versuchen. Franky sieht es auch und legt auf sie an:

»Stehen bleiben, ihr Verräter!« Sie bleiben stehen, wie unter Schock. Die Gruppenlähmung setzt bei denen ein, die nicht mit dem Aufstieg beschäftigt sind.

Abi ist dermaßen irritiert, vielleicht leidet er auch am Entzug, dass er gar nicht mehr weiß, was er tun soll. Er hält Felicitas weiterhin fest, vielmehr hält er sich an ihr fest, und mit einem Sprung habe ich die beiden erreicht, reiße sie zu Boden und versuche, mit Felicitas, die ich mit meinem Körper schütze, vom Abgrund wegzurollen. Abi krallt sich an ihrem Gewand fest, oben an ihrer Schulter, und sie beißt ihm in die Hand. Während er kurz aufschreit, verpasse ich ihm einen Tritt in die Eingeweide und er fliegt von uns weg. Ganz knapp vor der Kuppe landet er auf seinem Gesäß. Felicitas ist in Sicherheit. Wir bleiben geduckt auf dem Boden unter dem Kreuz liegen. Ich fische die Nagelschere aus dem Wattebeutel und trenne die Lederriemen auf, die ihre Hände auf dem Rücken fixiert haben. Als sie frei ist, umklammert sie mich heftig, und für einen Moment vergesse ich alles ringsum. Auch Abi. Mit seinem unverwechselbar irren Gegacker hat er sich aufgerappelt, an die Kante gestellt, und als ich über Felicitas hinweggucke, springt er.

»Nein, nein, nein!«, durchstößt ein verzweifelter Ruf Sealthiels Abflug.

»So doch nicht, nicht so und nicht du! Nicht jetzt du, du Schwachkopf!«

Einigen geistesgegenwärtigen Jüngern ist es gelungen, Franky die Waffe zu entreißen und ihn zu Boden zu werfen. Und der, der *ist*, wehrt sich nicht. Denn er ist nichts mehr.

Die Schüsse haben die Feuerwehr und die Polizei auf den Plan gerufen. Ihr Martinshorn ist bereits zu hören, ihre Lichter sind zu sehen.

Felicitas hält sich immer noch an mir fest. Als es ihr bewusst wird, lässt sie los und wir setzen uns, ans Kreuz gelehnt, dicht nebeneinander. So viel gäbe es jetzt zu erzählen, dass wir schweigend in den Himmel starren. Für Sekunden oder Minuten, man weiß es nicht. Ich fühle mich der Zeit entronnen. Die Sterne zwinkern uns zu.

»Weißt du, was aus den gefallenen Engeln geworden ist?«, fragt sie mich. Ich schüttle den Kopf.

»Sie sollen festgebundene Sterne sein, wie sieben brennende Berge, an einem grausigen Ort, wo Himmel und Erde zu Ende sind. Dort sollen sie ihre Strafe verbüßen, für 10.000 Jahre.« Was für ein Strafmaß, denkt der Advokat.

»Und die Frauen der gefallenen Engel sollen zu Sirenen werden.« Sie sang wundervoll, denke ich.

Das Bellen eines Hundes erregt unsere Aufmerksamkeit und wir schauen nach unten. Azazel leckt seinem auf dem Boden liegenden Herrn das Gesicht.

»Höllenhund«, sagt Felicitas nur.

»Ja. – Was genau war deine Rolle? Uriel oder Herke?«

»Wer ist Herke?«, will sie wissen und ich erzähle ihr die Geschichte der Liebe mit unglücklichem Ausgang.

»Es heißt, dass bei Vollmond die Bewohner des Dorfes das Jammern der geopferten Herke vernehmen, darüber schaudern und sich bekreuzigen. Die unglücklich Verliebten aber hören die tröstliche Stimme der Beschützerin Herke, die über ihre bedrängte Liebe wacht.« Nach meinen letzten Worten spüre ich Felicitas näher an mich heranrücken. Ich folge einem Impuls, ziehe sie an mich und lege meine Arme um sie.

»Mir ist kalt«, sagt sie und nach einer Weile:

»Götter, Engel, Weltreligionen und die Kulturen habe er vereinen wollen in diesem Spiel. Großartig solle es werden. Ich, Uriel, solle endlich die Anerkennung erfahren, die mir gebührte, als Vermittlerin des Wissens. Ich hätte ihm gestern Nacht nicht sagen sollen, dass ich mich trennen will. Es ging etwas Beängstigendes von ihm aus. Ja, und kündigen werde ich. Den Brandt ertrage ich im Moment nicht. Der ist auch mehr von anderer statt von dieser Welt. Zu dumm.« Ihre Nerven. Jetzt werden sie versagen nach alledem, was sie erlebt hat.

»Ich war zu dumm«, bekräftigt sie ihre Selbstanklage. »Ich hätte es wissen können.«

»Nein«, halte ich dagegen, »Psychopathen kann man nicht berechnen.«

Ein Zettelchen weht aus ihrem Ärmel und bleibt zwischen meinen Zehen hängen. Ich hebe es auf.

»Mein Text, aus dem Internet, den ich genau so vortragen sollte auf ein Zeichen hin, und ich habe ihn nicht mal gelesen. Ich brauche ihn nicht, es habe sich etwas geändert, hat er gesagt.«

Auf dem Zettel steht, dass Gott Uriel zu Esra schickte, um den über die Grenzen der menschlichen Erkenntnis aufzuklären: ›So wie die Erde dem Wald gegeben ist und das Meer seinen Wellen, so können die Bewohner der Erde nur das, was auf Erden ist, verstehen; und nur die Bewohner des Himmels können verstehen, was im Himmel ist.‹

Am Fuße des Druidensteins herrscht Tumult. Feuerwehrleute, Polizisten und Statisten reden durcheinander. Ein Krankenwagen kommt aus dem Tal.

Was für eine Woche! Wieder war kein Tag zum Töten heute, erinnere ich mich der Worte des Alten am Landeskroner Weiher. Dass sich alle Tage dazu nicht eignen, sollte publik gemacht werden.

Franky wird sich in seinem Zustand kaum verantworten müssen für den Tod Richys, wobei ich hoffe, dass er meine Hose mit dem Schlüsselbein und der Zahnreihe des Artisten nicht verbrannt hat. Was aus Hanfs Haut geworden ist, würde mich auch interessieren. Gerbprozesse sind von längerer Dauer. Möglich, dass die Haut immer noch im Eimer weicht. Abi, Lars Sommer, hingegen hat sich selbst gerichtet und der Verantwortung entzogen.

Und irgendwie ist das alles im Moment nicht wichtig. Nicht die drängenden Fragen des Menschlichen im Allgemeinen oder des Allzumenschlichen im Persönlichen, nicht die Motive des geisteskranken Rollenspielers, nicht der Trubel unter uns, nicht die Toten und nicht das eigene finanzielle Überleben.

Felicitas schlingt ihre Arme um meine Knie und legt den Kopf an meine Schulter.

Kalle und der Advokat ziehen sich diskret zurück und überlassen mich diesem einen Gefühl. Zwei zueinander passende Teile der Matroschka scheinen sich hier und jetzt zusammenzufügen.

ENDE

Weitere Krimis finden Sie auf den folgenden Seiten und im Internet: www.gmeiner-verlag.de

Sinje Beck
Einzelkämpfer

229 Seiten, 11 x 18 cm, Paperback.
ISBN 978-3-89977-654-6. € 9,90.

»NIMM MICH MIT! Für 7 Euro die Stunde oder Tagespauschale.« Der arbeits- aber nicht hoffnungslose Heiner aus Siegen hat sich selbstständig gemacht. Er steht mit seinem Schild in einer Einkaufspassage und wartet auf Kunden.
Damit beginnt für ihn eine Kette aberwitziger Verwicklungen. Ohne es zu ahnen gerät Heiner in die Fänge eines international tätigen Kunstfälscherrings. Als man ihn auf eine dubiose Reise nach Rotterdam schickt, wird dem agilen Jungunternehmer allmählich klar: Aus dieser »Nummer« muss er sich ganz allein herauskämpfen …

Sinje Beck
Duftspur

278 Seiten, 11 x 18 cm, Paperback.
ISBN 978-3-89977-689-8. € 9,90.

Heiner Himmel, immer noch arbeitslos und mitt-lerweile ohne festes Dach über dem Kopf, verdingt sich als Tagelöhner auf einer Burg im Siegerland. Dort soll er bei den Vorbereitungen zum jährlichen Mittelalterspektakel mithelfen und gleichzeitig ein wenig auf die »Blaue Luca« aufpassen, die eine Bewährungsstrafe zu verbüßen hat. Doch schon bald kommen Heiner Zweifel: In welche kriminellen Machenschaften ist das Mädchen verstrickt? Und was hat es an sich, dass ein Sozialarbeiter seine professionelle Distanz verliert?
Auf der Suche nach Antworten gerät er urplötzlich in Teufels Küche und in der riecht es manchmal extrem, jedoch nicht nach Schwefel …

KRIMI IM GMEINER-VERLAG

Wir machen's spannend

Erwin Kohl
Willenlos

319 Seiten, 11 x 18 cm, Paperback.
ISBN 978-3-89977-760-4. € 9,90.

Ein Düsseldorfer Polizist wurde brutal ermordet. Bereits wenige Stunden später gelingt es der Mordkommission, den Hauptverdächtigen festzunehmen. Obwohl die Beweislast erdrückend ist, bestreitet Udo Hornbach die Tat. Am Tatort hinterlassene Fingerabdrücke, DNA-Spuren und ein Zeuge sprechen für sich, allerdings gibt es zwischen Täter und Opfer keinerlei Verbindung, geschweige denn ein Tatmotiv.
Der LKA-Ermittler Joshua Trempe wird eingeschaltet. Doch auch für ihn bleibt der Fall ebenso eindeutig wie rätselhaft – bis Trempe von einem Verbrechen in Bochum mit erschreckenden Parallelen erfährt.

Harald Schneider
Ernteopfer

272 Seiten, 11 x 18 cm, Paperback.
ISBN 978-3-89977-748-2. € 9,90.

Erntezeit im vorderpfälzischen Obst- und Gemüseanbau. Hauptkommissar Reiner Palzkis Träume von einem erholsamen Wochenende mit seinen Kindern zerplatzen jäh, als ein polnischer Erntehelfer mit eingeschlagenem Schädel aufgefunden wird. Die Spur führt in den Gemüsegroßmarkt ›S. R. Siegfried‹ in Limburgerhof.
Während Palzki den undurchsichtigen Inhaber in die Mangel nimmt, wird ein zweiter Toter im Wildschweingehege des Rheingönheimer Tierparks entdeckt. Langsam dämmert dem Kommissar, dass er einem Verbrechen auf der Spur ist, gegen das die dubiosen Machenschaften des Gemüsebranche Kavaliersdelikte sind.

KRIMI IM GMEINER-VERLAG

Wir machen's spannend

Sandra Dünschede
Solomord

278 Seiten, 11 x 18 cm, Paperback.
ISBN 978-3-89977-758-1. € 9,90.

Am helllichten Tage wird in Düsseldorf die zehnjährige Michelle entführt. Wenig später wird das Mädchen tot aus der Düssel geborgen. Alles deutet darauf hin, dass der Mörder im Kinderpornomilieu zu finden ist, aber die dortigen Ermittlungen von Kommissar Hagen Brandt und seinem Kollegen Teichert verlaufen erfolglos. Bis ein weiteres Mädchen verschwindet und der Täter durch Zufall gefasst werden kann. Doch die Zeit arbeitet gegen Brandt und sein Team, denn der Entführer weigert sich zu kooperieren und keiner weiß, wo er das kleine Mädchen versteckt hält.

Paul Lascaux
Salztränen

227 Seiten, 11 x 18 cm, Paperback.
ISBN 978-3-89977-757-4. € 9,90.

Ein mysteriöser Autounfall im Emmental nahe Bern. Hans Bähler, Käseeinkäufer der Großhandelsfirma »Moloko«, prallt ungebremst an einen Baum und stirbt.
Privatdetektiv Heinrich Müller, der von einer Versicherung mit der Untersuchung des Falls beauftragt wird, macht sich auf den Weg in das abgelegene Tal. Dort lernt er die Ethnologiestudentin Lucy kennen, die Feldstudien bei Schweizer Ureinwohnern betreibt und sich schon bald als glänzende Partnerin bei den Ermittlungen erweist. Mit Scharfsinn und Intuition kommen die beiden einem dunklen Geheimnis auf die Spur, das tief in der Vergangenheit des idyllischen Tals vergraben liegt.

KRIMI IM GMEINER-VERLAG

Wir machen's spannend

Das neue Krimijournal ist da!

2 x jährlich das Neueste aus der Gmeiner-Krimi-Bibliothek

KRIMI Journal

Nr. 8 www.gmeiner-verlag.de Die Zeitung für Krimifreunde 1/2008

Auf Leben und Tod

Die fesselnde Geschichte des ersten »Reinen Brauers«

Jochen Senf

In eigener Sache

Das Spiel des Jahrhunderts

Der Krimi zur Fußball-EM 2008

Ballsaison

Die erfolgreichsten Krimi-Debüts 2007

ISBN 978-3-89977-950-9
kostenlos erhältlich in jeder Buchhandlung

In jeder Ausgabe:

- Vorstellung der Neuerscheinungen
- Hintergrundinformationen zu den Themen der Krimis
- Interviews mit den Autoren und Porträts
- Allgemeine Krimi-Infos (aktuelle Krimi-Trends, Krimi-Portale im Internet, Veranstaltungen etc.)
- Die Gmeiner-Krimi-Bibliothek (Gesamtverzeichnis der Gmeiner-Krimis)
- Großes Gewinnspiel mit ›spannenden‹ Buchpreisen

KRIMI IM GMEINER-VERLAG

Wir machen's spannend